藥師謀殺案

THE LOST APOTHECARY

SARAH PENNER

莎拉・佩納———著

周倩如———譯

全能的萬物之主啊，我在祢的面前發誓……
絕不將此行的秘密交付愚人或忘恩負義之人……
絕不洩露那些寄託於我的秘密……
絕不供應毒藥……
絕不效仿庸醫、經驗主義派及煉金術士等輩以可恥有害的方式行醫……
絕不存放過期或劣質的藥品。
我願謹遵諸事，願上帝保佑！

——古代藥師誓詞

1

奈拉

一七九一年二月三日

她將於破曉時前來——那信箋在我手裡的女人，那未知姓名的女人。

我不知道她的歲數，也不曉得她住在何方。我不知道她所屬的社會階層，也不曉得夜幕降臨時她所做的惡夢。她可能是受害者，可能是罪人。可能是新婚妻子，也可能是圖謀報復的寡婦。可能是褓姆，也可能是交際花。

即使對她所知甚少，但我清楚明白一件事：這女人打從心底知道她希望誰死。

我拾起那張緋紅色的信紙，湊到一根忽明忽滅的燭芯前。我撫過她寫下的一字一句，想像這女人是多麼絕望才會來找像我這樣的人。不只是藥師，還是個殺手。善於偽裝的大師。

她的要求簡單明瞭。*給我女主人的丈夫，摻在早飯裡。二月四日，清晨。*我的腦海隨即浮現一名中年女僕，受女主人的吩咐而來。憑藉二十多年來成就的直覺，我立刻知道最適合這項要求的解方：雞蛋加馬錢子。

準備工作只需幾分鐘；毒藥觸手可及。但出於某種不明原因，這封信令我不安。不是因為羊皮紙散發的淡淡木質香，也不是因為左下角微微向前捲曲、彷彿曾經被淚水沾濕的關係。那股不安醞釀自我的內心，一股清楚知道某些事必須避開的直覺。

不過，這張羊皮紙底下能藏著什麼未能寫下的警告呢？什麼也沒有，我向自己保證；這封信並非不祥之兆。我混亂的思緒純粹是因為疲倦——夜色已深——以及我那一直隱隱作痛的關節所致。

我把注意力拉到桌面上的牛皮登記簿。這本珍貴的登記簿記錄了生與死；一份記錄了許多女人來到這間邪惡的藥鋪尋藥的清單。

登記簿前幾頁的字跡很淺，筆觸輕柔，字裡行間看不出絲毫的難過或不甘。那幾頁的紀錄出自我母親之手。這間位於後巷三號的婦科藥房之前一直由我母親掌管，她去世後才傳到我手上。

閒來無事我會翻看她的紀錄——一七六七年三月二十三日，蘭福德太太，稀釋三倍的洋耆草，十五滴——這些字句會勾起我對她的回憶：她用杵磨著洋耆草莖時，頭髮落在頸後的模樣，或摘下花冠上的種子時，那隻薄如紙片的手。但我母親並沒有築起假牆偽裝她的店鋪，也沒有把她的藥物偷偷倒進紅酒容器裡。她光明磊落，無須躲藏。她開的藥水只為了助人：舒緩產後母親疼痛、脆弱的部位，或幫助不孕的妻子帶來月經。因此，她的登記簿上寫的全是最溫和的草藥，不會引起任何懷疑。

我的頁面上，寫了像是蕁麻、牛膝草和莧菜之類的東西，同時也有一些更險惡的藥物：顛茄、藜蘆和砒霜。我那本登記簿的筆墨之下，潛藏的是背叛、痛苦……和黑暗的秘密。

諸如精力充沛的年輕人在婚禮前夕心臟病發的秘密，或健康的新手父親突然發燒身亡的秘密。我的登記簿把一切攤在陽光下：真相根本不是虛弱的心臟和發燒，而是狡猾的女人把曼陀羅汁液和顛茄混進了紅酒和餡餅中，如今那些女人的名字都記載在我的登記簿裡。

喔，但登記簿裡沒有透露我自己的秘密，關於這一切是如何開始的真相。我在這些頁面中記錄了每一位受害者，除了菲德里克以外。他的名字沒有留下漆黑鮮明的筆跡，只有玷污了我鬱鬱寡歡的心，我傷痕累累的子宮。

我輕輕闔上登記簿，今晚是派不上用場了，接著我把注意力轉回信上。是什麼讓我如此焦慮？羊皮紙的一角持續吸引我的目光，彷彿有什麼東西在下方爬行。我在桌前待得越久，肚子就越來越疼，雙手也抖個不停。馬車的鈴聲從藥鋪牆外的遠方傳來，聽起來就跟警察皮帶上的鐵鍊異常相似。但我向自己保證，警察今晚不會來，就像過去二十年來一樣。我的店鋪如同我的毒藥，偽裝得完美無缺。沒有人會找到這個地方；這裡位於倫敦最漆黑之處，深埋在蜿蜒小巷盡頭的櫥櫃牆後方。

我的目光來到我無心也無力去刷洗的骯髒櫃牆。架上的一只空瓶反映出我的倒影。我那曾經跟母親一樣碧綠的雙眼，如今只剩空洞。我那曾經飽滿圓潤的臉頰，如今也變得蠟黃、凹陷。我的外表有如鬼魂，看起來比四十一歲的實際年齡蒼老得多。

我開始輕揉左手腕上的圓骨，它紅腫發燙，就像一塊被忘在火中的石頭。多年來，關節的不適感已經蔓延到全身；如今症狀已經嚴重到在我清醒時沒有一刻不痛。我開的每種毒藥都會給我帶來新一波的痛楚；有些夜晚，我的雙手會變得腫脹又僵硬，彷彿皮膚就要裂開，露出底下的東西。

多年來，我一直幫人投毒，替人保守秘密，自己的身體卻因此變得越來越糟，從內向外一點點地腐爛，體內一股邪惡的力量似乎終將把我撕成兩半。

突然間，空氣變得凝滯，煙霧裊裊飄至這間密室低矮的石製天花板上。蠟燭快熄滅了。不久後，鴉片酊就會把我包裹在濃濃的溫暖之中。夜幕早已降臨，幾小時後她就會到來：我會把她的名字登記在冊，我會慢慢揭開她的神秘面紗，不管我的內心醞釀著多少不安。

2

卡洛琳

現代，星期一

我不應該一個人來到倫敦的。

結婚紀念日的慶祝之旅該是兩人成行，而非一人，可是當我於倫敦的夏日午後踏出飯店來到明亮的陽光底下時，卻是形單影隻。今天是我們結婚十週年紀念日。我和詹姆士本該一起前往倫敦眼，那座俯瞰泰晤士河的景觀摩天輪。我們預約了夜晚的VIP車廂，包含一瓶香檳和一名私人服務生。幾個星期以來，我一直幻想著在星空下搖曳的昏暗車廂，我們的歡笑聲只有在親吻和乾杯時才會被打斷。

但詹姆士遠在天邊。我獨自一人在倫敦，悲傷、憤怒、因時差而疲憊不堪，同時還得做出一個改變人生的重大決定。

因此，與其南下前往倫敦眼和泰晤士河，我選擇往反方向走到聖保羅大教堂和路德蓋特山街。我穿著灰色運動鞋、揹著斜挎包，睜大雙眼尋找最近的酒吧，感覺自己是個十足的觀光客。

我的筆記本放在包包裡，本子裡被藍色原子筆塗滿了愛心，上面寫著我們為期十天的行程規劃。我才剛抵達，就已經不忍去看我們為彼此安排的專屬行程，以及寫給對方的俏皮筆記。我在其中一頁寫著：南華克自治市，情侶花園之旅。

詹姆士在旁邊潦草寫下：同時完成野外造人計畫。我本來打算穿洋裝的，只是以防萬一。

如今我不再需要那本筆記本，也拋棄了裡面所有的計畫。我一想到還有什麼可能很快會被拋棄，眼眶不禁泛淚，喉頭開始燃燒。我們的婚姻？詹姆士是我大學時期就開始交往的男朋友；我無法想像沒有他的生活。我無法想像沒有他的我。我也會失去有個孩子的希望嗎？這個念頭讓我胃痛，我想要的不僅僅是一頓像樣的飯菜。我渴望做個母親——渴望親吻那些完美的小腳趾，在寶寶圓滾滾的肚子上吹噗噗。

我才走了一個街區，就看見一家酒吧的入口：老艦隊酒館。我鼓起勇氣走進去之前，在人行道上經過一個穿著骷髏卡其褲、手裡拿著紙板的粗獷老兄，只見他招手要我過去。他大約五十多歲，臉上掛著大大的笑容說：「想要加入我們參加河泥尋寶嗎？」

河泥尋寶？我心想。那是什麼東西？我擠出微笑，搖搖頭說：「不用了，謝謝。」

他沒那麼容易打發。「讀過哪個維多利亞作家的作品嗎？」他問道。一輛紅色雙層巴士呼嘯而過，他的聲音幾乎快聽不見。

聽到這個問題，我停下腳步。十年前，我大學是主修英國歷史畢業的。雖然我的課堂作業都獲得不錯的成績，但教科書以外的內容一直更吸引我。比起千篇一律的枯燥章節，我對舊大樓檔案室裡存放的發霉老相簿，或在網路上找到的褪色數位影像——節目單、人口普查紀錄、乘客清單——反倒更有興趣。我可以花好幾個小時埋頭研究這些看似沒有意義的文件，而我的同學們則相約在咖啡廳念書。我找不出具體原因解釋這些不尋常的興趣，我只知道每次課堂上在爭辯英格蘭內戰和那些對權力飢渴的世界領袖時，我都哈欠連連。對我而言，歷史的魅力在於昔日的生活點滴，在於平凡人不為人知的秘密。

「嗯，我讀過一些。」我說。當然，我喜歡許多經典的英國小說，讀書時期如飢似渴地讀過一大堆。有時候，我會希望我攻讀的是文學，那似乎更符合我的興趣。我沒有告訴他的是，我已經很多年沒有讀過任何維多利亞文學，或我喜歡的那些英國經典小說。如果這個對話最後來個突襲測試，我一定慘敗。

「好吧，他們寫了很多河泥尋寶人的故事——那些從古至今在河裡尋找古老、有價值之物的人們。你的鞋子可能會有點濕，但想要沉浸在昔日時光的話，沒有比這個更好的方式了。潮汐來來去去，每次都會淘出一些新東西。有興趣的話，歡迎加入我們的行列。第一次參加免費。我們會在你在那兒看到的那些紅磚建築的另一邊……」他伸手一指。「找到通往河邊的階梯就行了。我們會在下午兩點半退潮的時候集合。」

我對他微微一笑。儘管他看起來蓬頭垢面，那雙褐色眼睛卻散發著溫暖。他身後寫著「老艦隊酒館」的木牌在吱吱作響的鉸鏈上擺動，誘惑我進去。「謝謝你。」我說。「但是我……我有約了。」

事實是，我需要喝一杯。

他緩緩點頭。「好吧。但如果你改變主意了，我們會在這裡探索到五點半左右。」

「玩得愉快。」我喃喃說著，把包包換個肩膀揹，預期再也見不到這個男人了。

我走進陰暗潮濕的酒吧，在吧檯邊一張高高的皮椅坐下。我往前傾身看向啤酒機時，手臂突然碰到檯面上濕漉漉的東西縮了一下——不知道是前一個人留下的汗水還是啤酒。我點了一杯伯丁罕生啤，不耐煩地等待奶油色泡沫升到表面，再慢慢沉澱。總算，我喝了一大口，累到根本不在乎我的頭開始隱隱作痛，也不在乎啤酒是溫的，肚子左側開始抽筋。

維多利亞時代。我想起查爾斯．狄更斯，作家的名字在我耳邊迴盪，就像前男友一樣被深情遺忘；人雖有趣，但要長久交往看起來希望不大。我讀過他的眾多作品——《孤雛淚》一直是我的最愛，緊隨在後的是《孤星血淚》——但我感到一絲絲慚愧。

根據我在外面遇到的那個人說，維多利亞時代的作家寫了「很多」有關「河泥尋寶人」的故事，但我連這個詞是什麼意思都不知道。如果詹姆士現在在我身邊，他一定會取笑我的失態。他老愛開玩笑說我是一路看著故事書看到大學畢業的，總是徹夜未眠讀著哥德童話。根據他的說法，我應該花更多時間分析學術期刊，撰寫歷史和政治動盪的相關論文。他說這種研究是讀歷史讓人受益的唯一途徑，因為這樣我才能繼續追逐我的學術生涯，獲得博士學位、教授職位。

就許多方面來說，詹姆士說得沒錯。十年前，大學畢業後，我很快就發現我的歷史學位不像詹姆士的會計學位一樣擁有燦爛的職業前景。我的求職之路始終一無所獲，而他輕輕鬆鬆就在辛辛那提的四大會計師事務所找到一份高薪工作。我申請了好幾個當地高中和社區大學的教師職位，但正如詹姆士所猜測的，他們比較喜歡碩士學位。

我沒有氣餒，把這件事看成是進一步鑽研學術的機會。我懷著緊張又興奮的心情，準備申請劍橋大學攻讀研究所，就在倫敦以北一小時車程的地方。詹姆士曾經堅決反對這個主意，而我很快就得知原因：畢業幾個月後，他牽著我走到一條俯瞰俄亥俄河的碼頭邊，單膝跪下，淚流滿面地向我求婚。

我對劍橋大學頓時失去興趣——劍橋大學、碩士學位和查爾斯·狄更斯寫過的每一本小說。從我在碼頭邊摟住詹姆士的脖子低聲說出我願意的那一刻起，我的身分就從成為一名有抱負的歷史學家，變成了他的未婚妻。我把研究所申請書扔進垃圾桶，熱切投入婚禮策劃的漩渦中，全神貫注在喜帖的凸版字體和各種粉紅色的牡丹桌花上。等到婚禮成了一段河邊的美妙回憶後，我把所有精力投注在買下我們的第一個家。我們最後找到了完美的地點：一間位於巷尾的三房兩廳透天厝，整個社區都是由年輕家庭組成。

婚姻生活很快就歸於平淡，一切都按部就班、井然有序就像我們新社區街道兩旁一排排的山茱萸樹，直接明瞭、毫無懸念。正當詹姆士開始一步步努力升遷時，我那在辛辛那提東部擁有一塊農地的父母向我提出了一個誘人的條件：接下家庭農場的工作，領薪水處理基本的會計和行政瑣事。這份工作很安穩。不會有未知數。

我花了幾天時間考慮這個選項，簡單想到了家裡地下室的紙箱，裡面裝著我在學校喜歡的幾十本書。《諾桑覺寺》、《蝴蝶夢》、《戴洛維夫人》。這些書對我有什麼好處？詹姆士說得沒錯：埋頭在古老文件和鬧鬼莊園的故事中並沒有讓我獲得任何工作機會。相反的，我背負了數萬美元的學貸。我討厭起紙箱裡的那些書，很確定我之所以想去劍橋大學攻讀碩士，只是一個因為失業而焦慮的大學畢業生所出現的瘋狂想法。

況且，詹姆士的工作很穩定，正確的做法——成熟的做法——就是留在辛辛那提，與我的新婚丈夫和我們的新家在一起。

我接受了家族農場的工作，這讓詹姆士非常高興。而勃朗特和狄更斯以及其他多年來喜愛的所有東西都留在紙箱，藏在地下室的角落塵封著，最終遭到遺忘。

我坐在漆黑的酒吧裡，灌下一大口啤酒。詹姆士光是同意來倫敦，就已經是奇蹟了。當初選擇結婚紀念日的地點時，他很清楚表達了他的偏好：維京群島上的一個海濱度假勝地，他可以在空酒杯旁邊睡午覺，消磨時光。但我們去年耶誕節已經度過類似的飲酒假期，所以我央求詹姆士另作考慮，例如英國或愛爾蘭。條件是我們不把時間浪費在太學術的事情上，比如我稍微提過的繕本修復工作坊，他才總算同意來倫敦。他說他決定退讓，因為他知道造訪英國曾是我的夢想。

不過幾天前，這個夢想成了一只香檳玻璃杯，被他高高舉起，親手摔成碎片。

酒保指向我半空的杯子，但我搖了搖頭；一杯就夠了。坐立不安的我，拿出手機打開臉書Messenger。我的畢生摯友蘿絲傳了一條私訊給我。**你還好嗎？愛你喔。**

接著是：**給你看看小安思莉的照片。她也愛你。**<3

剛出生的安思莉就出現在眼前，裹著灰色亞麻布。我的乾女兒，七磅重的完美新生兒，甜甜地睡在我好友的懷抱裡。我很慶幸她在我得知詹姆士的秘密前出生；我已經跟寶寶一起度過許多溫馨的美好時光。儘管傷心，我還是揚起微笑。就算我失去一切，至少我還有她們兩個。

如果說社群媒體有透露出任何蛛絲馬跡的話，我和詹姆士似乎是朋友圈中唯一還沒推著嬰兒車、親吻孩子沾滿通心粉臉頰的夫妻。雖然等待的過程很難熬，卻符合我們的需要：詹姆士的會計事務所要求員工與客戶應酬，每週經常工作八十多個小時。雖然我剛結婚就想要孩子，但詹姆士不想應付長時間工作和養育年輕家庭的壓力。因此，他這十年來每天在公司一步步努力往上爬時，我也把那顆粉紅色的避孕藥放在舌尖上，心裡想著，總有一天。

我看了一眼手機上的日期：六月二日。自從詹姆士的公司替他升遷、把他納入準合夥人至今過了將近四個月——這意味著他與客戶面對面打交道的漫長日子已經過去。

我們決定嘗試懷孕至今已經過了四個月。

我的總有一天來臨至今已經過了四個月。

但仍然沒有寶寶。

我咬著指甲，閉上雙眼。這四個月來，我第一次慶幸我們沒有懷孕。幾天前，我意外發現一件沉重的事，我們的婚姻也開始分崩離析：我發現我們的關係不再只是由兩個人組成。我們之間闖入了另一個女人。哪個寶寶該承受這樣的困境？沒有——不該是我的寶寶，也不該是任何人的寶寶。

但目前有個問題：我的月經昨天就應該要來了，但至今尚未出現。我全心祈禱這只是時差和壓力造成的。

我朝我摯友的新生兒看了最後一眼，感覺到的不是嫉妒，而是對未來的不安。我本來希望我的孩子會是安思莉一輩子的好朋友，就像我和蘿絲擁有的那份友誼。然而在得知詹姆士的秘密後，我不確定我的婚姻能否持續下去，更別提做母親了。

十年來，我第一次想，也許當初在碼頭邊向詹姆士說我願意的時候犯了大錯。如果我拒絕呢？或說我還沒準備好？我強烈懷疑我還會待在俄亥俄州，花時間從事我不喜歡的工作，待在一個搖搖欲墜的婚姻中。我會不會住在倫敦的某個地方，在教書或做研究？也許我會像詹姆士老愛笑說的那樣栽在童話故事裡，但不也比我現在栽進的惡夢更好嗎？

我向來看重我丈夫凡事深思熟慮的務實性格。我們結婚這段時間裡，我總認為這是詹姆士幫助我保持理性和安全的方式。每次我突然冒出一個想法——任何偏離他預定目標和願望的事——他就會立刻跟我分析風險和壞處，把我拉回現實。畢竟，這種理性是催促他在公司前進的動力。但現在，與詹姆士相隔千里的我開始納悶，我當初追逐的夢想對他來說是否只是一個會計問題。他更關心投資報酬和風險管理，而不是我的幸福快樂。此外，詹姆士這種理智的個性，第一次讓我有了別的感覺：令人窒息和工於心計的感覺。

我在座位上挪動身子，抬起黏在皮椅上的大腿，然後關掉手機。一直想著家鄉和那些可能發生的事對待在倫敦的我沒有任何好處。

幸好老艦隊酒館的幾位客人並不覺得一個三十四歲的女人獨自在酒吧有何異常。我很慶幸沒人注意到我，伯丁罕啤酒開始慢慢滲透到我因為長途旅行而疲憊的身軀。我兩手緊握酒杯，左手戒指難受地壓在杯子上，把酒喝完。

我走到外面，考慮接下來該去哪裡——回飯店小睡似乎是當之無愧的選擇——我接近早先那位穿卡其褲的男子攔住我的地方，我記得他邀請我去做……那個詞是什麼，泥裡尋寶？不對，是河泥尋寶。他說過他們一群人計畫兩點半在前方的階梯底下集合。我拿出手機查看時間：上面顯示下午兩點三十五分。我加快腳步，突然恢復活力。十年前，這正是我可能會喜歡的活動，跟隨一位善良的英國佬到泰晤士河去了解維多利亞時代和河泥尋寶。詹姆士肯定會抗拒這種突如其來的冒險，但他不在這裡，不能阻止我。

我一個人高興做什麼就做什麼。

途中，我經過倫敦大飯店——我們會住在這家時髦的飯店是我父母送給我的結婚週年禮物——但我幾乎沒有再看第二眼。我離泰晤士河越來越近，輕易就看見通往河邊的水泥階梯。河道深不見底的混濁河水在翻騰，彷彿有什麼在底下移動，很是焦躁。我踏下階梯，周遭的行人繼續往一般的路線前進。

階梯十分陡峭，維護得很差，不是我想像中的現代城市該有的樣子。階梯高度至少有十八英寸（約四十六公分），由碎石製成，就像古代的混凝土。我一步一步慢慢往下走，慶幸自己穿了球鞋，揹了方便攜帶的包包。來到階梯底部後，我停下腳步，注意到四周的寧靜。河川對面的南岸，車潮和人潮川流不息——但從這麼遠的距離我什麼也聽不到。我只聽見河水輕柔的拍打聲，河裡的鵝卵石在水中打轉，奏出猶如風鈴般美妙的樂章，以及頭頂一隻海鷗孤寂的叫聲。

河泥尋寶團站在不遠處，聚精會神聽著他們的導遊說話——也就是我早些時候在街上遇到的那個人。我鼓起勇氣走向前，在碎石堆和泥巴水坑之間小心翼翼地移動。我越走越近，強迫自己把所有跟家有關的念頭拋在腦後：詹姆士、我發現的秘密、我們未能懷上孩子的渴望。悲傷幾乎讓我窒息，我需要解脫，憤怒的荊棘是如此尖銳，出乎意料，我快要喘不過氣。無論我決定如何度過接下來的十天，一直惦記著四十八小時前在詹姆士身上發現的秘密都是沒用的。

這趟「慶祝」結婚紀念日的倫敦行，我需要挖掘我真正想要什麼，還有我想要的生活是否仍然包括詹姆士和我們期望一起養育的孩子。

但要做到這一點，我需要挖掘一些關於我自己的真相。

3

奈拉

一七九一年二月四日

當初位於後巷三號這家信譽良好的婦科藥房由母親經營時，店裡只有一個房間。小小的店鋪裡點滿蠟燭，經常擠滿顧客和她們的寶寶，給人一種溫暖的安全感。那段日子，倫敦每個人似乎都知道這家專治女性疾病的藥鋪，門口的厚重橡木門鮮少關閉。

但許多年後——在母親死後、在遭到菲德里克的背叛後，以及在我開始賣毒藥給倫敦各地的女人後——店裡漸漸有必要分成兩個獨立的空間。只要裝上一面層架牆，把空間一分為二，就能輕鬆完成。

第一個房間位於前面，仍可直接從後巷進來。任何人都可以打開前門——前門幾乎不曾上鎖——但大多數人會以為她們走錯地點了。如今房間裡除了一個舊糧桶外什麼都沒有，誰會對一桶快腐壞的大麥米感興趣呢？有時候，幸運的話，一窩老鼠會在房間的一角努力勞動，這剛好給人藥房廢棄、不營業的印象。這個房間是我的第一道偽裝。

業。

確實，許多客人不再光顧。她們聽說母親過世，再看見這個空蕩的房間，都以為藥鋪已經歇業。

好奇心重或比較壞心眼的那種人——像是喜歡順手牽羊的年輕小伙子——不被這片空曠給嚇倒。他們會為了找東西偷而往裡走，查看架上的商品或書籍。但他們什麼也找不到，因為我沒有留下任何有意思的東西值得一偷。他們也只能敗興而歸。

真是一群傻瓜——除了那些經由朋友、姊妹和母親告知該去哪裡找的女人外，所有人都是傻瓜。只有她們知道，糧桶有一個非常重要的功能：它是一種通訊手段，專門藏匿那些內容見不得光的信件。只有她們知道，在層架牆內藏著一扇看不見的門，通往我那治療女性疾病的藥鋪。只有她們知道，我在牆後默默等待，手上沾滿殘留的毒藥。

現在，破曉時分，我便站在這裡等待那位女士，我的新顧客。

聽見儲藏室門緩慢打開的嘎吱聲，我知道她來了。我透過層架上幾乎難以察覺的縫隙往外看，想看看她大致的模樣。

我大吃一驚，用顫抖的手摀住嘴。是不是哪裡搞錯了？那根本不是女人，只是一個女孩罷了，年紀頂多十二、三歲，身穿一件灰色羊毛長袍，肩上披著破舊的深藍色斗篷。她走錯地方了嗎？也許她是那些沒有被我的儲藏室愚弄的小竊賊之一，想進來找東西偷。如果真是這樣，她倒不如去麵包店偷一塊櫻桃麵包，把自己吃胖點比較實在。

但這女孩，儘管年紀輕輕，確實於破曉時抵達。她動也不動地站在儲藏室裡，對自己充滿信心，目光直視著假牆，而我就站在後面。

不對，她不是不速之客。

我有一度打算因為她的年紀而把她趕走，但後來我阻止了自己。她在紙條上寫著她需要某樣東西給她女主人的丈夫。萬一這位女主人在城裡很有名怎麼辦？如果風聲傳出去，說我趕走了一個孩子，這對我的名聲會有什麼影響？此外，當我繼續隔著縫隙偷看那個年輕女孩時，一頭濃密黑髮的她抬起了頭。她的眼睛又圓又亮，但她沒有低頭看自己的腳，也沒有回頭看通往小巷的大門。她微微發抖，但我確信是因為天氣冷，而不是因為她緊張。女孩站得筆直，姿態桀驁不馴，我不認為她有一絲恐懼。

她是打哪裡來的勇氣？是不敢違背女主人的嚴格命令，還是其他更陰險的原因？

我拉開門閂，把層架往內轉動，示意女孩進來。她不必眨眼就能望盡這狹小的空間；密室實在太小了，要是我和女孩站在一起，張開雙臂，我們差不多可以摸到房間的兩側。

我沿著她的視線掃過後方牆壁擺滿各種玻璃小藥瓶、錫漏斗、陶製藥罐和砂輪的架子。另一面距離火源極遠的牆邊，是我母親的橡木櫥櫃，裡面放著各種各樣的陶器和瓷罐，意在存放那些即使在微弱光線下也會損壞和腐爛的藥水和草藥。距離門口最近的牆上有一個狹長的櫃子，高及女孩的肩膀；櫃子上放著一系列金屬秤、玻璃和石頭砝碼，以及一些有關女性疾病的參考指南。如果女孩撬開櫃子下方的抽屜，她會看見湯匙、軟木塞、燭台、錫盤和幾十張羊皮紙，許多紙上都寫滿了潦草的筆記和數學算式。

我小心翼翼繞過她，把門鎖好，我此刻首要的任務是讓顧客卸下對我的戒備。但我終究是白擔心了，因為她一屁股就選了我兩把椅子中的其中一把坐下，彷彿已經來過店裡一百次了。現在她坐在燈光下，我可以把她看得更清楚。她身材苗條，有一雙清澈的淡褐色眼睛，與她的鵝蛋臉相比，眼睛幾乎顯得有點太大。她十指交扣放在桌上，微笑看著我。「你好。」

「你好。」我回應，對她的態度感到驚訝。那一刻，我覺得自己像個傻瓜，竟對這孩子所寫的信箋感受到厄運。我也很好奇她年紀輕輕是怎麼學會寫出一手好字的。我的憂慮感逐漸消失，取而代之的是輕鬆的好奇心；我想多了解這個女孩。

我轉向房間角落的壁爐。不久前放在火上的水壺開始冒出水蒸氣。「我泡了一些茶。」我對女孩說。我把茶倒進兩個杯子裡，把其中一杯放到她面前。

她向我道謝，把杯子拉向自己。她的目光來到桌子上，上面放著我們的杯子、一支點燃的蠟燭、我的登記簿和她留在糧桶裡的信：給我女主人的丈夫，摻在早飯裡。二月四日，清晨。女孩剛抵達時，臉頰粉嫩，現在看仍充滿青春活力。「什麼茶？」

「纈草茶。」我告訴她。「以肉桂調味。喝幾口可以溫暖身體，多喝幾口可以提神和放鬆心靈。」

接著，我們安靜了一會兒，但氣氛並不像成年人之間那樣尷尬。我想女孩主要是很感激能擺脫寒冷。我給她一點時間溫暖身子，我走到櫃檯前，忙著弄幾塊黑色小石頭。這些石頭需要用研磨板磨平，就能變成完美的瓶塞。意識到女孩在看著我，我拿起第一塊石頭，用手掌往下壓，滾動，旋轉，然後再次滾動。我只能堅持十到十五秒，就得停下來喘口氣。

一年前的我比現在強壯得多，力氣大到只要幾分鐘就能磨平這些石頭，眼睛也不眨一下。但今天這孩子一直盯著我看，我無法繼續下去，我的肩膀太痛了。喔，我對這個病實在摸不著頭緒；幾個月前，我的手肘率先發病，接著轉移到另一隻手的手腕，直到最近，病痛開始滲進我的指關節。

女孩一動不動，手指緊緊地握住杯子。「壁爐那邊那碗奶油狀的東西是什麼？」

我的目光從小石頭移向壁爐。「藥膏。」我說。「豬油和毛地黃混合而成的藥膏。」

「所以你在加熱，因為藥膏太硬了。」

她敏捷的理解力讓我停下手邊動作。「對，你說得沒錯。」

「這個藥膏有什麼作用？」

我的臉頰湧上一股燥熱。我不能告訴她毛地黃的葉子曬乾碾碎後，可以吸收皮膚的熱和血液，因此對生完孩子的婦女大有幫助——這是同齡女孩所不知道的經歷。「這是給皮膚撕裂傷用的。」

「喔，一種給皮膚撕裂傷的有毒藥膏？」

我搖搖頭說：「孩子，這不是毒藥。」

她瘦小的肩膀突然繃緊。「可是我的女主人安維爾夫人告訴我你賣毒藥。」

「確實，但我不是只賣毒藥。來這裡索取毒藥的女人見過我架子上豐富的藥品，有些人便悄悄告訴她們那些值得信任的朋友。我販賣各式各樣的精油、藥水和藥酒，任何一間正常藥鋪可能會有的東西我這裡都有。」

確實，多年前賣起毒藥時，我並沒有直接把貨架上除了砒霜和鴉片之外的所有物品清掉。我繼續保留治療多數疾病所需的材料，那些材料就像快樂鼠尾草或檉柳一樣無害。儘管一個女人幫自己擺脫了一種疾病──例如可惡的丈夫──並不代表她對其他疾病免疫。我的登記簿就是證明；上面除了致命毒藥外，也零星記載許多富有療效的補品。

「只有女生會來這裡。」那孩子說。

「這也是女主人告訴你的嗎？」

「是的，女士。」

「嗯，她沒說錯。只有女生會來這裡。」從來沒有男人踏足過我的毒藥店，除了很久以前的一個人。我只幫助女性。

母親謹守這個原則，從我很小的時候，就灌輸我為女性提供安全港灣──一個治癒之地──的重要性。倫敦鮮少對那些需要細心照顧的女性提供幫助；反之，到處都是專看男性的醫生，一個比一個腐敗、沒原則。我的母親決心提供女性一個避難所，讓她們可以放下戒備，坦率地談論自己的疾病，不必面對男人好色的目光。

男人的醫學準則也跟母親所抱持的想法不一樣。她相信經過驗證的自然療法，而不是書裡的圖表，或戴眼鏡的男人邊喝白蘭地邊研究出來的方針。

我店裡的少女環顧四周，眼神熾熱。「真棒。我喜歡這個地方，雖然說有點暗。你怎麼知道什麼時候是早上？這裡沒有窗戶。」

我指向牆上的時鐘。「想知道時間不是只有一種方法。」我說。「窗戶對我根本沒有幫助。」

「你一定很厭倦黑暗了吧。」

有些日子，我分不清黑夜和白天，因為我早已失去清醒的感覺。我的身體似乎總是處於疲倦的狀態。「我習慣了。」我說。

坐在這孩子對面感覺真奇怪。最後一個坐在這個房間的孩子是我，觀察我自己的母親工作，那已經是幾十年前的事了。但我不是這女孩的母親，她的存在開始讓我有點不自在。雖然她很天真可愛，但她同時也非常年輕。不管她對我的店有什麼看法，她都用不上我提供的任何東西——助孕藥、經痛舒緩藥。她只是為了毒藥而來，所以我決定拉回手邊的正題。「你還沒喝你的熱茶。」

她狐疑地看著那杯茶。「我無意冒犯，但安維爾夫人告訴我要非常小心——」

我舉起手打斷她的話。她是個聰明的女孩。我接過她的杯子，喝了一大口，再放回她面前。

她立刻抓起杯子，湊到自己嘴邊一飲而盡。「我渴死了。」她說。「喔，謝謝你，真好喝！我可以再喝一杯嗎？」

我從椅子上站起來，向壁爐走了兩小步。我拿起沉重的水壺替她重新斟水時，盡量不露出吃力的表情。

「你的手怎麼了？」她在我身後問道。

「什麼意思？」

「你從剛剛到現在一直刻意捧著那隻手，好像很痛的樣子。你受傷了嗎？」

「沒有。」我說。「打探別人隱私是很不禮貌的事。」但我才說完，立刻後悔自己對她說話的語氣。她只是好奇，就跟我小時候一樣。「你多大了？」我用比較溫柔的語氣問她。

「十二歲。」

我點點頭，料到差不多是這個歲數。「真年輕。」

她猶豫半晌，從她裙子規律地擺動看來，我猜她正在用腳輕敲地板。「我從來沒有——」她停下來。「我從來沒有殺過人。」

我差點笑出來。「你只是個孩子。我本來就不會預期你在這短短的人生中殺過很多人。」我的目光落在她身後一個放著奶白色小瓷盤的架子上。瓷盤裡有四顆棕色雞蛋，裡面藏著毒藥。

「你叫什麼名字？」

「伊麗莎。伊麗莎・芬妮。」

「伊麗莎・芬妮。」我重複道。「十二歲。」

「是的，女士。」

「今天是女主人派你過來的，對嗎？」伊麗莎的女主人一定非常信任她，才會這樣安排。

但女孩欲言又止，皺起眉頭，接下來所說的話把我嚇了一跳。「起初是她的主意沒錯，不過是我建議趁早餐動手的。我的主人喜歡和朋友一起去小餐館吃晚飯，有時候一去就是整整一兩個晚上。我想早餐可能是最好的時機。」

我看著桌上那封伊麗莎的信，用拇指撫摸信封的邊緣。鑑於她還年輕，我覺得有必要提醒她一些事情。「你明白這不只是會傷害他吧？這不只是會讓他生病，而是——」我放慢語速。「這會殺了他，就像殺掉動物一樣？這是你和女主人想要的嗎？」

小伊麗莎抬頭看我，目光犀利。她雙手整齊地交叉在身前。「是的，女士。」她說出這句話的時候，沒有絲毫退縮。

4

卡洛琳

現代，星期一

「無法抗拒古老河流的召喚，齁？」一個熟悉的聲音說。我往前看，導遊從旅遊團裡走出來，穿著特大號及膝膠鞋和藍色清潔手套走向我。

「我想是吧。」說實話，我還是不確定我們在河床邊做什麼，但這也是吸引人的地方之一。我只好對他咧嘴一笑。「我需要那個嗎？」我朝他的靴子點了點頭。

他搖搖頭。「穿球鞋沒問題，不過拿這個吧。」他從後背包拿出一雙沾滿泥巴的橡膠手套，跟他自己的看起來大同小異。「可別割傷了。來吧，我們在這裡。」他走了幾步，又回頭轉向我。「喔，對了，我叫阿爾弗雷，但大家都叫我『光棍阿爾弗』。說來也好笑，因為我已經結婚四十年了。我會有這個綽號是因為我找到太多掰彎的戒指。」

見我拉上手套，一臉困惑，他繼續往下說。「幾百年前，男人會在向女方求婚前弄彎金屬戒指展示自己的力量。但如果女方不想嫁給那個男人，她會把戒指丟下橋，請他離開。我找到幾百枚像這樣的戒指。看樣子很多男人以光棍的身分離開這條河，你懂嗎？總之，很奇怪的傳統。」

我低頭看著雙手。我的戒指如今藏在骯髒的橡膠手套底下。傳統對我也沒有多大幫助。幾個禮拜前，在我的生活還沒赫然停止的時候，我幫詹姆士買了一個復古盒子來裝他的新名片。盒子是錫製成的，十週年結婚紀念日的傳統禮物，象徵持久的婚姻。我在盒子上刻了詹姆士的名字縮寫，禮物在我們計畫去倫敦旅行的前一天晚上準時到達。

但在那之後，其他事情幾乎都沒有照預期發展。

名片盒一到，我立刻拿上樓藏進行李箱。我在衣櫃裡翻找時，抓起了一些尚未打包的物品：各種內衣、一雙繫帶高跟鞋、一些精油。我稍做分類，把薰衣草、純玫瑰和甜橙的放到一邊。詹姆士特別喜歡甜橙的味道。

我盤腿坐在衣帽間的地板上，舉起一件我還沒有決定要穿的內衣，這一團亂七八糟的亮紅色繩子竟然可以穿上一個人的屁股和兩腿之間。我聳聳肩，把內衣丟進行李箱裡的驗孕棒旁邊，當時我非常希望要是月經沒來的話，我要在倫敦使用。這也提醒了我——產前維他命。我在醫生的建議下，從備孕就開始服用了。

我走到浴室拿維他命時，詹姆士放在五斗櫃上的手機傳來聲響，引起我的注意。我心不在焉地看了一眼，但第二次響起時，有兩個字引起了我的注意：親親。

我全身顫抖，傾身向前讀訊息。這些訊息是詹姆士聯絡人列表中一個叫B的人傳送的。

我會好想你，第一條訊息說道。接著是：

別喝太多香檳，喝到忘了上星期五的事喔。親親。

令我驚嚇的是，第二條訊息還附上一張黑色內褲放在辦公桌抽屜裡的照片。我在那條內褲下面認出一本彩色小冊子，上面有詹姆士公司的商標。照片想必是在他公司拍的。

我盯著手機，震驚不已。上星期五，我在醫院陪蘿絲和她老公一起待產。詹姆士在公司工作。現在我猜，他根本沒在工作。

不、不，這當中肯定有什麼誤會。我的手心開始冒汗。我能聽見詹姆士在一樓的廚房走來走去。我屏住呼吸，抓起手機，像武器一樣緊緊握著。

我衝下樓。「誰是B？」我厲聲問著，舉起手機給詹姆士看。

他的眼神道盡一切。

「卡洛琳。」他語氣堅定，彷彿我是客戶，像是要好好給我做一番盤點。「事情不是你想的那樣。」

我用顫抖的手滑到第一條訊息。「『我會好想你？』」我大聲唸出來。

詹姆士雙手放到流理台上，身體向前傾。「她只是同事。她有幾個月的時間很喜歡我。我們在辦公室會拿這件事開玩笑。真的，卡洛琳，沒什麼。」

徹頭徹尾的謊言。我還沒拿出第二條訊息的內容。「你們之間有發生過什麼嗎？」我問，但願我的聲音沒有起任何波瀾。

他緩緩吐了口氣，伸手梳理頭髮。「我們是幾個月前在促銷活動上認識的。」他總算開口說。他的公司在芝加哥為升遷的員工們舉辦了一場遊輪晚宴；歡迎配偶自費參加，但我們正在努力存去倫敦的旅費，所以我想沒去也不打緊。「我們那晚喝太多接了吻，就那麼一次。我醉到連看都看不清楚。」他走向我，眼神柔和，散發懇求。「我一時失去了判斷能力。沒有發生其他事，從那以後我就沒有見過她——」

又一個謊言。我再次把手機往前伸，指著辦公桌抽屜裡的那條黑色內褲。「你確定嗎？因為她剛剛傳了這張照片，要你別忘了上禮拜五的事。看樣子她現在把她的內褲放在你的桌子裡了？」

他絞盡腦汁思索一個解釋，整片額頭冒著大汗。「那只是玩笑，卡——」

「放屁。」我打斷他的話，淚水從臉頰滑落。一個沒有名字的身影在我腦海出現——擁有那條黑色小內褲的女人——我有生以來第一次理解那種逼得有些人出手殺人的震怒。「你星期五在辦公室沒完成多少工作，對吧？」

詹姆士沒有回答；他的默不作聲如同默認一樣可惡。

我當下就知道他其他的話我都不能相信。我懷疑他不只親眼見過那條黑色內褲，他八成是親手從她身上脫下來的。詹姆士很少有說不出話的時候；如果他們之間沒有發生什麼嚴重的事，他現在一定會堅決捍衛自己。反之，他保持沉默，垂頭喪氣的臉上寫滿內疚。

他外遇的秘密已經夠糟了。但此時此刻，比起赤裸地質問他有關那女人的問題和他們之間的關係到什麼程度，他把這個秘密隱瞞了幾個月的事實似乎更嚴重。如果說我從未看見手機呢？他會瞞我多久？昨晚我們才剛做過愛。他竟敢把那女人的鬼魂帶到我們的床上，那個我們一直試圖懷孕的神聖之地。

我的肩膀在顫抖，雙手也抖個不停。「我們努力想要生寶寶的那些夜晚，你是不是在想著她，而不是——」但我因為自己的話喘不過氣，說不出我這個字。我無法容忍把這種荒謬的事與我們和我的婚姻做連結。

他還沒回應，一股強烈的噁心感湧上來。我奔向馬桶，關上浴室門並鎖上。我吐了五次、七次、十次，直到胃裡沒東西可吐為止。

河川附近傳來船用引擎的巨大聲響，把我從回憶中驚醒。我抬頭發現光棍阿爾弗在看著我。他攤開雙手。「你準備好了嗎？」他問道。

尷尬的我點了點頭，跟著他走向五、六個人組成的隊伍。他們有些人跪在岩石中間，正在篩選鵝卵石。我湊近光棍阿爾弗，輕聲細語地說：「不好意思，我其實不太明白河泥尋寶是什麼。我們在找什麼東西嗎？」

他看著我咯咯輕笑，肚皮在抖動。「我從來沒跟你解釋過，是嘛！好，你只需要知道這件事——泰晤士河筆直地穿過倫敦城，而且延伸很長一段距離。如果你找得夠久，就可以在泥濘中找到一些歷史遺跡，最遠可以追溯到羅馬時代。很久以前，河泥尋寶人會找到舊硬幣、戒指、陶器，然後拿去賣。維多利亞時代的作家寫到那些貧窮的孩子就是靠這個填飽肚子。不過現在，我們只是因為喜歡而找。你也可以留下你找到的東西，這是我們的規矩。看，那邊。」他指著我的腳說道。「你差點踩到一個菸斗。」他彎腰撿起。那東西依我看就像一塊石板，但光棍阿爾弗臉上掛著燦笑。「你一天會找到一大堆這種東西。除非這是你的第一次，不然沒什麼大不了的。這裡是塞菸草的，看到沒？管子前面隆起的地方？這東西大概可以追溯到一七八〇年到一八二〇年之間。」他停下來，等待我的反應。

我揚起眉毛，湊近看著那根陶製菸斗，想到手裡拿著的是幾世紀以前的東西，突然興奮不已。早些時候，光棍阿爾弗說過每次漲退潮都會揭開新的謎團。還有哪些古老文物可能是我觸手可及的？我檢查手套，確認已經牢牢戴好，接著跪下來；也許我會再找到一些陶製菸斗，或是一枚硬幣或彎曲的戒指，正如光棍阿爾弗所說的。或者我也可以拔掉自己的戒指，掰成兩半，然後扔進河裡，加入其他象徵失敗愛情的戒指堆中。

我在岩石之間緩緩掃視，用指尖摸過閃閃發亮的鐵鏽色鵝卵石。但這樣做了一分鐘後，我皺起眉頭；每顆石頭看起來都大同小異。就算石縫藏了一顆鑽戒，我想我也不會發現。

「有什麼訣竅嗎？」我對光棍阿爾弗大聲說。「還是你有鏟子之類的東西？」他站在幾公尺外，檢查著另一個人發現的一個蛋形物品。

他放聲大笑。「抱歉了，倫敦港務局禁止使用鏟子，也不允許任何挖掘行為。我們只能在土表搜找。所以如果你找到什麼的話，就有點像是命中注定，至少我喜歡這麼想。」

命中注定，或浪費時間。但我要嘛選擇河床，要嘛選擇回到飯店冰冷空曠的超大雙人床，所以我向前幾步，走到水邊，再次蹲下，揮手趕走一群在我腳邊盤旋的蚊蚋。我慢慢掃視鵝卵石，突然瞥見一道反光。我倒抽一口氣，準備呼喚光棍阿爾弗過來查看我的發現。但我走近把那個閃亮亮的小東西拉向我時，我才明白我只是抓住了一條死魚那如珍珠般的腐爛尾巴。

「噁。」我哀號道。「好噁。」

突然間，我後方傳來興奮的尖叫聲。我回頭看見另一個中年女性彎得低低的，撿起一塊邊緣鋒利的灰白岩石，髮梢差點碰到腳下的泥坑。她用戴著手套的手拚命擦洗岩石正面，然後自豪地高高舉起。

「啊，是台夫特陶器的碎片！」光棍阿爾弗驚呼道。「我得說，太美了。現在找不到這種藍色了。天藍色，發現於十八世紀末，如今成了一種廉價染料。看這裡——」他描繪碎片上的圖案給那個興奮的女人看。「這似乎是獨木舟的邊緣，也許是龍舟。」

女人開心地把碎片丟進包包，所有人繼續他們的搜找。

「各位，聽好了。」光棍阿爾弗解釋。「我的建議是讓你們的潛意識發現異常。我們的大腦天生喜歡辨識一個模式中的異常。數百萬年前，我們就是這樣進化的。你並不是在找某樣東西，而是在找某些東西有哪裡不協調，或缺了什麼。」

這個嘛，目前我缺了很多東西，其中最重要的可能會影響到我下半輩子的安全感或穩定性。得知詹姆士的消息後，我把自己鎖在浴室裡，蜷縮在浴墊上的時候，他試過破門而入。我拜託他別打擾我；每次我這麼說，他就會用一些懇求的話回應，像讓我補償你，或我會用一輩子來修補這個問題之類的話。我只想要他走開。

我也打電話給蘿絲，向她分享整件慘事。我告訴她我無法想像第二天和他一起去倫敦慶祝我們的結婚紀念日時，她驚呆了，接著她耐心地聽我娓娓道來，背景一邊傳來嬰兒的哭聲。

「那就別跟他去。」她說。「你可以自己去。」當下我們的生活可能看起來截然不同，但在我絕望的時刻，蘿絲清楚看到了我看不到的東西：我需要遠離詹姆士。我無法忍受靠近他的雙手、他的嘴唇；它們激發了我的想像力，讓我的胃再次翻騰。就這樣，我即將飛往倫敦的班機變成了一件丟到海上的救生衣。我急切且絕望地向它伸長了手。

飛機起飛的幾個小時前，詹姆士看著我把最後幾件衣服放進行李箱時，默默搖頭，灰心喪志，而怒火在我傷心欲絕、睡眠不足的身體中蔓延。

然而，雖說我需要時間和空間，但到處都有人讓我想起我的身邊少了詹姆士。機場辦理登機手續的櫃檯人員奇怪地看著我，一邊用亮橘色指甲敲桌子，一邊詢問第二個訂位乘客帕斯韋爾先生的下落。我告訴飯店櫃檯的小姐只需要一副房間鑰匙的時候，她也皺起眉頭。當然，現在我發現自己身處一個我從未預料的地方：泥濘的河床，尋找文物，並如同光棍阿爾弗所說的，尋找有哪裡不協調。

「比起你的眼睛，你得更相信你的直覺。」光棍阿爾弗接著說。

我思考這句話的同時，聞到下游某處飄來污水的硫磺惡臭，我頓時湧上一陣噁心感。好幾個人也發出作嘔的聲音，看樣子我不是唯一一個被臭味困擾的人。

「這是我們不用鏟子挖的另一個原因。」光棍阿爾弗解釋道。「河底的氣味非常難聞。」

我繼續沿著河邊走，尋找一個不受他人打擾的地方，結果一個失足，踩進深及腳踝的混濁水坑。冷水突然湧進鞋子裡，我不禁倒抽一口氣。我心想如果我提前退出旅遊團，光棍阿爾弗可能會說什麼。暫且不提難聞的氣味，這次冒險還是沒有讓我的心情好轉。

我查看手機，決定再待十二分鐘，到下午三點為止。如果到時候情況還沒起色——沒有來點小發現，甚至稍微有趣的東西——我就客氣地向他告辭。

十二分鐘。一輩子的一個小片段，卻足以改變整個人生方向。

5

奈拉

一七九一年二月四日

我走到伊麗莎身後的架子旁，取出那個奶白色的小瓷盤。盤裡躺著四顆棕色雞蛋，其中兩顆稍大一些。我把那盤雞蛋放到桌上。

伊麗莎向前傾，彷彿很想伸手摸盤子，但她只是把雙手放在桌上，手掌留下濕印。

老實說，我在她身上看見不少童年時的我——睜著大眼對新奇事物充滿好奇的模樣，這是大多數孩子無法體驗的——儘管童年的我感覺已經死了一千年了。不同的是，我第一次看到這家店鋪的東西時——小藥瓶、天秤和英石——年紀還不滿十二歲。母親在我有能力抓取、分類物品，懂得分辨、整理和重新排列開始，就立刻把那些東西介紹給我。

在我年僅六、七歲，注意力轉瞬即逝的時候，母親教我一些簡單、容易的事情，例如顏色：藍色和黑色瓶子必須留在這個架子上，紅色和黃色瓶子必須放在那個架子上。等我進入青春期，變得更熟練、也更有識別力之後，任務變得越來越困難。比方說，她可能會把一整罐啤酒花倒在桌上，攤開那些乾燥、苦澀的毬果，要我依照外觀重新整理。趁我重新整理的同時，母親會拿著藥水和藥草茶，緩慢地移動到我旁邊，向我解釋吩（scruple）和打蘭（dram）這兩種藥量單位的不同，以及陶製藥罐和大釜之間的區別。

這些就是我的玩具。其他孩子在泥濘的小巷裡用積木、棍棒和卡片自娛自樂時，我的整個童年都是在這個房間裡度過的。我逐漸學會了數百種原料的顏色、稠度和氣味。我研究偉大的草藥學家，記住《藥典》中的拉丁學名。事實上，我毫不懷疑有一天我會接下母親的店鋪，繼承她對女性的良善貢獻。

我從未打算玷污這份貢獻，扭曲母親的本意。

「雞蛋。」伊麗莎低聲說，把我從回憶中驚醒。她抬頭看我，一臉困惑。「你有一隻會下毒蛋的雞？」

儘管與伊麗莎的會面很嚴肅，我還是忍不住笑了出來。對一個孩子來說，這種說法完全合乎邏輯。我往後靠在椅背上。「不，不是的。」我拿起其中一顆雞蛋給她看，再放回盤子裡。「你看，如果我們把四顆雞蛋放在一起，你能告訴我哪兩顆最大嗎？」

伊麗莎皺起眉頭，彎腰讓視線與桌面齊平，花了幾秒鐘研究雞蛋。接著她突然坐起來，臉上帶著自豪的表情，往前一指。「這兩顆。」她說。

「很好。」我點點頭。「這兩顆比較大，千萬要記住。比較大顆的雞蛋是有毒的。」

「大顆的。」她重複說道。她喝了一口茶。「可是為什麼呢？」

我把三顆雞蛋留在盤子裡，把其中一顆比較大的雞蛋拿出來。我轉動手中的雞蛋，用手心捧住雞蛋寬大的底部。「伊麗莎，你所沒看見的，是這顆雞蛋的頂部有一個小孔。現在小孔已經用同顏色的蠟蓋住了，但如果昨天你在這裡的話，就會看見我用針注入毒藥的地方有個黑色小點。」

「沒有破耶！」她驚呼，彷彿我剛剛變了一套魔法。「而且我完全看不到蠟的痕跡。」

「沒錯，但是裡面其實藏有毒藥，劑量多得足以把人殺死的毒藥。」

伊麗莎點點頭，凝視著雞蛋。「是什麼樣的毒藥？」

「馬錢子，專門拿來毒老鼠的藥。雞蛋是碎種子的理想場所，因為蛋黃黏稠又涼爽，可以保存種子，就跟小雞寶寶在裡面是一樣的意思。」我把那顆蛋與其他的蛋一起放回盤子裡。「你很快就要用上這些蛋了嗎？」

「明天早上。」伊麗莎說。「他在家的時候，女主人和她丈夫會一起吃早餐。」她停下來，彷彿想像著餐桌擺在她面前。「我會把兩顆小的雞蛋給女主人。」

「你把雞蛋打進鍋子裡之後，要如何區分它們呢？」

這個問題讓她發愣，但只有一下子。「我會先炒小顆的蛋，放到給女主人的盤子上，然後再炒大顆的蛋。」

「非常好。」我說。「時間不會耗太久。幾秒鐘內，他可能會抱怨嘴裡有燒灼感。炒蛋端上桌時盡量越熱越好，這樣他就不會發現——也許可以淋上肉汁或黑胡椒醬。他會以為他只是被燙到舌頭。不久，他會有想吐的感覺，而且絕對會想要躺下。」我向前傾，確保伊麗莎明白我接下來要說的話。「我建議你在這之後別去看他。」

「因為他就會死掉了。」她面無表情地說。

「不會馬上死亡。」我解釋道。「吃下馬錢子的幾個鐘頭內，大多數的人會出現脊柱僵直的症狀。他們可能會向後拱起，好像身體被拉成一張弓。我沒有親眼見過，但聽說非常可怕，會造成一輩子的陰影。」我往後靠回椅背上，眼神柔和下來。「當然，等他死後，這種僵化現象就會消失。到時他會看起來安詳許多。」

「之後，如果有人要求檢查廚房或平底鍋的話呢？」

「他們什麼也找不到。」我向她保證。

「因為魔法嗎？」

我把雙手放在腿上，搖了搖頭。「小伊麗莎，讓我說清楚了——這不是魔法。這些不是神奇的咒語，是人間的東西，跟你臉上的那抹污漬一樣真實。」我舔舔大拇指，向前傾，抹她的臉頰。接著，我滿意地坐回椅子上。「魔法和偽裝可能會達到相同的目的，但我向你保證，這兩者是非常不同的東西。」她的臉上閃過一絲困惑。「你知道偽裝是什麼意思嗎？」我補上一句。

她搖頭，聳聳肩。

我指向伊麗莎當初進來的那扇隱藏門。「今天早上，你走進我們現在所處位置另一邊的儲藏室時，你知道我從牆上的一個小洞看著你嗎？」我指向密室的入口。

「不知道。」她說。「我完全不知道你在這後面。我剛到的時候，發現裡面沒人，我以為你會從我後面的小巷進來。我真希望以後住的房子也有這種密室。」

我歪頭看著她。「如果你有東西要藏，那你可能需要幫自己蓋一間密室。」

「這間密室一直都在嗎？」

「不。我小時候跟我母親一起在這裡工作時，還不需要密室。那時我們沒有毒藥。」

女孩蹙起眉頭。「你們不是一直都有賣毒藥？」

「不是的。」儘管與年幼的伊麗莎分享細節沒什麼意義，但這番坦白卻勾起了一段痛苦回憶。二十年前，母親在某個星期一出現咳嗽，到了星期三開始發燒，星期日死亡。短短六天就離開人世。在二十一歲那年，我失去了我唯一的家人、朋友和導師。母親的工作變成我的工作，藥水就是我對這個世界的全部了解。我恨不得當時能跟她一起死去。

悲傷如浩瀚的海洋把我淹沒，我幾乎無法維持店鋪的運作。我從未見過我的父親，所以也無法聯絡他。十幾年前，身為一名船夫的他曾經在倫敦住了幾個月，時間剛好足以搞大母親的肚子，然後他就再次與其他船員揚帆離開。我沒有兄弟姊妹，能談心的朋友也寥寥無幾。藥師的生活就是這樣奇特又孤獨。母親這門生意的本質意味著我們陪伴藥劑比陪伴人的時間還多。她離開我後，我的心也跟著碎了。我擔心母親生前的貢獻——以及這間店鋪——會跟著消亡。

然而，一個名叫菲德里克的黑髮年輕男子進入我的生活，有如一帖萬靈藥水澆熄我悲傷的火焰。當時，我以為我們的邂逅是天賜良緣；他的存在開始撥亂反正，讓很多事情平緩下來。他是一名肉販，很快就處理好母親去世後我積累的爛攤子：我尚未償清的債務、尚未盤點的染料、尚未收取的費用。即使在店鋪的帳目弄清後，菲德里克仍沒有離開。他不想與我分開，我也一樣不願意。

雖然我曾經以為自己只擅長藥鋪的複雜知識，但我很快意識到我在其他方面擁有專業技巧，兩個身體之間的釋放，我在牆上的小藥瓶找不到的一種治療方法。接下來的幾週內，我們不可自拔地愛上對方。深如汪洋的悲傷感變得越來越淺；我又能呼吸了，我可以期望未來——與菲德里克在一起的未來。

我不知道在我愛上他的短短幾個月內，我會用致命劑量的老鼠藥殺死他。

第一次的背叛。第一個被害人。店鋪從此被玷污的開端。

「那時候的店一定不是很有趣。」伊麗莎說著，把頭別開，很失望的樣子。「沒有毒藥，也沒有密室？哼，誰都應該喜歡密室才對。」

儘管她的純真令人羨慕，但她還太年輕，無法理解一個曾經深愛過的地方——無論有沒有密室——因為失去而蒙上陰影。「重點不在於有趣，伊麗莎，而在於偷天換日的技巧。這就是偽裝的意思。誰都能買毒藥，但你不能隨便把毒藥丟進炒蛋裡，因為警方可能會發現殘留物，或在垃圾桶裡找到毒藥盒。不行，毒藥一定得偽裝得很巧妙，讓人無法追蹤。毒藥藏在雞蛋中，就像我的店鋪藏在舊儲藏室內部是一樣的道理。這樣一來，任何不速之客都會轉身離開。前面的儲藏室對我而言可以說是一種保護措施。」

伊麗莎點點頭，髮髻在頸後上下抖動。她很快就會長成落落大方的年輕女人，那雙長睫毛加上鵝蛋臉，她會比多數人都漂亮。她把那盤雞蛋捧在胸前。「那我想就這樣了。」她從口袋裡拿出幾枚硬幣放到桌上。我很快數了一下：四先令六便士。

她起身，用指尖摸著嘴唇。「可是我要怎麼運送它們？我怕蛋可能會在口袋裡破掉。」

我曾經把毒藥賣給年紀大她三倍的女人，她們卻從未考慮過藥瓶在口袋裡突然破掉怎麼辦；伊麗莎似乎比她們所有人加在一起都聰明。我遞給她一個紅色玻璃罐，我們一起小心翼翼地把雞蛋逐一放進罐子裡。我們會鋪上一公分厚的木灰，再放入下一顆雞蛋。「你還是要非常小心。」我警告道。「還有，」我把一隻手輕輕放在她手上。「有必要的話，一顆雞蛋就足以解決問題了。」

她瞬間沉下臉。在那一刻，我感覺到，儘管她至今都是一副青春活潑的模樣，但她確實明白她要做的事情有其嚴重性。「謝謝你，你是，呃——」

「我叫奈拉。」我說。「奈拉．克拉文格。他叫什麼名字？」

「湯普森．安維爾。」她信心十足地說。「住在沃里克巷，就在大教堂附近。」她舉起玻璃罐，確保雞蛋妥當放在裡面，結果目光卻被罐子上的圖案吸引了，她皺起眉頭。「是一隻熊。」

她觀察刻在罐子上的小圖案。母親很久之前就決定了這個熊雕刻，因為儘管倫敦有無數的後巷，但只有我們的後巷緊鄰著一條熊巷。罐子上的小雕刻看起來無傷大雅，只有那些知情的人才認得出它的意義。

「沒錯。」我說。「這樣你才不會跟其他罐子搞混。」

伊麗莎踏出門外。她穩穩地伸出手，用手指滑過門附近一塊燻黑的石頭，在煤灰上留下俐落的線條，出現一條手指寬的潔白石頭。她笑了，很開心，彷彿剛剛在一張備用紙上給我畫了一幅畫。「謝謝你，奈拉小姐。我必須說，我很喜歡你的茶，也很喜歡這間神秘店鋪。我非常希望我們能再見面。」

我挑起眉毛。我大多數的顧客都非職業殺手，除非她是需要治療而回來，否則我沒料到會再見到她。但我只是對著這充滿好奇的女孩微笑。「嗯。」我說。「也許我們會再見面。」我解開門閂，打開大門，目送伊麗莎離開儲藏室，來到小巷，嬌小的身軀消失在外頭的陰影中。

她離開後，我花了幾分鐘回想女孩的來訪。她真是個小奇葩。我相信她會完成她的任務，我也很感激她為我這間沉悶的毒藥店帶來片刻的歡樂。我很慶幸我沒有拒絕她，慶幸我沒有聽從那封信最初給我的不祥預感。

我再次坐回桌前的位子上，把登記簿拉近。我翻到後面，找到下一個空白處，準備記錄下今天的狀況。

接著，我把筆尖浸至墨水，在紙上寫道：

湯普森・安維爾。摻入馬錢子的雞蛋。一七九一年二月四日。委託人伊麗莎・芬妮小姐，十二歲。

6

卡洛琳

現代，星期一

我抖掉濕鞋上的泥巴，繼續沿著河岸往前走。我離河泥尋寶團越來越遠，他們寧靜的交談聲也消失了，溫柔的河浪輕輕拍打著我，催促我往河裡走。我抬頭望向天空；一朵青紫色的雲來到頭頂。我打了個冷顫，等雲飄過，卻來了更多的雲。我擔心不久將有暴風雨來襲。

我交叉雙臂，看向腳邊的地面，但全是一成不變的灰棕色岩石。找找有哪裡不協調，光棍阿爾弗曾說。我往河邊走近一步，看著陣陣淺浪規律地向我打來又退後，直到一艘船疾駛而過，迫使一股水流湧近。就在這時我聽見了：一個空洞的爆裂聲，像瓶子在水裡冒泡泡的聲音。

河水退掉的同時，我來到傳出聲音的地方，發現一個藍色玻璃容器，就在兩塊石頭之間。大概是一個舊汽水瓶吧。

我蹲下檢查，拉動細長的瓶頸，但底部牢牢卡在石頭之間。我快抽出容器時，在一側發現了一個小圖案。也許是商標或公司標誌？我拿開其中一塊大石頭，才終於釋放瓶子，從石縫中拿起來。

瓶子的高度不超過五英寸——考慮到尺寸那麼小，更像是一個樣本瓶——由半透明的天藍色玻璃製成，隱藏在一層結塊的泥土下方。我把小瓶子浸入水中，用戴著橡膠手套的拇指擦掉污垢，再拿起來進一步仔細檢查。側面的圖案似乎是一種基本的蝕刻技術，可能是手工、而非機器完成的，看上去像是某種動物。

雖然我不知道自己發現了什麼，但我想應該夠有意思去喚光棍阿爾弗過來。不過他早已朝我走來。「你找到什麼？」他問道。

「我不確定。」我說。「某種小瓶子，瓶身上刻了一隻小動物。」

光棍阿爾弗接過小瓶子，拿到面前。他轉動瓶子，用指甲刮了刮玻璃。「這就奇怪了，看起來很像藥師的小藥瓶，但通常我們會看到其他標記——公司名稱、日期、地址。也許這只是一件家用品，某人用來練習蝕刻技術的方法。我真心希望他們能因此有所進步。」他沉默一會兒，研究小藥瓶的底部。「玻璃表面有些地方很不平整。可以確定的是，這不是工廠製造的，所以年代一定很古老了。你要的話，這是你的了。」他張開雙手。「很有意思，對吧？要我說的話，這是全世界最棒的工作。」

我勉強笑了笑，有點羨慕我不能對自己的工作說同樣的話。我得承認，在家庭農場上班，用一台過時的電腦輸入數字到過時的軟體裡時，並沒有讓我像光棍阿爾弗現在這樣笑口常開。相反的，我只是日復一日坐在一張破舊的黃橡木辦公桌前，我母親就是在這張辦公桌上工作了三十多年。十年前，失業又剛買新家的我，農場的工作機會可說是好得不容錯過——但有時候我會納悶為什麼我待了那麼久。只因為我不能在當地學校教歷史，不代表我沒有選擇；肯定有其他比在農場做行政工作更有趣的事情。

可是孩子怎麼辦。正如詹姆士經常提醒我的，有一天，等我們有了孩子，我的工作穩定與否就變得至關重要。所以我按兵不動，漸漸習慣挫折感，漸漸不再擔心自己是否錯過什麼更重要的事，是否錯過一個截然不同的生活。

與光棍阿爾弗站在河床上時我心想，或許很久以前，他也做過無趣的辦公室工作。他是不是終於想透了生命太短暫，不值得每週花四十個小時痛苦過日？或者他只是比我勇敢，比我大膽，成功把他的熱情——河泥尋寶——變成他的事業。我考慮問他，但我還來不及發問，旅行團的另一名成員就喚他過去檢查他發現的東西。

我從他手中拿回小藥瓶，本打算放回原處，但內心多愁善感那部分的我拒絕這麼做。我與最後一次把小藥瓶握在手中的人產生一種奇怪的連結——與最後一次把指紋像我這樣印在玻璃上的人產生一種與生俱來的親緣關係。他們在這個天藍色的瓶子裡混了什麼藥水？他們又打算幫助誰痊癒？

我一想到在河床上找到這樣物品的機率，雙眼不禁泛淚：一件歷史文物，可能曾經屬於一個無足輕重的人，一個名字沒有記載在教科書上的人，但生活仍然令人著迷。這正是我覺得歷史如此迷人的地方：我和最後拿著小藥瓶的人雖然相隔了幾百年，但手裡感覺到的冰涼玻璃觸感卻是一樣的。彷彿宇宙正用其古怪又荒謬的方式向我伸出援手，提醒我曾對舊時代的點點滴滴充滿熱情，只要我願意看看隨著時間堆積而成的泥濘下方。

我突然發現，從今天早上抵達希斯洛機場以來，我還沒有為詹姆士哭過一次。這不就是我來到倫敦的原因嗎？為了消除有害身心的悲傷感？即使只有短短幾分鐘也好。我逃到倫敦喘口氣，這個決定真是再正確不過了，即使有些時候我是真的陷在泥沼中。

我知道我應該留下小藥瓶。不只是因為我對這個瓶子的主人產生了一種微妙的依戀，也因為這是我在一次河泥尋寶時找到的，這項活動不是原本跟詹姆士計畫好的行程一部分。我是獨自來到這個河床。我把雙手伸進兩塊泥濘岩石的石縫中。我忍住了淚水。這個小玻璃瓶——脆弱但仍然完整，有點像我——證明了我可以堅強、勇於冒險、靠自己做困難的事。我把小藥瓶放進口袋。

頭頂上方的雲層持續增厚，河灣以西的某處落下一道閃電。光棍阿爾弗把大家集合起來。「抱歉了，各位。」他大喊著說。「開始打雷了，行程必須中斷。收拾一下吧。如果有人想再參加的話，我們明天同一時間會回來這裡。」

我脫掉手套，走向光棍阿爾弗。事到如今，我有點習慣周圍的環境了，不禁失望行程提前結束。畢竟，我剛剛有了第一個真正的發現，我感覺到一股越來越強烈的好奇心和繼續找下去的衝動。我可以想像這樣的消遣會讓人上癮。

「你是我的話，你會去哪裡了解更多小藥瓶的相關資訊？」我問阿爾弗。儘管阿爾弗沒有在瓶身上看見典型小藥瓶會有的標記，但或許我仍能蒐集到一些相關資訊。

他給了我一抹溫暖的微笑，甩甩我的手套，跟其他手套一起扔進水桶裡。「喔，我想你可以拿給專門研究玻璃製造的玩家或收藏人士。表面拋光、模具和技術會隨著時間而改變，所以也許有人可以幫你確認瓶子的年代。」

我點點頭，完全不知道該怎麼去找玻璃製品「玩家」。「你想這是倫敦這附近的物品嗎？」剛才，我無意中聽到光棍阿爾弗告訴另一位團員溫莎城堡位於西邊約四十公里處。誰知道小藥瓶漂了多遠，又是從哪裡來的？

他揚起眉毛。「沒有地址或文字的幫助？幾乎不可能確定。」我們頭頂上方傳來一陣警告的雷聲。光棍阿爾弗變得猶豫不決，左右為難。他既想幫忙像我這樣好奇的新手，又想讓我們去躲雨、保護我們的安全。「聽著。」他說。「到大英圖書館的地圖服務台找蓋諾兒。你可以告訴她是我介紹你來的。」他查看手錶。「今天閉館時間快到了，所以你最好動作快。坐地鐵去吧，搭泰晤士線，在聖潘克拉斯站下車。那是最快的路線——也最不容易淋到雨。那裡也是等待暴風雨過去的好地方。」

我向他道謝後，匆匆離去，希望在暴風雨來臨前我還有幾分鐘的時間。我拿出手機，發現地鐵站只隔幾個街區，不禁鬆了口氣。我接受了事實，知道自己如果得獨自在城裡待上十天的話，也是時候學習怎麼搭地鐵了。

我在傾盆大雨中離開車站，發現大英圖書館就在前方。我開始小跑步，一邊拉著衣領，試圖用衣服擋風，卻一點用都沒有。更糟的是，當初不小心踏入河邊水坑而浸滿水的鞋子，如今仍濕得一塌糊塗。總算踏進圖書館後，我看了一眼鏡子中的倒影，忍不住嘆口氣，擔心蓋諾兒會因為我一身狼狽而把我打發掉。

圖書館的大廳充斥著行人、遊客和學生，所有人都為了避雨而來。然而，我感覺自己是唯一一個沒有真正理由來這裡的人。許多人都揹著背包和相機，而我只在口袋裡帶了一只意義不明的玻璃瓶，以及一個名字，不確定到底是不是這裡的員工。有一瞬間，我考慮過放棄；也許是時候去找三明治吃，以及計畫一份真正的旅遊行程了。

這個想法一閃過我的腦海，我立刻搖頭。這聽起來完全就像詹姆士會說的話。大雨繼續打在圖書館的玻璃窗上，我強迫自己忽略這個理智之聲——正是這個聲音要我撕掉劍橋申請表，並鼓勵我接受家庭農場的工作。我反問自己，以前的卡洛琳會怎麼做——十年前的卡洛琳，那個勤奮向學、還沒被手指上的鑽石所迷惑的學生。

我走向樓梯，一群睜大眼睛的遊客在樓梯上兜來轉去，每個人的面前都攤著一本小冊子，雨傘袋散落在他們腳下。樓梯附近有一張桌子，坐著一位年輕的女圖書館員。我走向她，看到她沒有被我又濕又髒的衣服給嚇到，不禁鬆了口氣。

我告訴她我想找蓋諾兒，但她只是輕笑。「我們有超過一千個員工。」她說。「你知道她在哪個部門嗎？」

「地圖。」我說完，立刻覺得自己比剛才像樣多了。圖書館員查看電腦，點點頭，確認一個叫蓋諾兒．貝蒙特的人在三樓地圖閱覽室的諮詢台工作。她指路告訴我電梯在哪裡。

幾分鐘過後，我來到地圖閱覽室的諮詢台前，看著一位年約三十幾歲、頂著紅棕色捲髮的漂亮女人俯身在一張黑白地圖上。她一手拿著放大鏡，另一手拿著鉛筆，眉頭緊皺，全神貫注。過了一兩分鐘，她站起來伸懶腰，見到我時嚇了一跳。

「抱歉打擾了。」我在近乎安靜的閱覽室裡輕聲說。「請問蓋諾兒在嗎？」

她與我四目相交，接著微微一笑。「你來對地方了，我就是蓋諾兒。」她放下放大鏡，撥開一束散髮。「有什麼需要幫忙的嗎？」

如今來到她面前，我的問題似乎變得很荒謬。她眼前的地圖——由許多盤根錯節的線條和微小標籤組成的一團混亂——肯定是在做什麼重要的研究。「您要是忙，我可以晚點再來。」我主動說，心裡竟然希望她能同意我的提議，盡快把我打發走，這樣一來，剩下的時間我還可以做些真正有意義的事。

「不不不，沒關係的。這張地圖已經有一百五十年的歷史。接下來的五分鐘也不會有任何改變。」

我把手伸進口袋，蓋諾兒露出困惑的表情：她可能比較習慣看見帶著長筒羊皮紙的學生，而不是被大雨淋濕的女人伸手拿取口袋裡的小東西。「我剛剛在河邊找到這個。我正在跟一群人參加河泥尋寶，嚮導是個名叫阿爾弗的先生。他告訴我可以過來找你。你認識他嗎？」

蓋諾兒咧嘴燦笑。「他是我爸爸。」

「喔，天哪！」我驚訝地說，引來附近一名顧客惱怒的目光。光棍阿爾弗竟然沒告訴我，真狡猾。「呃，這裡有個小圖案──」我指著說。「──是瓶子上唯一的記號。我想是一隻熊。我很好奇這個瓶子是從哪裡來的。」

她饒富趣味地歪過頭。「大部分的人對這種事沒興趣。」蓋諾兒伸長手，我把小藥瓶遞給她。「你想必是個歷史學家，或研究員？」

我微笑。「不算專家，但我確實對歷史有興趣。」

蓋諾兒抬頭看我。「我們算是志同道合。我的工作是研究各種地圖，但我最愛的卻是那些不起眼的古老版本，總覺得老地圖裡才有故事。因為隨著時間的推移，空間也總會發生變化，而那些變化就是我們研究的方向。」

變化的不僅是空間，還有生活在空間裡的人，我在心裡暗想。此時此刻，我可以感覺到我自己的變化：我利用內心的不滿抓住冒險的機會，參加了一次尋寶活動，重拾過去我對舊時代的熱情。

蓋諾兒把小藥瓶拿到燈光底下。「我見過不少像這樣的古董小瓶，不過通常還要再大一些。我一直覺得挺可怕的，因為你不知道裡面裝過什麼。血或砒霜之類的，我小時候常這樣幻想。」她再把蝕刻圖案看個仔細，用手指滑過那隻小動物。「看起來確實像一隻小熊，真奇怪，沒有其他標誌。但可以肯定地說，這可能曾經屬於一位店主，大概是藥師吧。」她嘆口氣，把小藥瓶還給我。「我爸爸為人善良，但我不懂他為什麼請你過來找我。我真不知道這個小藥瓶是什麼東西，也不知道是打哪兒來的。」她低頭看向眼前的地圖，以委婉的方式告知我們簡短的談話已經結束了。

這是一條死胡同，我忍不住失望得沉下臉。我向蓋諾兒道謝，把瓶子放回口袋，準備離開諮詢台。但我才轉身，她立刻從後方叫住我。「抱歉，小姐，我還不知道你叫什麼名字？」

「卡洛琳。卡洛琳・帕斯韋爾。」

「你從美國來的嗎？」

我微笑。「我敢說是我的口音露餡了。是的，我過來旅遊。」

蓋諾兒拿起一支筆，傾身湊到地圖前。「卡洛琳，如果還有什麼我能幫忙的，或是你得到關於那個瓶子的一些資訊，我很想知道。」

「沒問題。」我說完，把小藥瓶放回口袋。心灰意冷的我，決定徹底忘記這個物品和那次的河泥尋寶。就憑我這運氣，怎麼可能找到什麼有價值的東西呢。

7

伊麗莎

一七九一年二月五日

我醒來時肚子好痛，這是以前從未有過的感覺。我把雙手伸到睡衣底下，手指壓進皮膚。我感覺手底下的皮膚溫熱腫脹，一陣隱隱約約的疼痛開始蔓延開來，我忍不住緊咬著牙。

這與以前吃了太多糖果，或夏天時在家裡的花園跟著螢火蟲繞圈圈後出現的肚子痛不一樣。這股疼痛的位置比較低，像是需要上廁所。我衝向夜壺，但沉重感依然沒有消失。

喔，我待會兒有個非常重要的任務啊！是女主人給過我最重要的任務。比我洗過的碗盤、烤過的甜點或密封的信件都更重要。我不能說我人不舒服，想躺在床上，這樣她會失望的。在我爸媽的農場工作，碰上必須幫馬兒刷洗或把成熟的豆子從莖上摘下來的日子時，那些藉口可能有用。但今天不行，在安維爾家這高聳的磚房裡不行。

我脫掉睡衣，走向臉盆，決定不理會這不舒服的感覺。我梳洗時、整理我的閣樓房間時、撫摸睡在我床尾那隻無名胖花貓時，都一邊對自己輕聲說：「今天早上，我會給他端上有毒的蛋。」彷彿說出來比較可信。

那些蛋。它們仍躺在木灰罐裡，塞在我掛在床邊的長袍口袋裡。我拿出罐子，捧到胸前，即使隔著睡衣，我仍感覺得到玻璃的冷意透進我的身體。我緊抓著罐子，雙手堅定，絲毫沒有抖動。

我很勇敢，起碼以某些事來說是這樣沒錯。

兩年前，我十歲的時候，我和母親騎馬離開我們的斯溫頓小鎮，來到倫敦這座大城市。我從未來過倫敦，只透過傳聞聽說那座城市極度骯髒卻又富裕。「我們這種人不適合居住的地方。」我的農夫父親總是這樣嘀咕道。

但母親不認同。她私底下會告訴我倫敦的市容色彩繽紛——教堂的金色尖塔，各種孔雀藍的禮服——也告訴我城裡有許多奇特的商店。她向我形容那些穿著背心的異國動物，馴獸師帶著牠們穿過城裡的大街小巷，以及販賣熱騰騰杏仁櫻桃麵包的市集攤位，排隊的顧客有三打那麼長。

像我這樣的女孩，身邊只有牲畜和結著苦澀水果的野生灌木，簡直無法想像有那種地方。

農場有四個哥哥幫忙的緣故，母親堅持等我達到適當歲數後為我在倫敦找一份工作。她知道如果我不在很小的時候就離開農村，我將永遠看不到牧場和豬圈以外的生活。我的父母為這件事吵了幾個月，但母親不肯妥協，一點都不願意。

我離開的那天早上氣氛緊張，充滿了淚水。父親不願意失去一個農場上的好幫手；母親捨不得與她最小的孩子分開。「我覺得我的心好像被切掉了一塊。」她啜泣著說，一邊撫平剛剛放進我行李箱的小被子。「但我不會讓你過著和我一樣的生活。」

我們的目的地是僕人的登記處。我們騎馬進城時，母親側身靠近，聲音中的悲傷現在被興奮所取代。「一開始人家要你做什麼就做什麼。」她抓住我的膝蓋說。「然後再從那裡向上爬。從洗碗女傭或打掃女傭開始做沒什麼不好。況且，倫敦是一個神奇的地方。」

「媽媽，你說的神奇是什麼意思？」我曾問，城市漸漸映入眼簾時我睜大了雙眼。那天天氣晴朗蔚藍；我已經可以想像雙手的老繭變小了。

「我的意思是你在倫敦可以成為任何你想要的人。」她回答。「農田裡沒有什麼偉大的事情等著你。柵欄會把你關起來，就像豬隻和我的下場一樣。但在倫敦呢？如果你夠聰明，假以時日，你就可以運用自己的力量，就跟魔術師一樣。住在這樣的大城市，即使是窮女孩也可以變成任何她想成為的人。」

「像靛藍色的蝴蝶。」我說著，想起夏天在沼澤地上看到的透明繭。幾天內，繭會變得黑如煙灰，彷彿裡面的動物已經枯萎死去。但接著，漆黑會褪去，露出薄如紙張的繭內那動人的藍色蝴蝶翅膀。不久後，翅膀會破繭而出，飛出一隻蝴蝶。

「對，就像蝴蝶一樣。」母親附和道。「即使是有權有勢的人也無法解釋繭的內部是怎麼回事。這肯定是魔法，就像在倫敦發生的事情一樣。」

從那一刻起，我就更渴望了解這個叫魔法的東西，我也等不及想探索我們剛抵達的這座城市。

母親在僕人的登記處耐心地站在一旁，兩個女人正在打量我。其中一位是安維爾夫人，她穿著粉紅色絲緞長袍，戴著一頂鑲有蕾絲邊的帽子。我忍不住一直盯著她看：我這輩子從沒見過粉紅色的絲綢長袍。

安維爾夫人似乎立刻就喜歡上我。她彎下腰與我說話，把身子蹲得很低，我們的臉幾乎碰在一起。不久，她摟住我母親的手臂，母親再次熱淚滿盈。最後，我很高興安維爾夫人牽起我的手，帶我走到登記處前那張寬闊的紅木辦公桌，向工作人員要了文件。

安維爾夫人填寫必要資料時，我注意到她的手抖得很厲害，似乎費了很大的力氣才能保持筆尖穩定。她的字參差不齊，歪七扭八，但對我來說意義不大。那時的我還不識字，所有的字跡看起來都一樣艱澀難懂。

與母親含淚道別後，我和我的新主人乘坐一輛馬車前往她和她丈夫安維爾先生同住的房子。我一開始要在餐具室工作，於是安維爾夫人把我介紹給廚師兼廚房女傭莎莉。

接下來的幾個禮拜，莎莉直言不諱：據她的說法，我不知道正確的擦鍋方法，也不知道在挑除馬鈴薯的根部時怎麼樣才不會損壞果肉。她教我各種事情的「正確」做法時，我毫無怨言，因為我很喜歡在安維爾家工作。我在閣樓有自己的房間，這比母親跟我說過的待遇還要好。我從這裡可以看見下方街道上絡繹不絕的有趣活動：一輛輛呼嘯而過的轎子，不見裡頭的貨物、只見扛著大箱子的搬運工，一對來來往往、看起來剛墜入愛河的年輕情侶。

後來，莎莉漸漸對我的能力感到滿意，並開始允許我幫忙備菜。這感覺是一種微小的進步，就像母親說的那樣，我也因此燃起希望；但願有一天，我也能辛勤走在倫敦的大街上，追求比馬鈴薯和鍋碗瓢盆更偉大的東西。

一天早上，我正細心地用乾香草擺盤時，一名女傭跑下樓。安維爾夫人要我去她的起居室一趟。我立刻害怕起來。我很確定我一定是做錯什麼事了，我慢慢走上樓，心中充滿恐懼。我來到安維爾家還不到兩個月；如果我在這麼短的時間內被解雇，母親一定會很震驚。

但我踏進女主人淡藍色的起居室時，她只是微微一笑，把門關上，請我在她的寫字檯旁邊坐下。她打開一本書，拿出一張白紙、一支筆和一個墨水瓶。她指向書上的幾個字，要我寫下來。我不習慣拿筆，完全不習慣，但我把紙拉近，盡可能穩定地把字抄下。我寫字的時候，安維爾夫人仔細看著我。她的眉頭緊蹙，手捧著下巴。我寫完前面幾個字後，她又挑了一些，我差不多立刻就注意到我的筆劃進步不少。女主人想必也注意到了，我看見她滿意地點了點頭。

接下來，她把紙張推到一邊，拿起那本書，問我有沒有認識的字，但我搖頭。接下來，她指向幾個發音較短的單字——她、車、梨——並且解釋每個字如何發音，紙上的文字串在一起如何能夠傳達一個想法、一個故事。

就像魔法一樣，我心想。只要認真觀察，魔法無所不在。

起居室的那天下午是我們的第一堂課。無數堂課的第一堂，有時候一天兩堂——因為女主人的狀況從我初次在登記處注意到至今又更加惡化。她手抖的症狀變得非常嚴重，已經無法自己寫信，而是需要我代筆。

後來，我在廚房工作的時間越來越少，安維爾夫人經常叫我去她的起居室。其他家僕都很不能接受，尤其是莎莉。但我不讓自己太過擔心：莎莉不是我的女主人，安維爾夫人才是，而且我怎能對巧克力球、絲帶和壁爐邊的書法課說不呢？

我花了好幾個月學習讀書寫字，甚至更久的時間學習如何別像個鄉下孩子那樣說話。但安維爾夫人是很棒的老師：態度溫柔、輕聲細語，她會把我的手握在她的手中寫下字母，筆不小心滑落時跟著我一起大笑。我對家殘存的思念全都消失了；承認這一點讓我覺得羞愧，但我這輩子再也不想看到農場了。我想留在倫敦，留在女主人富麗堂皇的起居室。在她的寫字檯前度過的那些漫長午後是我最美好的回憶，當時的我只需承受其他傭人的嫉妒目光。

後來，有事改變了。一年前，我臉頰的嬰兒肥開始消失，胸衣開始變緊時，有件事我再也無法置之不理：那是一種被凝視的感覺，一種過去所沒有的目光，有人過於密切地注視著我。

那個人就是安維爾先生，女主人的丈夫。基於一些我不太明白的原因，他開始關注我。而我很確定女主人也感覺到了。

差不多是時候了。我的肚子已經沒那麼痛；在廚房裡走來走去似乎有幫助。我很慶幸，因為奈拉的指示需要我謹慎遵循。在女主人的起居室裡手滑只會被人取笑，但今天失手的話會非常糟糕。

兩顆小雞蛋在平底鍋裡滋滋作響。油濺到我的圍裙上，邊緣的蛋白開始起泡捲曲。我專心一致，動也不動，等蛋白變成女主人喜歡的蜂蜜色時，我便用湯匙把雞蛋從鍋裡舀出來。我把她的煎蛋放到盤子上，用一塊布蓋住，遠遠放到一邊。接著，我花了幾分鐘處理肉汁，這是奈拉的建議。

肉汁變稠後，我意識到，如果我想放棄我尚未完成的任務，這是最後的機會。如果堅持到底，我就會像在處決日的泰伯恩刑場上聽說過的那些人一樣：是一名罪犯。我一想到這裡，全身起滿雞皮疙瘩。我閃過對女主人說謊的念頭——告訴她毒蛋一定是毒性太弱了。

我搖搖頭。這樣的謊言太懦弱，而且安維爾先生會活下去。安維爾夫人策動的計畫會因為我而失敗。

今天我根本不應該待在廚房的。上禮拜，莎莉向安維爾夫人請假幾天去探望她生病的母親。女主人欣然同意，後來又把我叫到她的起居室去上課。但課程不是關於書法或寫信；而是關於一間秘密藥鋪。她吩咐我前往後巷三號的藥鋪，在門邊裝著大麥米的糧桶裡留一張紙條，內容必須精準寫上我回來取藥的日期和時間——當然，所謂的藥是毒藥。

我沒有問女主人她為什麼想要傷害她的丈夫；我猜是因為一個月前發生的那件事，當時剛過新年，女主人出門去蘭貝斯附近的冬季花園度過了一天。

那天，安維爾夫人吩咐我整理一疊信件，在她前往花園之前給了幾十封信要我分類，但由於頭痛，我沒能完成任務。上午十點左右，安維爾先生撞見滿臉掛著淚水的我；我的眼壓高得難以忍受。他堅持要我回房睡覺。幾分鐘後，他給我一杯飲料，說是有幫助。我以最快的速度喝下那酸溜溜的蜂蜜色液體，儘管飲料讓我咳個不停。它看起來像女主人有時候會就著瓶子喝的白蘭地，我實在無法理解為什麼有人願意喝這樣的東西。

我在安靜又舒適的房間沉沉睡去，頭痛也隨之消失。最後，我在一陣動物脂肪的氣味中醒來——是牛油蠟燭——感受到女主人冰涼的手貼著我的額頭。我的頭不痛了。安維爾夫人問我睡了多久，我誠實告訴她我不知道——說我在上午十點左右就躺下了。現在是晚上十點半，她告訴我，這表示我睡了將近十二個鐘頭。

安維爾夫人問我有沒有做夢。儘管我搖頭否認，但事實是一段微弱的記憶開始成形，我確信那是我幾個小時前所做的一個夢。那是一段安維爾先生來到我閣樓房間的記憶；他從我的小床上抱起胖花貓，把她放到走廊上，然後關門走近我。他在我旁邊坐下，手放在我的肚子上，接著我們開始說話。我再怎麼努力，就是想不起來我們在夢裡說了什麼。後來，他的手開始往上移動，滑過我的肚臍，就在這時一名男僕在樓下發出騷動；兩位紳士來訪，急需與安維爾先生談話。

我向女主人坦承這個故事，但我說我不知道這是夢還是真實的。說完，她仍待在我身邊，臉上滿是擔憂。她指向空酒杯，問是不是安維爾先生給我的。我跟她說是。接著她湊了過來，一隻手放在我的手上。「這是他第一次這麼做嗎？」

我點點頭。

「你現在感覺怎麼樣？有哪裡會痛嗎？」

我搖頭。哪裡都不痛。

女主人仔細看著酒杯，幫我蓋好毯子，與我道晚安。

直到她離開後，我才聽到房間外面那隻花貓輕柔的叫聲。她在走廊上，喵喵叫著要進來。

現在，我極其謹慎地處理那兩顆大雞蛋，彷彿它們是玻璃做的。可以肯定的是，這是一件棘手的工作，我從來沒有考慮到打破雞蛋時需要的力道。平底鍋仍然非常燙，蛋黃幾乎馬上就熟了。我怕自己站得太近，會吸進有毒氣體，所以我煎蛋時伸長了手臂，很快地，我的肩膀就開始痠痛，像以前在鄉下爬樹那樣。

煮好後，我把兩顆大雞蛋移到第二個盤子上。我把雞蛋淋上肉汁，把四個蛋殼丟進垃圾桶，撫平圍裙——極度謹慎地把有毒的蛋放在托盤右邊——接著離開廚房。

主人和女主人已經入座，正在小聲討論即將舉行的宴會。「巴福特先生說將會舉辦一個雕塑展。」安維爾夫人說。「他說是從世界各地收集來的精品。」

安維爾先生咕噥回應。我一走進餐廳，他便抬頭看我。「啊哈。」他說。「早餐來了。」

「他保證都是很美的作品。」女主人揉著鎖骨；她碰過的地方紅紅的，冒出許多疹子。她似乎很緊張，但端著一盤毒雞蛋的人明明是我，這讓我有些惱火。她當初就是太害怕，不敢自己去拿雞蛋，現在又沒辦法冷靜下來。

「嗯嗯。」他對她說，目光始終沒有離開我。「快拿過來吧，孩子。」

我從後面靠近他，從托盤右側拿起他的盤子，小心翼翼地放在他面前。我這麼做的同時，他把手伸到我的腿後，把我厚重的裙襬輕輕往上拉。他撫過我的膝蓋後側，然後往上滑到我的大腿。

「太好了。」他說著，總算移開他的手，拿起叉子。我的腿被他碰過的地方很癢，彷彿皮膚底下有看不見的紅疹。我從他身邊退開，把第二個盤子放在女主人面前。

她對我點點頭，鎖骨仍然紅紅的。她的神情哀傷，眼神就像她後方壁紙上的栗色玫瑰花一樣黯淡。

我在餐廳邊緣坐下來，動也不動地等待接下來發生的事情。

8

卡洛琳

現代，星期一

那天稍晚我醒來時，床頭櫃上的時鐘顯示凌晨三點。我呻吟一聲，轉身避開昏暗的紅光，但試圖重新入睡時，我的胃開始翻騰，一種不安的感覺讓我的皮膚摸起來又濕又熱。我掀開被子，擦掉人中的汗水，起身查看恆溫器。恆溫器的單位是攝氏而不是華氏，所以我前一天可能不小心調得太熱了。我在地毯上拖著腳往前走幾步，停下來穩住自己，把手放在牆上。

突然間，我感到一陣噁心。

我衝向浴室，對著馬桶吐光前一天吃的所有東西，差點就要來不及。我乾嘔了三次，四肢無力地癱在馬桶上。

接著，我的胃開始痙攣。我大口喘氣，伸手去拿洗手台上的一條毛巾。我的手弄翻一個小而堅固的東西。那個小藥瓶。昨天回到飯店後，我把小藥瓶從包包裡拿出來放在浴室洗手台上。為了防止自己再差點打破，我把小藥瓶安全塞進行李箱底部，然後回到浴室刷牙。

在國外食物中毒，我心裡嘀咕著。但隨後我用濕淋淋的手顫抖著摀住嘴。食物中毒，還是……別的原因。我昨天不是也反胃了好幾次嗎？我幾乎沒吃什麼東西，所以不能把這種噁心感歸咎於食物壞掉。

這立刻感覺像是一個可怕的笑話——如果我真的懷孕了，情況不是我想像的那樣。我很早就在想像我和詹姆士一起得知消息的那一刻：喜極而泣的淚水、興高采烈地擁吻、衝出門買我們的第一本育兒書。我們兩人，一起，慶祝我們創造的新生命。但如今，三更半夜的我獨自在飯店浴室裡，恨不得我們什麼都沒做過。我不想要詹姆士的寶寶，現在不想。我只想感受月經來臨前的那股不適和劇痛。

我給自己泡了一杯熱騰騰的洋甘菊茶，慢慢地啜飲，接著在床上清醒地躺了半小時，等待反胃的感覺過去。我無法鼓起勇氣去考慮驗孕這回事。我會再等幾天。我祈禱這是旅行和壓力所致——也許今晚月經就會來，或是明天。

我的胃開始平靜下來，但時差讓我毫無睏意。我伸向床鋪的右側，詹姆士平常睡覺的位置，把涼爽的床單抓在手中。有那麼一瞬間，我無法抗拒事實：一部分的我非常想念他。

不。我鬆開床單，翻向左側，遠離我旁邊的空位。我不能讓自己去想他。還不行。

詹姆士的秘密已經把我壓得透不過氣了，但雪上加霜的是，到目前為止，我只把我丈夫婚外情的事告訴我最好的朋友蘿絲。如今，大半夜清醒不已的我，考慮打電話向爸媽坦承一切。但爸媽已經為這間飯店支付了不可退款的費用，我沒有勇氣告訴他們只有我們其中一人入住套房。我會等回去之後再告訴他們，等我有時間把事情想清楚之後——等我決定了我婚姻的未來是什麼樣子之後。

最後，我放棄睡回籠覺，打開床頭燈，接著拉掉手機的充電線。我打開網路，手懸在鍵盤上方，打算搜尋一些倫敦景點。但那些重要景點，比如西敏寺和白金漢宮，我早就在筆記本上列好開放時間和入場費，卻沒有半個地方吸引我。少了詹姆士，我連這偌大的飯店房間都快待不下去；漫步在海德公園的蜿蜒小路上時，我又怎麼可能感受不到身邊的空曠呢？我寧願都不要去。

反之，我來到大英圖書館的官網。在地圖諮詢室與蓋諾兒交談時，我曾經看到一張宣傳著線上資料庫搜尋的小卡片。由於時差和不適，我鑽進純棉被單裡，決定好好調查一番。

我點擊**搜索主選單**，輸入了兩個詞：**小藥瓶**、**熊**。一些搜尋結果出現了，但主題差異很大：一篇生物力學雜誌最近發表的文章、一本十七世紀關於世界末日預言的書，以及十九世紀初檢索自聖托馬斯醫院的一系列文件。我點開第三個搜尋結果，等待網頁載入。

一些額外的詳細資料出現了，是那系列文件的創建日期——一八一五年至一八一八年——以及文件的來源出處。網站指出，那些文件來自於醫院南棟，當中包括員工和病患的文件。

搜尋結果上方是一條索取文件的連結。我點擊連結，嘆了口氣，料想網址會要求我到圖書館註冊，索取紙本文件。但令我驚訝的是，文件中的幾個試讀頁已經數位化了。沒一會兒，頁面開始出現在我的手機螢幕上。

距離上次像這樣做研究已經有十年了，突如其來的腎上腺素竄上胸口，我差點壓抑不住。想到蓋諾兒日復一日在大英圖書館度過，有完整的權限可以取得這種檔案庫，我就羨慕不已。

畫面變得清晰的同時，我的手機螢幕閃著一通來電。我不認識這個號碼，但來電顯示說電話是從明尼亞波利斯市打來的。我眉頭一皺，仔細思考我是否認識住在明尼蘇達州的人。我搖搖頭；肯定是電話推銷。我拒接來電，再往枕頭裡躺，開始閱讀文件的試讀頁。

前幾頁是一些無關緊要的內容：醫院管理人員的姓名、租賃文件和簽署的遺囑副本——可能是在病人臨終時簽署的。但到了第四頁，有樣東西吸引了我的目光：「熊」這個字。

那是一張簡短的手寫紙條的數位影像，字跡歪七扭八，有好幾處都褪色了：

一八一六年十月二十二日

對男人而言，那裡是一座迷宮。我本來可以在熊巷向他們展示他們想看到的一切。讓他們知道一個殺人兇手不需要舉起她的纖纖玉手，也不需要任何肢體接觸就能讓他們死。

她有其他更聰明的方法：小藥瓶和食物。

那名藥師是我們所有女性的朋友，是我們秘密的釀造者：那些男人之所以死了是因為我們的緣故。

只是，事情沒有如我預期的發生。

這不是那個藥師的錯，也不是我的錯。

我怪我丈夫，怪他渴望那些不屬於他的東西。

紙條沒有署名。我的雙手開始發抖；裡面出現了「熊」和「小藥瓶」這兩個詞，代表這個頁面確實命中了我的搜索關鍵字。不管寫這張紙條的人是誰，她顯然是想趁自己身體不適躺在醫院裡的時候分享一個沉重的秘密。這會不會是某種臨終的懺悔？

還有那句在熊巷向他們展示他們想看到的一切是什麼意思？寫紙條的人提到一個迷宮，暗指她知道路怎麼走。如果真有一個所謂的迷宮，那合理的懷疑是在迷宮盡頭有某個寶貴——或神秘——的東西。

我咬著指甲，完全不懂這個奇怪的措詞有何意思。

但讓我印象最深刻的是另一件事：紙條提到的那名藥師。寫紙條的人說藥師是一位「朋友」，也是秘密的「釀造者」。如果秘密是那些男人都死了——而且顯然不是意外——那麼藥師似乎就是他們死亡的共同點。就像連環殺手。我把被子拉近，一股寒意襲遍全身。

我重新查看紙條，這時電子郵件的收件箱上閃現一條未讀的訊息通知。我不予理會，跳到谷歌地圖，快速輸入**倫敦**、**熊巷**，正如紙條裡第一句話所提到的。

不一會兒便出現一個搜尋結果：倫敦確實有一條熊巷。令我難以置信的是，那條巷子離我住的飯店很近——非常近。頂多十分鐘的路程。但跟紙條中提到的是同一條熊巷嗎？在過去的兩百年裡，有些街道肯定被重新命名了吧。

谷歌地圖上的衛星圖顯示倫敦的熊巷地區蓋滿了高樓大廈，地圖上列出的企業多半是投資銀行和會計師事務所。這表示就算是正確的熊巷，我也找不到什麼，除了一群群穿著西裝走來走去的男人之外。一群群像詹姆士的男人。

我看了行李箱一眼，小藥瓶就放在裡面。蓋諾兒也同意刻在瓶子側身的圖案是一隻熊。小藥瓶會不會跟熊巷有關呢？這個想法——不太可能，但並非不可能——就像魚鉤上的魚餌。我無法抗拒謎團帶來的吸引力——那些假設、那些未知。

我看了看時間；現在快要凌晨四點。等太陽一升起，我就會喝杯咖啡，前往熊巷。

我準備把手機放到一邊前，跳到收件箱中的未讀電子郵件，接著倒抽一口氣：電子郵件是詹姆士寄來的。我緊咬著牙，讀起郵件。

> 在機場打過電話。卡洛琳，我簡直無法呼吸了。我的心有一半在倫敦。我非見到你不可。我準備登機飛往希斯洛機場。當地早上九點抵達。過海關需要一點時間。我們十一點左右在飯店碰面？

在一陣震驚的沉默中，我再次讀了那封電子郵件。詹姆士正在前往倫敦的路上。他沒問我是否想見他，也不願意給我我極度需要的獨處時間和空間。幾分鐘前的未知來電想必是詹姆士從機場打來的，也許是用公共電話——他八成知道我看到他的來電顯示不會接聽。

我的雙手開始顫抖；彷彿又是剛剛才得知了他的外遇。我的手在回覆鍵上徘徊，準備告訴詹姆士，不，不准過來。但我很了解他；告訴他不准擁有某樣東西，他只會加倍努力去得到它。況且他知道飯店的名字，即使我拒絕與他見面，相信他會在大廳一直等到我為止。我不能永遠躲在房間裡。

現在睡覺是不可能的了。如果詹姆士預計十一點抵達，我只剩幾個鐘頭不必承受他站在眼前滿嘴藉口的時光。只剩幾個鐘頭不必去處理我們破碎的婚姻。幾個鐘頭去熊巷探險。

我爬下床，在窗邊踱步，每隔幾分鐘就抬頭看天空，拚命尋找第一縷曙光。

我真恨不得太陽升得快一點。

9

伊麗莎

一七九一年二月五日

隨著時間分分秒秒地過去，安維爾先生在餐桌上的舉止沒有任何變化，我的勇氣開始動搖。我多希望能再來一杯奈拉的纈草熱茶，當初我在她那間密室裡是如此放鬆。

事情本身並沒有那麼可怕——敲破雞蛋，打進滋滋作響的平底鍋裡。我甚至不怕毒蛋在安維爾先生的肚子裡起作用時，他可能對我咆哮發脾氣，也不怕奈拉警告過他的身體可能會呈現僵硬的扭曲形狀，造成我一輩子的夢魘。

雖然我對某些事很勇敢，我也不是天不怕地不怕。我害怕的是他的鬼魂，是他死後不受束縛的靈魂，是鬼魂穿過牆壁、穿過身體時，那神不知鬼不覺的行為。

我害怕鬼魂是最近幾個月前才開始的，當時莎莉把我拉進寒冷、黑暗的地窖，告訴我一個名叫喬漢娜的女孩的故事。

自從那天我得知魔法會變質敗壞後，就變得沒那麼勇敢了。

聽莎莉說，在我來到安維爾莊園不久前，喬漢娜在這裡工作過一段時間。喬漢娜只比我大一兩歲，有一天突然生了病，嚴重到無法離開自己的房間。在她隔離期間，走廊上傳出耳語：據說她根本沒有生病，只是懷了一個小嬰兒，而且很快就要生了。

莎莉說在十一月的某個寒冷早晨，樓上一個女僕坐在喬漢娜身邊，陪她生孩子陪了一整天。用力再用力，盡了全力，卻沒有半點哭聲。寶寶自始至終沒有出來，喬漢娜也陷入永遠醒不來的沉睡之中。

我閣樓那佈滿蜘蛛網的房間，就在喬漢娜和她寶寶死去的房間旁邊。莎莉告訴我這個故事後，深夜時我開始隔著牆壁聽見喬漢娜在哭，聽起來彷彿在為我而哭，在哭喊我的名字。有時候，我會聽見流水聲和重擊聲，就像她肚子裡的寶寶正試圖用握緊的小拳頭掙脫出來。

「父親是誰？」我在酒窖問過莎莉。

她凝重地看著我，彷彿我早該知道了。

最終，我鼓起勇氣把莎莉告訴我有關喬漢娜的事詢問安維爾夫人，但女主人堅稱家裡沒有女孩懷孕，當然也沒有女孩死亡。她告訴我，莎莉是嫉妒我在家中的地位，而重擊聲是我自己那顆恐懼的心——一切不過是一場惡夢。

我沒有跟安維爾夫人爭論下去。但我知道我在夜裡聽到什麼。有人哭喊我的名字，怎麼可能聽錯呢？

現在，我靠著牆在飯廳等待，看著安維爾先生嚼著雞蛋時，正是這一連串的事情讓我惴惴不安，我不得不把手掌靠在牆上穩住自己的腳步。我對我所做的事並不後悔；我只希望毒蛋能趁白天趕快殺死安維爾先生，因為我無法忍受另一個聲音透過牆壁呼喚我的名字。我祈禱安維爾先生可憐的靈魂不會在這個房間裡出竅，就算真的出竅了，也不會逗留太久。

我不懂這種魔法。我不懂為什麼喬漢娜的靈魂仍然徘徊不去，不懂為什麼她要糾纏我，我也怕安維爾先生的靈魂可能很快就會在走廊上加入她的行列。

是的，我對一些事情很勇敢，毒藥嚇不倒我。但不受束縛的憤怒靈魂會讓我嚇得膝蓋發軟。

他第二顆蛋吃到一半時，突然捧住喉嚨。「天啊。」他說。「肉汁裡有什麼？我渴得不得了。」他喝掉了半壺水，我則待在餐廳角落，等著收走盤子。

女主人瞪大雙眼，摸了摸緊身胸衣淡黃色的羅紋花樣；我是不是看見她的手腕在抖？「親愛的，你還好嗎？」她問他。

「我看起來像很好嗎？」安維爾先生咆哮道。他拉著已經紅腫的下唇。「我的嘴巴好辣，你加了胡椒嗎？」他準備擦去沾在下巴的一滴肉汁時，餐巾掉到地上，就好像突然失去力氣。那時，我清清楚楚看見了：他的憤怒凝結成某種類似恐懼的情緒。

「沒有，先生。」我說。「我用往常的方法去做的。牛奶快壞掉了。」

「我想是早就已經壞了吧。」他開始咳嗽，再次捧住自己的喉嚨。

女主人舀起自己的肉汁和煎蛋，小心地咬了一口。

「該死！」他推開盤子站起來，椅子翻倒在他身後的地板上，讓印有雛菊的潔白窗簾沙沙作響。「我要吐了，孩子！把這個拿走！」

我衝向前拿走盤子，很高興發現他確實吃完了第一個煎蛋，第二個煎蛋也吃了大部分。奈拉保證過一顆雞蛋就夠了。

安維爾先生走上樓，腳步聲在餐廳裡迴響。我和女主人默默地看著對方。我得承認，一部分的我對這個計畫竟然成功了很是驚訝。我前往廚房，很快把盤子擦拭乾淨，放入用過的濁水中。

女主人仍在飯廳裡撥弄她的食物。她看起來非常正常，謝天謝地，但安維爾先生從樓上傳來的乾嘔聲簡直震天價響，我納悶他會不會在被毒死前就先死了。我從未聽過這樣的嘔吐聲、這樣的呻吟聲。這會花多久時間？奈拉沒有告訴我，我也沒想到要問。

兩小時過去了。如果安維爾夫人繼續躲在樓下的寫字檯前，寫著不必要的信件，表現得一切如常的話就太可疑了。

大家都知道安維爾先生喜歡喝酒，經常日日夜夜醉到把頭栽在夜壺裡。但事實上，他從來沒有像現在這樣痛苦呻吟過；這是截然不同的情況，我想家裡有些人一定意識到這一點。我和女主人一起去看他。她發現她的丈夫失去了說話能力時，便吩咐一名傭人去請醫生過來。

醫生立刻斷定安維爾先生的病情非常嚴重。他說安維爾先生的腹部腫脹，以一種他從未見過的方式抽搐。醫生用我聽不懂的陌生醫學術語向女主人解釋這一切，但任何人都看得到那股抽搐，就像有隻動物在安維爾先生的肚子裡扭動。他的雙眼充血，甚至無法直視燭光。

醫生和女主人站在一起安靜交談時，安維爾先生轉過頭，用漆黑的雙眼直視我，直視我的靈魂，我發誓在那一刻他知道了。我忍住尖叫的衝動，跑出房間。醫生觸摸病人的腹股溝時，他發出一聲深沉且原始的嚎叫，讓我不禁擔心安維爾先生的靈魂剛剛已經出竅了。

但他粗啞、顫抖的呼吸聲——連我瑟瑟發抖站在走廊上都可以聽得到——告訴我情況並非如此。

「他的膀胱差點破裂。」我離開房間時，醫生告訴安維爾夫人。「你說這種情況以前也發生過？」

「發生過很多次。」女主人說。她在撒謊，也不算撒謊吧。我就在門外寒冷、漆黑的走廊上，倚著牆仔細聽著女主人的一字一句和她垂死丈夫憔悴的呼吸聲。「酗酒是他的惡習。」

「不過他肚子的腫脹十分罕見……」醫生說著說著停下來，我想像他正在思考眼前這件奇怪的病例，思考該不該請法警。垂死的男人，他的漂亮妻子。醫生有沒有看見我們為了矇騙他而散落在樓下的空酒瓶？

我向前一步，往敞開的門邊張望，無法克制我的好奇心。醫生交叉雙臂，敲打手指，忍住一個哈欠。我好奇他自己是不是也有一個漂亮的妻子就快準備好晚餐，在家裡等著他。醫生猶豫半晌，接著說：「你應該趕緊派一位牧師來，安維爾夫人。他活不過今晚了。」

女主人用手摀住嘴巴。「天啊。」她輕聲說，語氣帶著真摯的訝異。

在女主人的吩咐下，我送醫生出去。後來，等我關上房子大門轉過身時，她站在那裡等我。

「我們一起在爐火邊坐下吧。」她輕聲說，我們便前往我們常去的地方。她用一條毯子裹住我們的腿，拿出一本筆記本，開始口述請我寫下一封信給她在諾里奇的母親。「母親。」她開口說。「我的丈夫突然生了重病……」

我寫下她所說的一字一句，即使我知道那不盡然都是實話。甚至等到信都寫完了——因為我寫了六頁，然後是八頁，而且都是她已經重複說過的話——她仍繼續說，我也繼續寫。我們都不想起身；我們都不想上樓。時鐘顯示已近午夜。夜幕早已降臨許久。

但我們沒有永遠這樣寫下去，因為突然間，我感覺到有事不對勁：我的雙腿之間出現一些濕濕黏黏的東西。與此同時，一名傭人兩步併作一步走下樓，他的雙眼圓睜，眼眶濕潤。「安維爾夫人。」他叫道。「我很遺、遺憾，但他停止呼吸了。」

安維爾夫人掀開腿上的毯子起身，我也跟著她站起來。但令我驚恐的是，我剛才坐著的溫暖凹陷處現在出現了一條深紅色的條紋，鮮豔得像剛摘下的蘋果。我張大了嘴；死神也準備找上我了嗎？我拚命吸進每一口氣，唯恐空氣離開我。

安維爾夫人準備動身前往樓梯間時，我大叫出聲。「等等——」我懇求道。「拜、拜託別留我一個人在這裡。」

不會錯的：某種可怕的魔法又降臨到我身上。安維爾先生的靈魂就算離開了他在樓上的肉身，但就像喬漢娜的靈魂一樣，他還沒有完全離開。不然還有什麼可能在他臨死那一刻從我體內抽出血來？

我跪倒在地，豆大的淚水滑落臉頰。「別留我一個人。」我再次向她懇求道。

女主人困惑地看著我，畢竟過去她把我一個人留在房間裡無數次了，但是即便這一刻，我仍能感覺到濕漉漉的暖意從我的身體流洩而出。我站在原地，指向我們一起坐過的沙發。我的視線落在剛才的椅墊上，上面沾滿血跡。燭光的倒影在我們四周越來越近，彷彿在嘲笑我，而安維爾先生就藏在每道影子裡。

10

奈拉

一七九一年二月七日

二月的第七天，米桶裡又留下了一張紙條。

讀信前，我拿起那張精美的羊皮紙——那信紙比我疲憊的雙手肌膚還要薄——聞到了香水味。是櫻桃的氣味，帶著淡淡的薰衣草和玫瑰水。

就像伊麗莎的那封信一樣，我一看到那穩定的筆觸和均勻的墨水印，立刻知道寫信的人富有教養，具有讀寫能力。我想像一個與我同齡的女人：她是家中的女主人，一名商人的妻子。我想像她是一個熱情且忠誠的朋友，但不是一個社交名媛。她應該喜歡花花草草，有時也會光顧劇院，但絕不是一個交際花。我甚至想到她的身材，她應該身材豐滿、風姿綽約，而且已經身為人母。

但我拋開自己的想像，仔細讀起信上的文字時，突然變得口乾舌燥。這封信很不尋常，彷彿寫信的人不願意直接表達自己的想法，不願意說明白她到底想要什麼，一直繞來繞去、話裡有話。我把信放到桌上，拿起蠟燭舉至羊皮紙上方，又讀了一遍：

男侍者在門樓發現他們在一起。

我們兩天後有一場聚會，她也會出席。你是否有什麼可以激起性慾的東西？明天十點我會去你的店。

喔，死在情人的懷裡，而我獨自躺臥，等待歸人，走廊安靜無聲。

我把每句話當成老鼠的內臟一樣仔細解剖，尋找深埋其中的線索。這女人的家有男侍者又有門房，所以我推測她很富有。我很擔心，因為我沒興趣干涉富人的動機，多年的經驗告訴我，他們的動機難以預料，且變化莫測。女人想要某樣東西來激起性慾，這樣他——大概是她的丈夫——就可以死在情人的懷裡——大概是他的情婦。我覺得這種安排有點變態，這封信讓我不安。

準備工作必須在兩天內完成。時間相當緊湊。

然而伊麗莎的信也曾經讓我不安，後來一切都很順利。我相信這封信之所以讓我不安，也可能是我身體不適和精神疲倦的緣故。也許從現在起，每封信都會引發我的不安。我不妨慢慢去習慣，就像習慣店裡沒有燈光一樣。

況且，這女人的信暗示著背叛，而背叛就是我最初開始下毒的原因——開始承載這些女人的秘密，開始把她們寫在登記簿上，保護她們、幫助她們的原因。優秀的藥師深知病人感受到的絕望，無論是身體上或心理上的。雖然我與這個女人的社會地位大不相同——在後巷看不到門樓或男侍者——但我理解她內心的混亂。是人都會心痛，不論階級，不分地位。

於是，我不由自主地收拾東西準備出門。我穿上最厚重的外套，又多帶了一雙襪子。雖然我要去的田地又潮濕又不吸引人，但那裡是我能找到斑蝥蟲的地方——最符合這女人特殊要求的藥物。

我熟練地在城市的蜿蜒巷弄裡快速穿梭，避開轎子和馬糞，擠過在商店和住家之間來來往往的人潮，前往南華克市沃爾沃思附近的田地，我會在那裡找到斑蝥蟲。我經常去河邊，就算閉著眼睛也能走到黑衣修士橋，但今天腳底下的石頭鬆散，十分危險。我步步為營，閃避任何噁心的東西，例如正在啃食某樣死掉東西的野狗，以及散開的包裹，裡面裝了已經發臭、長滿蒼蠅的魚。

我沿著沃特街直奔而下，前方就是開闊的河流，街道兩邊的女人正在刷洗自家門口台階上的碎屑和髒污，揚起一團團的灰塵。我輕輕咳了一聲，突然一陣痙攣襲來。我連忙彎腰，雙手放在膝蓋上。

謝天謝地，沒人注意到我；我最不需要的就是有人過來問我要去哪裡、叫什麼名字。其他人都忙著做自己的事，擺放商品和照顧孩子。

我繼續把空氣吸進肺部，後來才感覺喉嚨的灼熱慢慢消退。我擦掉嘴唇上的口水時，被手掌上流出的綠色黏液嚇壞了，彷彿我剛剛把手伸進河裡，沾到一條藻類。我把黏液甩到地上，用鞋子踩到消失為止，接著挺起胸膛，往河邊走去。

我抵達黑衣修士橋時，注意到一男一女從馬路對面走來。他瞇著眼睛，堅定地看著我的方向，我祈禱他是認出了我身後的某個人。他旁邊的女人吃力地把一個嬰兒抱在懷裡，我從遠處只能看到嬰兒蛋形的柔軟腦袋。嬰兒身上整齊地蓋著一條漂亮的米色毯子。

我看著地面，加快腳步，但剛到橋的最下方時，我感覺到一隻輕柔的手搭上我的肩膀。

「女士？」我轉身，他們三人就站在那裡，排得整整齊齊：父親、母親、孩子。「你還好嗎？」男人摘開帽子，拉下脖子上的圍巾。

「我、我很好。」我結結巴巴地說。橋墩扶手在我的手指底下有如冰塊，但我沒有鬆開。

他放心地鬆口氣。「天啊，我們看你在那邊一直咳嗽。你應該離開這條寒冷的街，進屋取暖才是。」他抬頭看向樓梯，我準備前往的地方。「你不會是想過這座橋到南華克市吧？徒步走在這種寒冷的天氣裡……」

我努力把目光從襁褓中那帶有酒窩的嬰兒身上移開。「沒問題的，你別擔心。」

女人同情地歪著頭。「喔，跟我們一起走吧。我們會雇個船夫。這個小傢伙太重了，抱著沒辦法走。」她低頭看著懷裡的嬰兒，然後朝幾個在附近河岸邊等待的男人點了點頭。

「謝謝你，但我沒事，真的。」我堅稱，抬起腳走上樓梯。我向這對好心的夫妻微微一笑，但願他們能離開，但喉嚨又一陣發癢，我試圖壓住咳嗽的衝動，但徒勞無功。我忍不住轉頭再次咳嗽，我這麼做的同時，感覺到肩膀又被搭上——這次手勁更加堅定。

正是那個女人，她的表情嚴肅。「如果你非得出門，我堅持你和我們一起上船。我向你保證，你爬不上這條樓梯的，更別說過橋了。來吧，走這邊。」她拉著我一起走，一手放在寶寶的頭上，另一手扶著我的背，把我帶到正在河邊等候的一位船夫那裡。

我妥協了。我們坐進船上，大腿鋪著厚厚的羊毛毯時，我立刻對這暫時的喘息時間感激不已。船一離開河岸，嬰兒就躁動起來。母親掏出她的乳房，小船開始在冰冷的河水中顛簸翻騰。我微微往前傾，希望在渡河去南華克市的路上不會吐死。有那麼一會兒，我完全忘了我與這個美滿家庭一起坐船渡河的原因。接著我想起來了：斑蝥蟲、門樓、男侍者、某個能激起性慾的東西。

「你不舒服嗎？」男人問。「今天河水比較湍急，但我向你保證，這樣還是比用走的好。」

我點頭表示同意。而且，我對這種感覺並不陌生；這很像孕吐，儘管已經過了二十年，我仍記憶猶新。當初我甚至還沒發現月經來遲，就已經不斷感覺到陣陣的噁心感，不久疲倦感也緊接而來。但我知道那不只是一般的疲勞。我清楚知道我的體內懷著一個孩子，正如我可以把兩顆種子擺在一起，毫不猶豫地說出哪一顆是黃百合花，哪一顆是白百合花一樣。儘管頻頻孕吐，身體疲憊，但外人看來可能會以為我發現了幸福的秘訣，因為我這輩子從未像早期懷著菲德里克的孩子時那麼高興過。

母親對我微笑，把熟睡的嬰兒從乳頭上拉下來。「你想抱抱她嗎？」她問道。我漲紅了臉，沒意識到我一直盯著孩子看。

「好。」我還沒意識到自己說了什麼，就低聲答應了。「好。」

她把孩子遞給我，告訴我她的名字叫碧翠絲。「意思是帶來歡樂的人。」她說。

然而，我把沉甸甸的孩子抱進懷裡、她的體溫穿透層層衣物傳到我的皮膚上時，我卻完全感覺不到歡樂。那團蜜桃色皮膚和微弱的呼吸窩在我懷裡有如一塊墓碑，象徵著失去，象徵某樣特別的東西被奪走了。我的喉嚨哽咽，隨即後悔用這種方式前往南華克市。

*死在情人的懷裡，而我獨自躺臥，等待，走廊安靜無聲。*把我帶到這裡的那封信似乎已經是個詛咒。

寶寶一定是感覺到了我的負面情緒，因為她突然驚醒，茫然地環顧四周。即使肚子吃得飽飽的，她卻眉頭緊皺，彷彿隨時準備大哭。

直覺告訴我要抱著她上下搖晃，要把她抱得更緊。「噓。」我對她輕聲說著，意識到她的父母正在注視著我。「噓，小傢伙，好了、好了，沒事了。」碧翠絲冷靜下來，目光直勾勾地看著我，彷彿想看穿我的內心深處，偷窺我的秘密和所有令我痛苦的事情。

如果她能看見裡面是什麼敗壞不堪就好了。如果她的小心臟能明白那折磨我二十年的重擔，明白當初點燃的復仇足跡如今已經席捲整個倫敦，讓我不得不一輩子背負別人的秘密就好了。

我們的船在河上載浮載沉航向對岸時，這就是我一直在思索的事。然而，即便懷裡抱著美麗的寶寶碧翠絲，這個帶來歡樂的人，我仍情不自禁把目光轉向黑衣修士橋。我抬頭看著支撐這座橋墩、把它高舉水面的石拱門，讓自己暫時陷入幻想，想像只要一步跨下橋，就能輕鬆獲得釋放和自由。

瞬間墜落，濺起冰冷的河水。只要瞬間就能結束這個詛咒，以及其他所有的詛咒——把秘密封印起來，保護託付給我的一切。只要瞬間就能讓我腐敗的骨頭消失殆盡。只要瞬間就能跟我親生的小寶寶在一起，無論她在何方。

我繼續抱著碧翠絲上下搖晃，默默祈禱她永遠不會像我一樣有這種黑暗可怕的想法。我相信如果我的孩子還活著——那麼今年她會是十九歲，一個年輕女孩——我就不會考慮這樣的事。我絕對不會如此渴望地看著不遠處那座橋下的黑色陰影。

我把目光轉向碧翠絲的臉。她身上沒有任何瑕疵，連胎記都沒有。我把米色毯子輕輕拉開，這樣就能更清楚看見她下巴和脖子周圍的皮膚褶皺。我用拇指輕撫羊毛毯，根據料子的柔軟程度，我敢說寶寶身上的這條毯子比父母兩人的衣服加起來都要昂貴。碧翠絲，我靜靜地說著，希望只用眼神就能向她傳達我的意思。你的爸爸媽媽非常愛你。

我說著說著，差點哭出來；我的子宮從未感覺如此空虛。我真希望我能對我失去的孩子說同樣的話——告訴她她的父母非常愛她——但我不能說，因為只有一半是實話。

我顫抖著把碧翠絲還給她的母親，船夫也準備帶我們上岸。

在田裡抓完斑蝥蟲、拿到壁爐上烘烤後，隔天一大早，我幾乎無法從地板上站起來。前一天的冷空氣讓我的膝蓋僵硬，搭船後的長途跋涉讓我的腳踝腫脹。我的手指也磨破了，血跡斑斑，但這是意料中的事；我從沃爾沃思附近的田野找到了一百多隻斑蝥蟲，把牠們從巢中挖出來，從心愛的同類身邊帶走。

雖然身體不適，但微弱的爐火及在火上沸騰的鴉片水讓症狀緩解不少。在有錢客人抵達之前，我還有一小時的休息時間，儘管我仍對她即將來訪這件事感到相當緊張。

然而，我出了紕漏；正當我把頭靠在壁爐邊時，密室門傳來了敲門聲，太突然，太嚇人，我差點哭出來。快、快，我絞盡腦汁思考。我是不是太累了，累到忘記與人有約？我漏了一封信嗎？現在對那位相約十點抵達的女士而言還太早；早到無法歸咎是因為兩人的時鐘快慢不一。

天哪，一定是某個女人需要洋艾草或小白菊之類的日常藥品。我哀號一聲，把自己從地板上撐起來，但身體就像流沙一樣把我往下吸。這時，又傳來一記敲門聲，這次更大聲了。我默默咒罵那個帶給我更多疼痛的不速之客。

我走到門口，從狹窄的門縫往外看訪客是誰。是伊麗莎。

11

伊麗莎

一七九一年二月八日

奈拉打開門、把門拉向她嬌小的身軀時，整個人看起來嚇壞了。「抱歉突然這樣打擾你。」我說。

「喔，快進來吧。」她一手捧著胸口輕聲說。我踏著濕漉漉的雙腳，走了進去。裡面看起來就跟前幾天一模一樣，但味道改變了；空氣聞起來充滿土味，像潮濕、健康的泥土。出於好奇，我環視整面架子。

「我昨天看到報紙了。」奈拉說著，吸引我的目光。她的臉頰今天看起來更凹陷了，一縷縷炭黑色的硬髮以奇怪的角度披散在她的臉蛋四周。「關於安維爾先生酗酒身亡的消息。看樣子一切都按計畫順利進行了。」

我點點頭，內心自豪不已。我等不及想告訴她毒蛋多有效，真希望在我有機會親自跟她說之前，她還沒讀過報紙。「他立刻就覺得不舒服。」我說。「後來也沒有好轉，完全沒有。」

只有一個問題。我的手來到下腹部，從安維爾先生死後，下腹就一直痛到現在。他是照計畫中毒身亡了沒錯，但他的靈魂在屋裡出竅的那一刻我就開始流血。回到奈拉的店似乎是我唯一的選擇；我相信她一定有藥水可以消除他的鬼魂。

況且，她那些小瓶子和藥劑令我著迷。儘管她不認為它們有魔法，但我不同意。我知道安維爾先生不只是死了；他體內有東西發生了變化，就像繭裡的蝴蝶一樣。他蛻變成新的形態，我確信奈拉的藥丸是扭轉局面的唯一方法，也是止住我腹部流血的唯一解藥。

但我不能把這件事告訴奈拉，還不行，畢竟我第一次來訪時她不認為有魔法的存在。我不想讓她覺得我很煩——或是徹底瘋了——所以我準備了另一種策略。

奈拉交叉雙臂，上下打量我。她的指關節與我只有幾英寸的距離，腫得有如櫻桃又圓又紅。「我很高興雞蛋有效。」她說。「不過既然你已經完成任務，我好奇你為什麼又回來了。而且是在無預警的情況下。」她的語氣並不嚴厲，但我感覺得到她對我不滿。「我猜你回來不是想用同樣的方式對付你的女主人吧？」

「當然不是。」我說著猛搖頭。「她向來對我非常好。」突如其來的冷空氣在半空中盤旋，我聞到一股濃濃的潮濕泥土味。「那是什麼味道？」

「來吧。」奈拉說著，把我招向放在壁爐邊地板上的陶罐。陶罐高及我的腰，裡面裝滿黑色的鬆土。我急切地跟上去，但她伸出一隻手。「別太近。」她說。說完，她拿起一雙簡陋的皮手套，和一個像鏟子的小工具，把一些泥土撥到陶罐邊緣，露出埋在裡面的一個白色堅硬物體。

「這是破狼草根。」她說。

「破狼……草。」我慢慢重複一遍。那東西看起來像一塊石頭，但我伸長脖子瞧，只能勉強辨認出上面幾個突出的小結，就像馬鈴薯或紅蘿蔔。「用來殺狼的嗎？」

「曾經是。以前希臘人狩獵野狗時會從中提取毒藥然後塗在箭上。但這裡不做這種事。」

「因為它要拿來殺人，不是殺狼。」我說著，急於展現我的理解力。

奈拉揚起眉毛看我。「你跟我見過的十二歲小孩不太一樣。」她說著，轉向陶罐，把泥土輕輕刷回根部。「一個月後，我會把這個破狼草根撕碎。只要一小撮，與苦味山葵醬充分混合，一小時內就能讓心臟停止。」她對我歪過頭。「你還沒回答我的問題。你還有什麼需要我幫忙的嗎？」她脫掉手套，把手放在膝上十指交扣。

「我不想待在安維爾家。」我喃喃地說。我沒有說謊，但這也不是全部的事實。我咳了一聲，感覺到血液從身上滲出時那股濕黏感。昨天，我從洗衣間抓了一塊薄布，剪成好幾塊，就為了墊在內褲上防止被血弄髒。

奈拉把頭歪到一邊，一臉困惑。「那你的女主人怎麼辦？你的工作呢？」

「她前往北部與她在諾里奇的家人待上幾週，今天早上乘著裝飾成黑色的馬車離開的。她之所以需要去找家人，是因為──」我停下來，重複她在離開前請我在幾封信中寫下的內容。「她需要服喪哀悼。」

「那一定有很多家務活讓你閒不下來吧。」

我搖搖頭。隨著女主人離開、她的丈夫去世，加上莎莉探望完母親回來了，我沒太多事可做。「我只負責幫她寫信，所以安維爾夫人說她不在的時候我不必維持家務。」

「你負責幫她寫信？難怪你的字那麼漂亮。」

「她的手會抖，不太能寫東西了。」

「原來如此。」奈拉說。「所以她暫時不需要你。」

「她建議我回鄉下探望父母——回斯溫頓一趟。她覺得休息一下對我有好沒壞。」

聽到這裡，奈拉揚起眉毛，但這是真的；當初安維爾夫人在沙發上發現我的血跡、見我倒地痛哭後，她把我抱進懷裡。我被安維爾先生出竅的靈魂嚇得魂不守舍，無法停止打嗝，她卻看起來泰然自若，甚至相當冷靜。她怎麼就看不到真相呢？我在安維爾先生死後的同一時間開始流血；她怎麼會沒看見他的靈魂對我做的好事？那晚，他醜惡的靈魂附身在我肚子上了。

別哭了，女主人輕聲說，這跟太陽從東邊升起一樣是很自然的事。

但至今已經過了兩天，這死亡之血仍然沒有停止，根本稱不上自然。女主人弄錯喬漢娜的情況了——我知道她死在我隔壁的房間——這件事她也錯了。

「但你沒去斯溫頓。」奈拉說著，把我的注意力拉回她身上。

「路程很漫長。」

奈拉交叉雙臂，一臉懷疑。她知道我在說謊；她知道事情另有蹊蹺，我不回家還有其他原因。奈拉看看時鐘，再看向大門。我不知道她是在等人來，還是在等我走，但如果我不能告訴她出血的事，就必須找別的方法留下來，而且要快。

我握緊雙手，準備說出我走來這裡的路上練習過的內容。我的聲音顫抖；我不能失敗，否則她就會把我趕走。「我想留在你的店裡幫忙。」我一鼓作氣說出這句話。「我想學習如何拔除破狼草的根，如何把毒藥放進雞蛋裡而不會弄破它。」我打量奈拉的反應，一邊靜靜等待，但她面無表情，這給了我一股勇氣。「就像學徒那樣，但只是暫時的，到安維爾夫人從諾里奇回來為止。我保證我會是個很好的幫手。」

奈拉對我微微一笑，眼角皺起魚尾紋。剛才我還以為她比女主人大不了多少，但現在我納悶，奈拉可能不止四十歲，甚至不止五十歲。「我製作藥水不需要幫忙，孩子。」

我不氣餒，把身體坐得更直了。我已經準備好第二個說法，以免第一個請求沒能奏效。「那我可以幫忙整理你的小藥瓶。」我說著，指向她的架子。「有些標籤已經褪色了，我也見過你彆扭捧著手臂的樣子。我可以把墨水加深，你就不會傷到你自己了。」我想起我和安維爾夫人在起居室裡為了完善我的書寫技巧所度過的那些時光。「你不會對我的能力失望的。」

「不行，小伊麗莎。」她說。「我不能答應你。」

我的心幾乎要爆炸。我這才發現我做夢也沒想到她會對這個提議說不。「為什麼不行？」

她不敢置信地放聲大笑。「你想要成為一名學徒、一個助手，學習調配毒藥，讓普羅女性可以殺死她們的丈夫？她們的男主人？她們的兄弟、追求者、司機和兒子？這裡不是糖果店，孩子。這些不是我們拿來放覆盆子醬的巧克力罐。」

我緊咬著牙，忍不住想提醒她，不過幾天前，我才把一顆有毒的雞蛋打進平底鍋裡，然後端給我主人吃。但幫安維爾夫人寫了那麼多信讓我知道，一個人最想說的話往往是他們應該藏在心裡的事情。我停頓片刻，然後平靜地說：「我知道這裡不是糖果店。」

她的表情現在變得非常嚴肅。「你為什麼對這種生意有興趣，孩子？我的心是黑的，黑得有如那爐火底下的灰燼，你太年輕不會懂箇中原因的。是什麼在短短十二年裡對你造成如此大的傷害？讓你想要進一步接觸這種事？」她在房間裡揮舞雙臂，最後目光落在那盆泥土上，破狼草就藏在下面。

「你有沒有想過睡在這個房間的小床上是什麼感覺？這裡連一個人的空間都不夠了，遑論兩個人？你有沒有想過這裡一點隱私都沒有？這裡沒得休息的，伊麗莎——永遠都有東西要蒸、燉、泡。我整夜都必須醒來，照顧你在我們周圍看到的東西。這裡不像在大房子裡，有安靜的夜間時光，也沒有粉紅色的壁紙。你雖然只是傭人，但我相信你的房間一定比這裡舒服得多。」奈拉深吸一口氣，溫柔地搭上我的手。「別告訴我你夢想在這樣的地方工作，孩子。你難道不想要其他更美好的事物嗎？」

「喔，當然。」我告訴她。「我想住在靠海的地方。我見過一些描繪布萊頓的風景畫，見過畫裡的沙堡。我想我希望自己能住在那裡。」我把手抽開，手指撫過下巴；那裡長了一個發癢的小癤子，不過針頭那麼大。我別無他法，只好吐口氣，把內情告訴奈拉。「安維爾先生的鬼魂在糾纏我。我擔心如果少了安維爾夫人在家，我留在那裡他會把我傷得比他生前更厲害。」

「胡說，孩子。」奈拉拚命搖頭。

「我發誓！那房子還有另一個靈魂，是一個在我之前住過那裡的年輕女生，名叫喬漢娜。她死在我隔壁的房間裡，我晚上都能聽見她在哭。」

奈拉兩手一攤，像是在說她不相信我的話，像是我瘋了。

但我鍥而不捨，繼續往下說。「我非常希望能繼續服侍安維爾夫人。我保證，等她一回到倫敦，我就會回到我的崗位。我無意麻煩你。我只是想，也許你可以教我調配出某個可以驅除房裡鬼魂的東西，這樣我就不必再聽喬漢娜哭個不停，安維爾先生也不會再打擾我了，一勞永逸。除此之外，我在這裡的時候還可以順便學點其他東西，稍微幫幫你。」

奈拉認真看著我的眼睛。「仔細聽好了，伊麗莎。沒有藥能夠把空氣中的靈魂驅除。如果真的存在這種藥，如果我是調配出這種藥的人，我早就變成有錢人，住在某個莊園裡了。」她用指甲描繪我們面前桌上的一條刮痕。「你很有勇氣，敢告訴我實話。但我很抱歉，孩子。我無法幫助你，你也不能留在這裡。」

我失望不已；無論我再怎麼懇求，奈拉還是不肯幫我，連給我一個地方待到安維爾夫人回來為止都不肯。儘管如此，我聽見她聲音中的顫抖。「你相信有靈魂嗎？安維爾夫人不相信我，一點都不信。」

「你問我的話，我也不相信靈魂。我不相信像你這樣的孩子在夜裡害怕的邪惡迷霧。想一想，如果我們死後會變成鬼魂，在我們居住過的地方出沒，整個倫敦不是會永遠籠罩在迷霧之中嗎？」她暫時停下來，爐火在她身後劈啪作響。「但我確實相信，我們有時候會感受到亡者生前的生活痕跡。那不是靈魂，而是我們絕望的想像力所創造出來的產物。」

「所以在我隔壁房間哭泣的喬漢娜……你認為她是我想像出來的？」這不可能；我根本沒見過那女孩。

奈拉聳聳肩。「不好說，孩子。我認識你的時間不長，但你年紀還小，所以容易有些瘋狂的想法。」

「我十二歲了。」我回嘴，耐心終於用盡。「我年紀沒那麼小。」

最後，奈拉站起來，對上我的目光，露出無奈的表情，走向房間盡頭的大櫥櫃。她用手指撫摸著幾本書的書脊，一邊彈舌，發出嘖嘖聲。她沒找到想要的東西，於是打開一扇櫃門，在另一堆書裡翻找，這堆比起剛剛那堆更凌亂。她伸向書堆的底部，拉住一本小書的書脊，接著抽了出來。

那本書非常薄，與其說是書，倒更像小冊子，封面的一角被撕破了。「這是我母親的。」她說著，把書遞給我。「雖然我從沒見過她打開，而我自己也不需要。」

我翻開褪色的深紅色封面，被標題頁的插圖嚇了一跳；那是一個女人生下許多新鮮作物、大頭菜、草莓和蘑菇的圖像。她赤裸的胸部周圍散佈著幾條魚和一隻剛出生的豬。「這是什麼？」我問奈拉，臉頰泛紅。

「很久以前有人送給我母親的，就在她過世一年前左右。這是一本聲稱充滿魔法的書，供產婆和治療師使用的。」

「可是她也不相信魔法。」我猜測道。

奈拉搖搖頭，然後走到登記簿前，把頁面往後翻，皺著眉頭搜索日期。她用手指掃過條目，點了點頭。「啊，有了。過來看看。」她把登記簿轉向面對我，然後指向條目：

一七六四年四月六日，布雷利小姐，澳洲生蜂蜜，半磅，局部。

「半磅的生蜂蜜。」奈拉大聲唸道。

我睜大雙眼。「用來吃的？」

她指向「局部」這兩個字。「不，是用來擦在皮膚上的。」她清清嗓子，解釋道。「布雷利小姐比當時的我大不了多少，大概跟你差不多歲數。她三更半夜來到母親的店裡，哭喊聲把我們從睡夢中吵醒。她的懷裡抱著一個嬰兒……她說幾天前，小男孩被一壺熱水嚴重燙傷。母親沒問是怎麼燙傷的。那不重要，重要的是那個可憐男孩的狀況。傷口已經開始潰爛、流膿。更糟糕的是，他身體的其他部位開始起疹子，好像傷口已經開始蔓延到他全身。

「我母親把小男孩抱進懷裡，感測他貼在她胸口的體溫，然後把他放到這張桌子上，脫掉他的衣服。她打開生蜂蜜的罐子，往他身上塗。嬰兒開始大哭，我母親也哭了。她知道他那嬌嫩的新生皮膚一定很痛。讓別人感到疼痛是最痛苦的事情，伊麗莎，即使你知道那是最好的辦法。」

奈拉輕擦眼睛。「我母親不讓年輕女人和她的孩子離開，起碼三天內不行。他們一起待在店裡，那孩子才能每兩小時塗抹一次生蜂蜜。我母親沒有錯過任何一次治療——整整三天，她都準時在寶寶皮膚上塗抹蜂蜜，分秒不差。她對待那個男孩就像對待自己的孩子一樣。」她闔上登記簿。「後來，膿乾了，蔓延全身的疹子也消了。潰爛的傷口癒合了，幾乎沒有留疤。」她指向她剛剛給我的那本魔法書。「這就是我母親為什麼從未打開你手中那本書的原因。因為用大地的饋禮拯救生命就跟魔法一樣厲害，伊麗莎。」

我想像塗滿蜂蜜的寶寶曾經躺在我面前的桌上，突然為自己提起魔法而感到羞愧。

「但我明白你對鬼魂的好奇心。」奈拉繼續說。「總之，這本書並不是為了拯救生命。封底內側寫了一家書店的名字，以及書店所在的街道位置。我已經忘了——好像是貝辛巷之類的。他們有各種各樣的魔法書，至少我是這麼聽說的。這家書店可能已經不在了，但考慮到你想要一種驅除家中靈魂的藥水，我想那裡是一個很好的起點。」她關上櫃門。「反正總比這裡好。」

我把書捧在手裡，感受冰涼的書放在我潮濕手掌上的重量。一本魔法書，以及一家販賣更多同類書籍的書店地址，我高興地想。也許今天過來找她並沒有像我剛才擔心的那樣毫無收穫。我滿心期待，胸口怦怦作響。我等等立刻就去這家書店。

突然，門上傳來四次輕柔的敲擊聲。奈拉再度看向時鐘，接著哀號一聲。我從椅子上起身，準備離開。但奈拉走到門口時，伸手放到我的肩膀上，把我輕輕推回椅子上。

我的心狂跳起來，奈拉壓低聲音輕聲說：「我的手不太穩，沒辦法把藥粉裝瓶賣給這會兒剛到的女人。不介意的話，我需要你的幫忙，就這一次。」

我急切地點點頭——魔法書店可以再等等。接著，奈拉打開大門，指關節仍然腫脹、發紅。

12

卡洛琳

現代，星期二

時間剛過六點，我手裡拿著一杯咖啡，藉著充足的晨光離開飯店，朝熊巷走去。詹姆士就快到了，我深吸一口氣，思索該怎麼處理才是最好的。我可以請他到別的飯店訂房間，別的城市更好，或印出我們的婚禮誓言，請他告訴我「我將忠貞不渝」這句話到底有哪裡他聽不懂。無論我要他做什麼，有一件事是肯定的：等我最終見到他時，他不會喜歡我所說的話。

想事情想到失神的我，錯過了人行號誌燈，結果在穿越法靈頓街的時候，差點被附近的一輛計程車撞上。我向司機揮手致歉，但沒什麼用，我接著默默咒罵詹姆士差點害死我。

氣勢宏偉的高樓大廈在法靈頓街道的兩側高聳入雲；正如我擔心的，熊巷附近大部分地區看起來都被大型企業佔據了，兩百年前存在的任何東西似乎不太可能保留至今。距離目的地只剩半個街區，我準備接受事實：熊巷可能不過是一條車道。

最後，我總算看到一塊黑白相間的小牌子，標記一條藏在高樓大廈之間的小巷：熊巷，

EC4。這條小巷確實看起來是送貨卡車的服務路線。小巷一側擺著許多滿溢的垃圾桶，髒兮兮的人行道上散落著一堆菸頭和快餐盒。失望之情重重壓著我的胸口；雖然我並不期待會看見一個寫著「藥師殺手在這裡」的牌子，但也希望會看見比這更神秘的情景。

我走向巷子深處時，身後街道的喧囂聲很快就消失了，我發現在這些面向大街的高樓大廈後方有許多古老的磚砌建築。小巷在我前方綿延了數百公尺。我環顧四周，看到一個男人靠在牆上，邊抽菸邊看手機——但除了他之外，巷子裡空無一人。儘管如此，我並不覺得害怕；我的腎上腺素因等待詹姆士的到來而飆升。

我在磚砌建築物之間慢慢走著，尋找有趣事物，一直走到巷尾，卻只發現更多垃圾。我問自己我在找什麼。又不是說我需要證據證明小藥瓶或那個無名藥師與這條小巷有關聯。畢竟，我甚至不相信她真實存在；那張醫院紙條可能是一個精神錯亂、出現幻覺的女人在她去世前幾小時寫的。

可是，一想到那個藥師「有可能」存在，想到當中的神秘感，就讓我著迷不已。年輕、富有冒險精神的卡洛琳又活了過來。我想起了被我閒置的歷史學位，塞在書桌抽屜裡的大學文憑。做學生的時候，我被普通人的日常生活深深吸引，他們的名字無人知曉，也沒有記載在教科書裡。而現在，我偶然發現了一個沒有名字、遭到遺忘的人——甚至還是一個女人。

如果我對自己夠誠實的話，這次冒險之所以吸引我還有另一個原因：我想分散注意力，暫時忘卻收件匣裡的訊息。我渴望某樣東西，任何東西都好，來拖延那即將到來且不可避免的衝突，就像長假的最後一天。我把手放在肚皮上，嘆了口氣。我也想分散一下自己的注意力，暫時忘卻月經遲來的事實。

心灰意冷的我，開始往巷尾前進。但就在這時，我在右手邊發現一扇鑄鐵大門，大約六英尺高，四英尺寬，因為年老失修而破損扭曲。大門後方有一小塊方形空地，大約有籃球場一半大，沒有鋪地磚，雜草叢生。空地上散落著廢棄用具：生鏽的水管、波浪板和其他看起來很適合流浪貓棲息的垃圾。磚砌房屋的陳舊牆壁圍繞在空地四周，我覺得很奇怪，在如此熱鬧的商業區，這裡有很多地方明顯遭到閒置。雖然我不是房地產開發商，但這個完美空間似乎被白白浪費了。

我靠在由兩根石柱固定的大門上，臉貼著柵欄，好把空地看得更清楚。儘管藥師可能在世至今已經過了兩百年，我仍想像我面前這塊隱密的廢棄空間或許沒有改變過。或許她就走過這片土地。我真希望這區沒有那麼多雜草和灌木叢，因為周圍的牆壁看起來也很古老。這些建築物存在多久了？

「你的貓走失了嗎？」後方傳來一個沙啞的聲音。我猛地在大門前別開頭，轉身一看。大約十五英尺外，有個穿著藍色休閒褲和藍色襯衫的男人站在那裡看著我，臉上帶著有趣的表情。大概是建築工人。他的嘴邊叼著一根點燃的香菸。「抱歉，不是故意要嚇你的。」他說。

「沒、沒關係。」我結巴說著，覺得有點荒謬。我有什麼正當理由站在一條不起眼的小巷裡隔著上鎖的大門偷看呢？「我先生就在轉角。」我說謊道。「他想在這座古老的大門前給我拍一張照片。」我內心對自己的這番話尷尬不已。

他回頭看了一眼，彷彿在找我那看不見的丈夫。「那就別因為我停下來。不過問我的話，我說在這裡拍照感覺挺詭異的。」他吸了一口菸，竊笑起來。

我很感激他保持一段安全距離，我抬頭看著四周的幾扇窗戶。我確實很安全；儘管小巷給人一種偏僻的感覺，但大樓裡許多人都能一眼看進巷子裡。

我稍微放鬆許多，決定善加利用這個陌生人的出現。也許我可以從他那裡蒐集到一些情報。「嗯，我想是有點詭異。」我說。「知道為什麼這片空地會留到現在嗎？」

他用腳踩熄香菸，交叉雙臂。「不知道。幾年前，這裡想搞個露天啤酒屋。本來會很棒的，但聽說拿不到許可證。你從這裡很難看得到，但那邊實際上有一扇後門——」他指著空地左手邊的盡頭，那裡有幾株比我還高的灌木叢。「可能只是通往地下室之類的。我猜屋主希望保持這區暢通，以防他們需要進去那裡。」他的口袋裡突然傳來一陣嗡嗡聲，他拿出一個小型對講機。「找我的。」他說。「總是有水管要安裝或修理。」

所以他是個水電工。「謝謝你跟我說這些。」我說。

「別客氣。」他揮揮手離開，我仔細聽著他平穩的腳步聲漸漸消失在我聽不到的地方。

我轉回大門前，踩上石柱上一塊移位的石頭，把自己墊高幾英寸，好看個仔細。我把目光轉向空地的左手邊，也就是水管工剛剛說過的地方。我站在這個較高的位置，瞇起眼睛，試著穿過樹枝往外看。

我在一棵灌木叢後方隱約看到一塊大木頭鑲嵌在古老的磚砌建築中；木頭底部隱藏在又高又

密的雜草中。一陣微風吹過，樹枝輕輕搖晃，就在這時，我在雜草中間發現一個微紅色、龜裂的突出物。一個生鏽的門把。

我倒抽一口氣，差點跌落石柱。那絕對是一扇門。而且看起來，那扇門已經很久很久沒有打開過了。

13

奈拉

一七九一年二月八日

我打開門，迎接那個我一直害怕她來訪的女人時，她的身形在陰影下形成漆黑的輪廓，面容也被透明面紗遮住。我只能看到她的裙襬和衣領周圍精緻的蕾絲邊。她猶豫著往前邁出一步，走進店裡，一陣帶著淡淡薰衣草味的微風從她身後吹來，燭光把她照亮。

我屏住呼吸；七天以來，這是第二次站在我面前的是一位完全不同於過去任何來過店裡的顧客。第一次是個孩子，現在則是個成年女人，單從外表來看，她似乎更適合待在肯辛頓通風良好的客廳，而不是我這卑微又隱密的藥鋪。她穿著一件繡有金色百合花的深綠色長袍，佔據了近四分之一的空間，我擔心她一轉身就會把我一半的小藥瓶掃到地板上。

女人脫掉她的面紗和手套，放到桌面上。伊麗莎見到訪客似乎並不訝異，立刻就把手套拿到爐火邊烘乾。這個舉動是如此理所當然，但我站在那裡震驚地打量面前的女士時，並沒有想到這一點。就算先前對她的財富和身分地位有任何質疑，如今也煙消雲散。

「這裡真暗。」她說著，癟起紅唇。

「我再幫爐火添點柴吧。」伊麗莎愉快地說。雖然這只是她第二次來到我的店，然而以某些方面來說，她已經開始比我聰明了。

「請坐。」我說著，示意第二張椅子。

她小心翼翼地坐下，顫抖地吐出一口長長的氣。她取下後腦勺的小髮夾，調整一束捲髮，然後重新夾好。

伊麗莎拿著一個馬克杯走向前，小心翼翼地放在女人面前的桌上。「這是加了薄荷的溫水，女士。」她說著，行了個屈膝禮。

我困惑地看著伊麗莎，好奇她是從哪裡找到備用的馬克杯，更別說壓碎的薄荷葉了。這裡沒有她的椅子，但我想她會直接坐在地板上，或忙著看我給她的魔法書。

「謝謝你信中的資訊。」我對女人說。

她揚起眉毛。「我不知道該說多少。我竭盡全力保護自己，以免信被沒收。」

我不涉入有錢人的另一個原因是：人們總是想要他們擁有的東西，尤其是他們的秘密。「你說得夠多了。我相信你會對我的安排很滿意。」

一記尖銳的巨響打斷我們，我轉頭看見伊麗莎在地上拖著一個木箱。她把木箱推到桌邊，就在我和女人之間，接著把雙手交疊在大腿上。「我是伊麗莎。」她對女人說。「很高興您大駕光臨。」

「謝謝。」女人回答。她一看到這個女孩，眼神立刻變得柔和。「今天我來這裡的時候，沒料到會有兩個人。」她滿懷期待地看著我。「你女兒嗎？」

喔，我多希望我女兒在我身邊。但這麼一來我們現在就不會在這裡做這件事了，販賣毒藥，躲在陰暗處。我哽咽地回答：「她偶爾會來幫我的忙。」我說謊道，不願意承認伊麗莎在完全錯誤的時間點不請自來。我只在桌邊擺兩把椅子是有原因的，我很快就後悔當初允許伊麗莎留下來。我一生都講求謹慎，如今我清楚看見讓她介入我和這女人之間的秘密交換是一個天大的錯誤。「伊麗莎，你差不多該與我們道別了。」

「不。」女人用一種習慣為所欲為的強勢語氣說。「這杯薄荷茶非常好喝。」她繼續說：「等等我還想再喝一杯。況且，我覺得有孩子在場讓人……很放鬆。我沒有自己的孩子，儘管我非常想要，可是不管我們再怎麼——」她說著停下來。「喔，先別說了。小伊麗莎，你多大了？你是哪裡人？」

我簡直不敢相信。這女人肯定是某個大莊園的女繼承人，卻與我有些共通點：我們都渴望肚子隆起，渴望感受到子宮的微弱胎動。但她很幸運，她的時機還沒有過去。她眼周的肌膚告訴我，她不可能超過三十歲。生孩子對她而言還不遲。

「我十二歲。」伊麗莎輕聲說。「我在斯溫頓長大的。」

女人讚許地點點頭，而急於完成這場會面的我，走到一個架子前，取下一個小羊角罐。我招手請伊麗莎過來幫我，指導她把斑蝥蟲粉從桌上的碗裡小心地舀到罐子裡。正如我所預期，她的手比我穩多了。

完成後，我把尚未封起的罐子放到女人面前供她檢視。罐裡那充滿光澤的綠色粉末對她閃爍著，細膩得如水一般可以在她的指間流過。「是斑螯蟲。」我低聲說。

她睜大雙眼。「靠這麼近安全嗎？」她問著，在椅子上往前挪，豐盈的裙襬在腿邊沙沙作響。

「安全，只要不去碰它就沒事。」

伊麗莎探頭往罐子裡看，女人點了點頭，仍驚訝得眉頭高揚。「這種蟲我只聽過一次，好像是在巴黎妓院使用過……」她稍微把罐子往她的方向傾斜。「製作這個花了多久時間？」

當初橫渡泰晤士河，我止不住一直咳嗽、那女人給她的孩子碧翠絲餵奶的記憶立刻湧上心頭。「整晚一直到今天早上。」我輕聲說。「這不僅需要收集斑螯蟲，還得在火上烘烤，研磨。」我指向小房間對面的杵和搗缽；搗缽就與女人的緊身胸衣一樣寬。「我把它們放到那邊的缽裡磨碎。」

這位我至今仍不知道姓名的女士拿起那罐粉末，放到燈光底下轉動。「我只要把粉末放進食物或飲料裡就行了？真的那麼簡單？」

我交叉腳踝，往後靠在椅子上。「你要求能激起性慾的東西。這就是斑螯蟲最重要的功能。血液會湧入生殖器，壓過——」我暫時停下來，意識到伊麗莎仍在仔細聆聽。我轉向她。「這不是你可以聽的。麻煩請你進儲藏室好嗎？」

但女人把一隻手搭在我的手上，搖了搖頭。「這是我的粉末對吧？繼續說，讓這孩子學學。」

我嘆口氣，繼續說：「胯下勃起是無法滿足的。這種興奮感會持續一段時間，接下來他會肚子痛，口腔起水泡。我建議你釀造一些深色飲品——例如糖蜜蘭姆酒之類的——再摻入粉末，充分攪拌。」我猶豫片刻，小心斟酌我的遣詞用字。「用上四分之一，他將活不過今晚。用上一半，他連一小時都活不了。」

女人沉默了很長一段時間細細思考，現場唯一的聲響是門邊時鐘的滴答聲和爐火的劈啪聲。我一動也不動，先前因為女人來訪而湧上的不安感再次捲土重來。她漫不經心地撫摸手上的婚戒，目不轉睛地看著我身後微弱的爐火，火光在她的眼底舞動著。

她抬高下巴。「我不能殺他。如果殺死他，我就不能懷寶寶了。」

我隨即擔心我沒有正確解釋粉末的危險性。我的聲音開始顫抖。「我必須鄭重聲明，這是致命毒藥。你不可能控制到非致命的安全劑量——」

她舉手打斷我。「你誤會我的意思了。我確實想買致命毒藥。我要說的是，我想殺的不是他，是那個女的。」

那個女的。我聽到最後這句話皺起眉頭；我只需要知道這些就夠了。

這不是我第一次收到這類的要求。在過去的二十年裡，多次有人要求我幫另一個女人配毒藥，但我二話不說拒絕了這些顧客。無論是何等背叛，沒有女人會遭受我的毒手。母親在後巷三號創立這間藥鋪旨在為女性治病，照顧她們，我會保存這個傳統直到我死的那一天。

當然，有些顧客可能會對我撒謊——對我隱瞞她們的真實意圖，打算偷偷把我的藥水用在姐妹或交際花身上。我怎有辦法阻止她們？這是不可能的。但就我所知，我的毒藥從來沒有用在女人身上。從來沒有。只要我還活著，只要我知情，就絕對不會同意。

我考慮現在該怎麼說——我該怎麼拒絕這個女人——但她的眼神散發著威脅，我敢說她感覺到我打算拒絕她。她抓住了這沉默的一刻，抓住了我的弱點，彷彿我是一隻兔子，而她是一隻狐狸。她面向我挺起胸膛。「你似乎對這個情況不太滿意。」

我已經恢復一些理智，不再說不出話。「我很感激你費心找到我，但恕我難以同意。如果你打算用這罐粉末殺死一個女人，我不能讓你帶走。這間店鋪旨在幫助女人，替她們治病，而不是傷害她們。這是最重要的中心主旨，我不能失職。」

「但你是個殺人兇手。」她指責道。「你怎能義正詞嚴地說著助人和治病這種話？我不管是男人還是女人。」她看了一眼裝著斑蝥蟲粉的罐子。「你想知道她是誰嗎，那個卑鄙小人？她是他的情婦，他的婊子——」

女人繼續解釋，但我慢慢眨起眼來，她的話變成微弱的嗡嗡聲，房間四周也越來越暗。一段可恥的舊回憶湧上心頭：我也曾經當過情婦，儘管我當時並不知情。根據這女人的說法，我是卑鄙小人、是婊子，是藏在暗中的秘密——不是一個被愛的人，而是一種娛樂形式。無論我多喜歡他，我永遠忘不了當初發現菲德里克的假面具和他謊話連篇的那一刻。知道自己不過是滿足菲德里克慾望的一個傻瓜，真是一件令人難以忍受的事情。

如果那是他最過分的惡行就好了。如果那是他對我做過最糟糕的事。出於直覺，我用手撫摸肚子。

這個無情的女人不值得我繼續浪費時間；我不會把我的故事告訴她，不會把他的事告訴她。這間店之所以變質，就是那個懦夫種下的種子，最終把她帶來我的門前。房間繼續在我四周旋轉，她喋喋不休的說話聲終於停止了。我伸出顫抖的雙手摸找平坦、堅硬的桌子。

不確定幾秒鐘甚至幾分鐘過去了，我才終於意識到伊麗莎在搖晃我的肩膀。「奈拉。」她低聲說。「奈拉，你還好嗎？」

視線漸漸變得清晰，我看見坐在對面的兩個人，臉上充滿困惑的表情。伊麗莎向前輕碰我，看起來很關心我的健康。反之，女人就像一個任性的孩子，怕得不到自己想要的東西。

得到伊麗莎的安慰，我微微點頭，甩開那些回憶。「我沒事。」我向她保證。接著，我轉向女人。「我選擇要幫助誰或傷害誰都不關你的事。我不能把這個粉末賣給你。」

她瞇起雙眼，不敢置信地看著我，彷彿她是第一次遭人拒絕。她發出一聲狂笑。「我是卡特巷的克拉倫斯夫人。我先生是——」她停下來，看向那罐斑蝥蟲粉。「我先生是克拉倫斯勳爵。」她仔細看著我，等待我驚訝的反應，但我並沒有讓她得逞。「你顯然不明白這件事的急迫性。」她接著說。「我在信裡說過了，我們明天晚上要舉辦一場派對。我丈夫的表妹兼情婦博薇爾小姐將會出席。」克拉倫斯夫人拉扯緊身胸衣的下襬，抿起嘴唇。「她愛上我丈夫，我丈夫也愛上她。情況不能再繼續下去。月復一月，我相信我之所以沒有懷上孩子，是因為他把一切都花在她身上，沒有什麼可以留給我了。我會買下這罐粉末。」她說著，把手伸進縫在裙子腰部附近的口袋裡。「總之，你想要多少錢？我會給你雙倍的價錢。」

我搖搖頭，對她的錢毫不在乎。我不會接受的，我不會讓一個女人——不管是不是情婦——因為我而死。「不。」我說著，從椅子上站起來，站穩腳步。「我的回答是不。你可以離開了。」

克拉倫斯夫人跟著從椅子上站起來，我們的目光平視。

與此同時，伊麗莎的頭來回擺動，看著左右兩邊的我們。她一下子挺起胸膛，背打直，緊抿著唇。當初她要求做我的學徒時，我敢說她沒料到會遇到這種場面。也許這足以讓她改變主意。

突然間，出現一陣騷動；我以為克拉倫斯夫人把錢掉到桌上，因為她的手飛快地四處亂竄。但後來我驚訝地發現，她的一隻手正伸向桌子中央那罐我和伊麗莎還沒蓋上塞子的粉末，另一隻手則撐開了她的口袋。她打算違背我的意願，搶走那閃亮亮的綠色粉末。

我衝過去，在最後一刻從她指尖奪走罐子，接著不小心撞到伊麗莎，差點把她從木箱上撞飛，接著我做了我唯一想得到的事情：我把那罐有毒的斑蝥蟲粉丟進身後的壁爐裡。

爐火爆出亮綠色的烈焰，瞬間讓毒藥失去價值。我震驚地盯著壁爐，不敢相信一個晚上加一個上午的努力就這麼輕易地被摧毀了。我慢慢轉身，雙手不停顫抖，看見克拉倫斯夫人滿臉通紅，無比錯愕，小伊麗莎則瞪大了眼睛看著我。

「我不能——」克拉倫斯夫人語塞。「我不能——」她的眼睛像老鼠一樣在房間裡轉來轉去，尋找第二個罐子，更多的粉末。「你瘋了嗎？派對就是明天晚上了！」

「沒有了。」我告訴她，接著示意大門。

克拉倫斯夫人怒視著我，接著轉向伊麗莎。「我的手套。」她命令道。伊麗莎立刻行動，小心翼翼地從衣架上拿起手套，遞給克拉倫斯夫人。她開始戴起手套，手指一根接著一根穿進去。幾次深呼吸之後，她再次開口。「我相信要你再做一批給我易如反掌。」她說。

天啊，這女人真難搞。我無奈地舉起雙手。「難道你就沒有認識哪個可以收買的醫生嗎？我已經拒絕你兩次了，你為什麼還要把這件事託付給我？」

她放下面紗把臉蓋住，那精緻的蕾絲讓我想起了鐵杉葉。

「你這個傻瓜。」她在蕾絲面紗後面反駁道。「你以為我沒考慮過城裡的每位醫生、每位知名藥師嗎？我不想被抓。你到底知不知道自己的特殊之處？」她暫時停下來，拉直衣服。「我錯了，我不該相信你的。但現在要改變我的決定已經沒用了。」她低頭看著她戴著手套的雙手，數著幾根手指頭。「你一天內就能做好這種粉末，對嗎？」

我困惑地皺眉。事到如今，問這個有何意義？「是的。」我不耐煩地說。

「很好。」克拉倫斯夫人說。「我明天會再過來。在我看來，你有足夠的時間重新準備粉末。你要給我一罐新的斑蝥蟲，外觀和形態就跟你剛剛蠢到燒毀的粉末一模一樣。我一點半到。」

我目瞪口呆地看著她，準備在必要時尋求伊麗莎的幫助把她趕出門外。

「要是你沒有照我的要求幫我把粉末準備好，那你最好把東西收一收盡速離開。」克拉倫斯夫人繼續說。「因為我會直接去找警察，把你這間充滿蜘蛛網和老鼠藥的小店鋪告訴他們。我會特別請他們別忘了走到儲藏室的盡頭，檢查牆壁後方。藏在這個髒骯洞窟裡的所有秘密將會曝光。」她把圍巾緊緊裹在身上。「我是勳爵的妻子。別想對我耍花樣。」她猛地開門，讓自己出去，臨走前用力把門甩上。

14

卡洛琳

現代，星期二

詹姆士再過幾個小時就要到了，我沒時間去調查那扇緊閉的後門，但昨天開始就激起的好奇心現在卻像火燒一樣。從小藥瓶開始，到關於熊巷的神秘紙條，如今是這扇在巷尾的門，我收集到的每條情報似乎都提供了一個吸引人的新謎團。我決定在回去前，盡可能挖掘更多線索。

我離開熊巷時，太陽躲進一片雲後，把我籠罩在涼爽的陰影中。假設那位藥師確實存在，我想像她可能是一個白髮蒼蒼的老婦人，因為花太多時間顧在大鍋旁邊，髮尾乾燥分岔，總是穿著黑色斗篷匆匆走在鵝卵石小巷裡。接著我搖搖頭，否定了自己的想像：她不是女巫，這也不是哈利・波特。

我回想那張醫院紙條。寫下紙條的人說過「那些」男人都死了——複數。這實在模糊得讓人沮喪。不過，如果不止一兩個人因為藥師而死，網路上應該查得到藥師的一些紀錄和參考文獻。

我掉頭回到法靈頓街，拿出手機，打開瀏覽器搜索欄，輸入**倫敦藥師殺手** 1800s。

搜尋結果參差不齊：一些關於十八世紀琴酒狂熱的文章；一頁有關一八一五年《藥師法案》的維基百科；以及一篇骨折相關的學術期刊頁面。我點擊搜尋結果的第二頁，一個記載倫敦古老刑事法院——老貝利法院裡所有物品清單的網站似乎是目前為止點擊量最高的。我用手指滑看網頁，但內容實在太長，我又不知道如何在手機上搜尋文件。過了一會兒，網站上的資料多得讓我的瀏覽器卡住了。我咒罵一聲，把手機往上一滑直接關閉應用程式。

我沮喪地嘆口氣。我真以為光在網路上找一找就能解決問題嗎？詹姆士大概會怪我缺乏研究技術，要是大學時期我待在圖書館的漫長日子裡能多讀教科書，少讀小說，那麼我可能會更游刃有餘。

圖書館。我猛然抬起頭，向路人打聽最近的地鐵站，祈禱蓋諾兒今天也有上班。

不久後，我走進了地圖諮詢室，慶幸自己沒有像上次一樣被雨淋濕，全身臭氣熏天。我立馬就看見蓋諾兒，但她正在一台電腦前協助別人，所以我耐心等她忙完。

過了幾分鐘，蓋諾兒回到諮詢台。她一見到我，立刻對我露出微笑。「你回來了！你有找到關於小藥瓶的消息嗎？」她開心地問。接著她擺出一副嚴肅的表情。「還是你又去參加了河泥尋寶，帶了別的謎團給我？」

我放聲大笑，突然對她很有好感。「老實說，都沒有。」我提起那些醫院文件，又告訴她那張不知道是什麼人寫下的紙條，暗指藥師參與了多起死亡事件。「紙條上的日期是一八一六年，內容提到一條熊巷，碰巧就在我的飯店附近。我今早特地過去一趟，但沒看見什麼。」

「研究界的明日之星喔。」她頑皮地說。「如果是我，我也會幹一樣的事。」蓋諾兒收拾面前幾個文件夾，然後放到一邊。「你說熊巷嗎？小藥瓶上的蝕刻圖案確實像一隻熊，不過要說這兩者之間有關聯似乎有點牽強。」

「我同意。」我把屁股靠著諮詢台。「說實話，整個故事感覺有點牽強，可是……」我的聲音越來越細，視線落到蓋諾兒身後的一疊書上。「可是萬一不是呢？如果真的有些什麼怎麼辦？」

「你覺得這名藥師可能真的存在過？」蓋諾兒交叉雙臂，好奇地看著我。

我搖搖頭。「我不太確定我是怎麼想的，這也是我來到這裡的部分原因。我想看看你有沒有熊巷那區在一八〇〇年代的舊地圖。而且我想你可能也比我擅長網路搜尋。我試過用谷歌搜尋倫敦的藥師殺手，但沒找到太多線索。」

蓋諾兒聽到我的請求，臉亮了起來；正如我們初次見面時她告訴我的，歷史悠久的舊地圖是她的最愛。一股微妙的嫉妒感滲入心頭。又一天過去了，距離我回到俄亥俄州的工作崗位上又近了一步——一個跟歷史毫無關係的工作。

「這個嘛。不像昨天，這件事我想我確實幫得上忙。」她說。「我們有些很棒的資源。跟我來。」她帶我走到一台電腦前，示意我坐下。十年來，這是我第一次感覺自己又像個歷史系的學生了。

「好，最好的開始肯定是一七四六年羅克的地圖。以我們的時間框架來說有點早，但這份地圖公認是倫敦一百多年來最精準、最全面的地圖之一。羅克花了十年時間進行調查和出版。」蓋諾兒點擊電腦桌面上的一個圖示，螢幕立刻佈滿許多黑白格子。「我們可以放大各個廣場近看那些街道，或直接輸入街道名。那我們就輸入熊巷吧，那是醫院紙條上提過的那條街。」

她按下確認鍵，地圖立刻跳到上面唯一的熊巷。「我們來看看周遭區域，以便搞清楚我們在哪裡。」她解釋著，一邊移動地圖。「聖保羅大教堂在東邊，河在南邊。這裡跟你今天去的地方看起來是同一個地方嗎？」

我皺起眉頭，不太有信心。這張地圖已經有兩百五十多年的歷史了。我看了周圍的街道名，但一個也不認得：艦隊監獄街、餐場街、弗利特市場街。「嗯，我不確定。」我說著，覺得自己有點蠢。「我對看地圖不太行。我只記得法靈頓街，我走過的那條商業大街。」

蓋諾兒用舌頭抵著牙齒。「太好了，我們可以輕輕鬆鬆在這張羅克地圖上疊加現在的地圖。」她又按了幾個鍵，第二張地圖立刻顯示在第一張地圖之上。「法靈頓街，」她說。「在這裡。在舊地圖上稱為弗利特市場街，後來在某個時候，街道名變了。這也不奇怪。」

第二張現代地圖跳出來後，我立即認出那區的佈局——地圖上甚至顯示出計程車差點撞到我的那條十字路口。「是了！」我湊向前大聲說。「沒錯，那肯定就是正確的熊巷。」

「很好。我們現在回到舊地圖，再四處看看。」她移除了疊加上去的現代地圖，盡可能把羅克地圖上標示的熊巷放大。

「這就有意思了。」她說。「看到這邊了嗎？」她指著從熊巷突出來的一條線，細得像根頭髮。那條線標記為後巷。

我幾乎沒有注意到突如其來的痙攣開始拉扯我的下腹部。「嗯，我看到了。」我說。「這為什麼有意思？」但話才剛出口，我就開始心跳加速。是那扇門。

「只是一個非常小的東西。」蓋諾兒說。「羅克把街道的尺寸繪製得非常好——例如，主幹道畫得最寬——這大約是他在地圖上畫得最窄的極限了。一定是一條不起眼的小路，大概只是一條人行道。這也合理，因為上面標記為後巷。」她再次把現代地圖疊上去，用滑鼠一下點開一下關閉。「這條小路現在肯定不存在了。這很常見，城市中已經有幾千條街道被替換、改道或直接蓋上房子。」她偷看我一眼，我連忙把手從嘴邊抽出來；我剛剛一直心不在焉地咬指甲。「你有心事。」她說。

我們四目相交。那瞬間，我差點無法克制那股想要依靠她、把心中煩惱一吐為快的衝動。但隨著眼眶開始發熱，我連忙把雙手塞到腿下，把臉轉回電腦前。詹姆士還沒抵達倫敦；這段時間是我的，我不會為他哭泣，白白浪費掉。

我再次端詳地圖，猶豫要不要告訴蓋諾兒我在那個地方看到了一扇門，也就是地圖上所示的那條從熊巷突出、但現已荒廢的後巷。但這並不代表什麼，對吧？正如那個水管工告訴我的，那扇門只是通往其中一棟建築物的儲藏室。僅此而已。「我沒事。」我說著擠出微笑，轉回螢幕前。「所以說熊巷存活了兩百年，但後巷就沒那麼幸運了。一定是蓋上房子了。」

蓋諾兒點點頭。「這是常有的事。我們快轉到羅克地圖的一百年後吧。」她又按了幾個鍵，疊上另一張地圖，這張地圖整體上有著不規則的陰影形狀。「這是十九世紀末的地形測量地圖。」

她解釋道。「陰影部分代表建築物，所以我們可以輕鬆看到當時有哪些建築物。」

蓋諾兒停頓幾分鐘，檢視著螢幕。「好，所以這區在一八〇〇年中葉肯定已經蓋滿了房子。這告訴我們，雖然後巷在十八世紀就存在，但到了十九世紀基本上就消失了。不過——」她停下來，指向螢幕上的地形測量地圖。「這裡有一條隔開了幾棟建築物的鋸齒狀細線，幾乎完美吻合後巷的路徑。也許在十九世紀，後巷也是作為建築物之間的走道而存在。想知道簡直難如登天。」

我點點頭；儘管我對土地測量和法令理解有限，但我明白她的意思。隨著時間的推移，我越來越確信十九世紀地圖上代表後巷的鋸齒狀細線與我今天稍早看到的那扇門有關。那扇門在蓋諾兒給我看的那兩張舊地圖對照之下，位置精準得不可能是巧合。

從找到小藥瓶開始，這是我第一次想像自己正準備解開一個重大的歷史謎團。如果說門後藏了某個與醫院病歷、小藥瓶和藥師有關的東西呢？如果說我把這之間的關聯告訴蓋諾兒，而她認為值得分享給更多歷史學家呢？說不定我會受邀去協助其他研究項目，或在大英圖書館裡短暫任職……

我深吸一口氣，提醒自己要慢慢來，要有邏輯地遵循事實。我不能得意忘形。

「把這些地圖進行交叉比對挺酷的。」蓋諾兒繼續說。「但如果你想了解更多有關那位藥師的訊息，我不太確定這些地圖有辦法告訴你。」

我同意她的說法。「我知道了。」我說完，準備提出我第二個請求——這也許更重要。「那麼，如果我們想證實這個藥師是否真的存在，最好的方法是什麼？就像我說的，我自己在網路上什麼也沒搜到。」

蓋諾兒不意外地點點頭。「網路是一個很有用的工具，但谷歌那些搜索引擎使用的演算法對研究人員來說簡直是惡夢。因為網路其實並不是為了搜找舊文件和舊報紙而構建的，即使它們已經被數位化。」她回到電腦的桌面，點擊一個新圖示，跳出英國報紙檔案館的網站。「好。」她說著，轉身面對我。「我們來試試看吧。這可以搜尋過去幾百年來多數英國報紙上的每一行文字。如果有關於藥師的文章，一定會在這裡，但秘訣是搜尋正確的關鍵字。你之前試過什麼？」

「1800s，藥師殺手，倫敦之類的。」

「很好。」蓋諾兒輸入關鍵字，按下確認鍵。過了一會兒，網頁顯示零項搜尋結果。「好吧，我們把日期去掉。」她說。

一樣，還是沒有結果。

「有沒有可能是搜尋功能故障了呢？」我問。

她放聲大笑。「這就是當中的樂趣。我們找得越久、越認真，最後就越有成就感。」她不斷輸入新的關鍵字，我則思考了她這句話的雙重含義。我是在找失蹤的藥師沒錯，但我意識到我也在找別的東西，一股悲傷感向我襲來：我在找這段動盪婚姻的解方，在找渴望成為母親的動力，以及我的職業選擇。我被上千個碎片給包圍，前方等著我的是一段漫長艱辛的搜尋任務，我必須篩選出想保留和不想保留的碎片。

蓋諾兒低聲咒罵一句，臉上寫滿了挫敗感。「好吧，目前為止沒出現任何結果。難怪你在網路上搜尋沒法成功了。我們換個方法試試看。」她在搜索欄中輸入兩個字：**藥師**，然後到螢幕左邊手動篩選搜尋結果，把日期設定在一八〇〇年到一八五〇年之間，地點設在英國倫敦。

螢幕上出現幾個搜尋結果，我看見一篇報紙標題時，心不禁猛地一跳：「詐騙與謀殺罪，米德塞克斯郡。」但那是一八二五年的報導，似乎有些太遲，結果證明那是關於一名男藥師在偷了一匹馬後被殺的報導。

我垂下雙肩。「我們還能怎麼做？」

蓋諾兒的嘴歪到一邊。「嗯，我們還不能放棄搜尋報紙的做法。也許我們需要取消藥師這兩個字，試試別的字，比如熊巷。但還有其他數不清的資源可供搜索，例如我們的手稿資料庫……」她說著說著停下來，點開一個新網頁。「根據定義，手稿包括了像日誌、日記，甚至家族財產文件等等的手寫文件，通常是非常私人的內容。但我們的手稿收藏也包括一些印刷品，例如打字稿、印出來的日誌之類的。」

我點點頭，想起在學校學過這個。

蓋諾兒拿起一支筆，在指間打轉。「我們收集了幾百萬份的手稿，但光是搜尋這些收藏也有其自身的問題。是這樣的，舊報紙已經數位化，可以立刻在螢幕上查看，但手稿必須預訂。你提出申請，排隊等待，這可能需要幾天的時間，然後服務台會交付實際的文件供你審閱。」

「所以這可能要搜上好幾天。」

蓋諾兒緩緩點頭，接著臉一皺，像是醫生準備把壞消息告訴病人。「嗯，甚至是好幾個禮拜或好幾個月。」

這樣的搜尋規模之大，光想都讓人筋疲力盡，尤其是藥師的故事就目前而言只是一個神話；如果搜尋老半天全都無功而返怎麼辦，因為根本就沒有一個真人可找？我往後靠在椅背上，覺得心灰意冷。看樣子不管是人生的哪部分，我都無法分辨真假。

「振作點。」蓋諾兒說著，用她的膝蓋輕推我。「你顯然對這種事情很感興趣，這本身就很罕見。我還記得我來到圖書館工作的第一個禮拜……我完全不知道自己在幹嘛，但我比這裡的任何人都更喜歡舊地圖。像我們這種人必須團結起來，堅持下去。」

堅持下去。雖然我不太知道我想找到什麼，或到底有沒有東西可找，但有一點不容忽視：後巷底的那扇門與那些舊地圖完美吻合。無論藥師有沒有在那區工作過，想到有一條古老的人行道或街道仍埋在城市底下，只有生活在兩百年前的人才知道，就令我著迷不已。

也許這就是蓋諾兒所謂搜尋的魅力。我不知道那扇門後面有什麼——可能只是一堆搖搖欲墜的磚塊，裡面佈滿了老鼠和蜘蛛網——但要說我對自己有什麼是幾天前不懂、到現在才明白的，那就是審視自己的內心是很難受的事。這正是我至今一直排斥想起詹姆士的原因，也是我為什麼還沒把他幹的好事告訴我的父母或蘿絲以外的人。事實上，這就是我打從一開始會用失蹤的藥師來分散自己注意力的原因。

我和蓋諾兒互相交換電話號碼，我告訴她如果我想申請手稿或進一步搜尋報紙數位資料庫，我會與她聯繫。

我離開圖書館時，手機顯示時間剛過九點。詹姆士的班機隨時會降落。雖然搜尋未果讓我很沮喪，但我前往地鐵站和路德蓋特山街的路上吸進溫暖的倫敦空氣，打起精神，準備好面對我再也無法置之不理的事。

過去幾天以來，儘管我一直心煩意亂，但在倫敦被一個古老的謎團、古老的故事給包圍，卻是多年來我記憶中最有活力的時候。我決定繼續往下挖。我決定衝破黑暗，看清裡頭的一切。

15

伊麗莎

一七九一年二月八日

克拉倫斯夫人從奈拉的店鋪奪門而出後，密室裡的空氣變得濕熱，就像廚房裡常出現的那樣。我手臂的寒毛直豎；我從未聽過有人用奈拉和克拉倫斯夫人剛才那樣的語氣交談。

奈拉皺著臉，表情既痛苦又疲倦。我看得出來工作壓力和像克拉倫斯夫人這種女人的要求，讓她的額頭上長出皺紋，臉頰變得凹陷。空氣中仍繚繞著淡淡的煙霧，她癱倒在椅子的一側，臉上寫滿憂愁。

「殺死勳爵的情婦。」她喃喃地說。「還是上絞刑架？」她轉頭看向火堆，彷彿在尋找剩餘的斑蝥蟲。「選擇一個比一個可怕。」

「你一定要重做粉末。」她沒有問我的意見，但在我意識到之前，這些話就脫口而出。「這是唯一的選擇。」

她轉向我，眼神猙獰。「比殺死一個女人簡單？我這輩子的志向就是幫助女性。老實說，這是我母親過世後留下的貢獻當中，我唯一成功維持下來的。」

但奈拉給我看過她的登記簿，我知道條目內容包括姓名、日期和治療方法。比這更糟的是，我知道安維爾先生和我的名字都列在裡面。這表示奈拉不重做粉末讓克拉倫斯夫人尋求報復的話，我就會曝光。

所有在登記簿裡的人都會曝光。

我指向她的登記簿。「你可能會想辦法不讓博薇爾小姐的名字出現在那裡，但我呢？寫在上面的其他人呢？」

奈拉低頭看向登記簿皺起眉頭，彷彿沒考慮到這回事。彷彿她並不真的相信克拉倫斯夫人會兌現她的威脅。她緩緩讀過最後幾行名字。

「我沒力氣了。」最後她低聲說。「昨晚我花了一整夜的時間在田裡收集斑蝥蟲，然後把牠們烘烤磨碎，一直忙到太陽升起。等她回來，我會這樣告訴她。如果她堅持的話，我會給她看我長袍底下腫起來和不舒服的地方。就算我有意願，也無法重新製作粉末。」

現在有個機會就擺在我的面前，如果我能好好掌握的話。我仍然害怕安維爾先生出竅的靈魂，但現在又多了另一項災難：害怕警察發現奈拉的商店和登記簿。

我把桌上的空杯子拾起，拿到臉盆前沖洗乾淨。「那交給我吧，讓我去抓那些蟲，如果你告訴我怎麼抓的話。我會負責烘烤、磨碎。」反正我已經習慣去做別人不光彩的工作。無論是替安維爾夫人寫信，還是幫奈拉磨碎毒蟲，我都不是愛說閒話的人。我是可以信任的人。

奈拉好一陣子沒有回答，所以我繼續洗著杯子，儘管杯子早就乾淨了。她的緊張情緒似乎暫時平靜下來，但我不知道這是因為她對我提供的幫助燃起希望，還是因為她已經決定聽天由命。

「田在河的對岸。」最後她開口說。她在椅子上向前傾，彷彿光是想到要回去就筋疲力盡。「路途很漫長，但你沒辦法獨自完成。我會休息一下。太陽下山後我們就出發。斑蝥蟲在夜裡休息時更容易捕捉。」她咳了幾聲，手在裙子上抹了抹。「在那之前，我們不妨好好利用時間。早些時候，你提過要幫我更新小藥瓶上的標籤。」她斜眼看了我一眼。「我不需要。我對它們瞭如指掌，無論有沒有標籤都一樣。」

「萬一混到呢？放錯位置呢？」

她先指指她的鼻子，再指指她的眼睛。「用聞的，然後用看的。」她示意桌子中央的登記簿。「不過還有另一件事。我要請你修復登記簿裡一些褪色的條目。我的手不夠穩，無法自己來。」

我皺眉，把那本厚重的簿子拉過來，好奇登記簿上的名字和日期怎麼可能比架子上的小藥瓶更重要。事實上，我期望的是相反的情況；這本簿子收錄了所有購買奈拉毒藥的顧客名字。依我看，這本簿子應該被燒掉，而不是修復。

「修復那些褪色的條目為什麼那麼重要？」我問道。

奈拉往前傾，翻到一七六三年寫滿條目的一頁。她的手撫過左下角；羊皮紙被一種液體浸濕了，導致許多條目無法辨認。她把羽毛筆和墨水瓶推向我。在她的指示下，我拿起筆，開始用新鮮墨水抄寫書中褪色的筆跡，描著各種藥方——酢漿草、香脂、紅花——就像描顧客的名字一樣仔細。

「對許多女性來說，這裡可能是她們名字唯一有記錄的地方。」奈拉低聲說。「她們唯一會被記住的地方。這是我對我母親的承諾，要保護這些女性的存在，否則她們的名字就會從歷史中抹去。這世界對女性並不友善……很少有地方能讓女人留下不可磨滅的印記。」我描完一個條目，繼續移動到下一個條目。「但這本登記簿保存了她們——她們的名字、她們的記憶、她們的價值。」

這個把字描黑的任務比我想像中沉重。抄寫與書寫不同；抄寫需要我跟隨另一個人的字跡非常緩慢地移動，而且我沒有如預期般為自己的工作自豪。但奈拉似乎不介意，於是我放鬆了肩膀，工作進展也因此變快。

奈拉翻到最近的一頁條目，內容是幾個月前寫的。這些頁面肯定是不曉得什麼時候黏在一起，損壞了幾行文字。我開始描第一行，邊寫邊讀。一七九〇年十二月七日，貝赫姆先生，黑嚏根草12克，委託人妹妹貝赫姆小姐。

我倒抽一口氣，指著妹妹兩個字。

「這個我記得很清楚。」我一邊把文字描黑，奈拉一邊說。「貝赫姆小姐的哥哥是個貪婪的男人。她發現一封信——他打算在一個星期內殺掉他們的父親，以繼承一大筆遺產。」

「她殺了自己的哥哥，好讓他不會殺掉他們的父親？」

「沒錯。你要明白，伊麗莎，貪婪不會帶來任何好處。當然，這麼做也沒有任何好處……貝赫姆小姐認為最終有人會死。那麼問題就出在是誰了。」

我描著貝赫姆小姐的名字，艾莉，往下描出長長的筆劃。羽毛筆在粗糙的羊皮紙上輕鬆移動，彷彿羽毛筆本身知道這項任務的重要性，知道留下艾莉·貝赫姆女士的名字和她所做的事情是很重要的。

接著，我又再次瞥見她的名字。不過幾天後，十二月十一日，她又回到店裡。

「這次，我賣神經根給貝赫姆小姐的母親。」奈拉解釋道。「那可憐的女人剛失去她的兒子，而且是無預警的情況下。神經根完全是良性的，沒有任何危害。用來治療歇斯底里的症狀。」

「可憐的女士，希望有用。」

奈拉示意登記簿，催促我完成這一頁。「神經根效果很好。」她說。「雖說最好的解方應該是告訴她關於她兒子心懷不軌的真相。唉，不知道她女兒有沒有說開。沒關係，她的秘密在這裡很安全。」她用手指撫摸著書頁的邊緣。

現在我明白奈拉除了賣毒藥也賣藥品的原因了。像貝赫姆小姐這樣的人兩者都有需求。只是我仍不明白奈拉為什麼要賣毒藥。我上次來到她店裡，她說過她小時候和母親一起在店裡工作時，密室並不存在。為什麼奈拉要建造密室，開始調配這些可怕的東西呢？我決定不久後要鼓起勇氣問她。

描完後，奈拉又翻了一頁，日期落到一七八九年。這一年在我的記憶中尤為鮮明；我母親就是這一年把我留在倫敦，讓我為安維爾家族工作的。只是這一頁的條目看起來狀況很好。我看不出任何需要補強的地方。

「哎呀，這是我準備來到倫敦之前的時候。」我說。

「我想你可能會喜歡這一頁。」奈拉回答。「上面有個名字你應該認識。」

這突然變成了一場遊戲。我掃視著條目，盡量不去看日期和藥材，而是專心尋找一個我認識的名字。也許是我的母親？

就在這時，我看到了：安維爾夫人。

「喔！」我驚呼道。「我的女主人！」我很快閱讀那則條目的其餘部分。女主人之前曾經用毒殺過什麼人嗎？「印度大麻？」我指著登記簿問奈拉。

「我店裡數一數二的強效藥。」她說。「但跟神經根不同的是，印度大麻完全無害，它對治療顫抖或痙攣特別有用。」她看著我等待。見我沒有回應，她解釋道：「伊麗莎，你的女主人剛開始出現手抖的症狀時，拜訪過我的店。我本來都忘了，直到今天稍早你提到你幫她寫信才想起來。」她用手撫過那則條目，雙眼出了神。「她先生的醫生對她的症狀無能為力，她已經拜訪過十幾個人了。最後她覺得她別無選擇，便過來找我。」她把手輕放在我的手上。「你的女主人以前從沒來過這裡。她之所以會知道，是從一個朋友那裡聽來的。」

一股排山倒海的悲傷感向我襲來。我沒想到安維爾夫人求助過這麼多醫生。我完全沒想過她對自己的障礙有何感受。

「印度大麻有用嗎？」我問，又看了條目一眼，確保我沒看錯那些字。

奈拉沉默片刻，低頭看著自己的雙手，似乎感到羞愧。「伊麗莎，記得我跟你說過的。」最後她開口說。「這不是魔法屋。大地的饋禮雖然珍貴，但並非萬無一失。」她抬起頭，從沉思中醒來。「但沒關係，因為如果印度大麻效果太好的話，那麼你的女主人就不需要你幫忙寫信，你現在也不會坐在這裡幫我描寫登記簿了。你記得我說過這本簿子的重要性，對吧？」

為了給她留下好印象，我背誦了她幾分鐘前說過的話。「登記簿之所以重要，是為了不讓這些女性的名字被遺忘。如果沒能保存在其他地方，還能保存在這裡，在你的頁面中。」

「非常好。」奈拉總結道。「我們再快點多寫幾個吧。太陽快下山了。」

她怎麼知道的？沒有窗戶，不看時鐘，我絕對無法知道太陽就快下山。但我沒問奈拉，她早已翻到下一頁，把手懸在需要修補的條目上。

我回頭繼續做事，一心一意想討好我的新導師。

太陽下山後，我裹上外套，接著拿出手套，急忙戴上。這雙手套從未越過灌木叢、或挖過土、或翻找過斑蝥蟲做窩的地方。

我的雙手已經好痠——小心翼翼描寫文字讓雙手變得僵硬——但我已經等不及朝下一個冒險出發了。

看見我眼中的興奮，奈拉揚起眉毛。「別期望等我們結束後你的手套還能那麼乾淨。」她說。「這是很骯髒的工作，孩子。」

我們走了一個多小時，終於來到一片安靜的寬闊田野。田野和馬路之間被一排比我還高的樹籬隔開。空氣冷得難受，黑暗籠罩天空，我忍不住想，如果我是一隻斑蝥蟲，早就南下到某個溫暖潮濕的濱海村莊了。然而，奈拉向我保證，斑蝥蟲喜歡寒冷，更喜歡甜菜根等澱粉類塊根作物，牠們可以依偎著作物攝取糖分，然後睡覺。

天空中只看得到一小片月亮。我和奈拉各拿著一個麻袋。我在黑暗中仔細觀察她，只見她趴在地上，找到一束葉脈明顯的綠葉，撥開一層薄薄的乾草，直到她挖到底下甜菜根的球莖。

「這是果實。」她說著，繼續往下挖。「斑蝥蟲比較喜歡吃葉子，但到了晚上這時候，牠們就會鑽進土裡。」說完，她不知道從哪裡拿出一隻光滑的小蟲子，大小不超過她的拇指指甲。「現在聽好了，這非常重要。」她說著，把蠕動的蟲子扔進麻袋。「別捏牠們或壓碎牠們。」

我扭動鞋子裡的腳趾，幾乎失去感覺，我們才到現場幾分鐘而已。「我不用捏的要怎麼從地上把牠們拿起來呢？」我問，對整個活動突然失去興趣。「我找到一隻斑蝥蟲的時候，得在牠逃跑前把牠抓住，但如果不能稍微捏牠，我想我辦不到。」

「下一隻我們一起抓吧。」她拍著旁邊的田地鼓勵道。她的疼痛和不適看起來好了許多；也許是寒冷讓她麻木了。「把手伸進我剛剛手放的同一個地方。我摸到了另一對腳。」

我打了個冷顫。我本以為我們會使用工具——網子或鐵鏟——而不是戴著手套的雙手。但我還是照她的要求做了，慶幸的是天空很黑，她看不到我愁眉苦臉的表情。我把手放在堅硬光滑的甜菜根球莖上，然後我感覺到了：有東西在我的手指上爬行，某個非常有生命力的東西。我鼓起勇氣，在泥土中扭動我的手，然後用手指包住牠。我舉起一堆泥土給奈拉看，果不其然，一隻綠色的條紋甲蟲從泥土裡爬出來，彷彿在對我們打招呼。

「非常好。」她說。「你抓到的第一隻蟲，快放進麻袋裡綁好，否則牠很快就會逃回小甜菜根那裡。我會從下一排那裡開始。我們總共需要一百隻，記得數好你的數量。」

「一百隻？」我低頭看向那隻在麻袋裡扭動的蟲子。「哇，我們會在這裡待上一整晚。」

她歪過頭看我，表情嚴肅。月光照射在她的左眼上，讓她看起來很詭異，彷彿有兩張臉。

「我很好奇，孩子，你會抱怨抓一整晚的蟲很累——但牠們不過是蟲子——卻對殺人毫不在意。」

我抖了一下，恨不得她沒有讓我想起安維爾先生的鬼魂，但它仍壓在我的體內，讓我流血。

「這是很辛苦的工作。」她說。「最近對我更是辛苦。好了，我們快點開始吧。」

夜晚一分一秒過去，但究竟過了多久，我無法確定。月亮在天空移動了四分之一，但我不夠聰明，無法用來作為我的時鐘。

「七十四隻。」我聽見奈拉在我後方說。她把我們腳下的乾草踩得沙沙作響。「你呢？」

「二十八隻。」我回答。我一直認真在數，心裡不斷重複數字，免得忘了又得被迫把手伸進麻袋重數那些脆脆的蟲子。

「啊！那我們抓完了，還多兩隻備用。」我的膝蓋痠痛，雙手紅腫，她扶我站起來。我們開始往馬路走去，就在這時，我抓住她的手臂，一陣焦慮瞬間湧上。「這麼晚了沒有長途巴士。」我喘著氣說。「我們不必一路走回去吧？」我辦不到，說什麼也辦不到。

「你有兩條非常健康的雙腿，不是嗎？」她回答道，但她看到我痛苦的表情，忍不住笑了。「喔，別擔心。我們過去那邊休息吧，到那間小棚屋裡。那裡挺溫暖的，而且非常安靜。我們會搭早上第一班巴士回去。」

入侵民宅似乎比抓有毒蟲子更嚴重，但我心甘情願——甚至是興奮，因為我真的好想休息——跟隨奈拉，穿過一扇沒有上鎖的門進入小棚屋，正如她承諾過的，那裡溫暖、黑暗又安靜。這裡讓我想起鄉下家裡的穀倉。一想到媽媽現在看到我這樣，半夜不睡覺，手裡拿著一袋有毒的蟲子她會對我說什麼，我就覺得害怕。

我的眼睛花了好一會兒才適應，但最終我在小棚屋的盡頭看到一輛手推車，在離我們更近的地方看到各種用來照料田地的工具。許多乾草堆沿著我們右手邊的牆壁整齊地靠在一起。奈拉從這裡往前走，讓自己靠在其中一個乾草堆上。

「這裡最溫暖。」她說。「如果在地上堆一點乾草，就可以成為一張像樣的床。不過要小心老鼠，牠們和我們一樣喜歡這裡。」

我回頭往門口看了一眼，擔心有憤怒的屋主追來，接著勉強跟著奈拉佔據一個自己的位置。她坐在我對面，我們的雙腳幾乎快碰在一起，接著她從外套底下拿出一個小包裹，打開後有一條麵包、一些起司和一個皮革水壺，裡面裝著我猜是水的東西。她遞給我的那一刻，我才發現我有多渴。我喝水的同時，麻袋裡的蟲在旁邊沙沙作響。

「盡量喝。」她說。「這個小棚屋後面有一個水桶，裡面裝滿了雨水。」我這才意識到她不僅以前用過小棚屋作為庇護所，顯然還探索過其他資源。

最後，我總算把水壺拿開，用裙襬擦掉嘴唇上的水。「你經常到別人的農場拿取你需要的東西嗎？」我心裡想的不只是這個不屬於我們的小棚屋，還有我們剛剛幾乎待了整晚的田地。

她搖搖頭。「幾乎沒有。未經開墾的荒野就已經提供我大部分需要的東西，而且大地之母把她的毒藥掩飾得很好。你見過顛茄開花嗎？就好像繭一樣打開，幾乎在引誘人似的。這可能看起來很罕見、不尋常，但事實上隨處可見。大地之母知道偽裝的秘密，很多人不相信他們耕種的草原或親吻的藤蔓在莖的部分有毒素。只需要知道去哪裡找，處處都有毒藥。」

我看一眼我們靠著的乾草堆，好奇奈拉是不是有什麼技巧，可以從單純如乾草這樣的東西中提取毒藥。「這些都是你從書上學來的嗎？」我在她的店裡看到了成堆的書，有些看起來很破舊且經常翻閱，我現在開始覺得提出短期學徒的想法很愚蠢。她一定花了很多年才學會她所知道的一切。

奈拉咬下一口起司，慢慢咀嚼。「不，是我母親。」

她的話簡短冷漠，但這只是激起我更多的好奇心。「你那沒有隔起牆也沒有賣毒藥的母親。」

「沒錯。如我所說，如果一個女人沒有秘密，沒有做錯事，她無須躲在牆後。」

我想起我的女主人和我自己，坐在起居室緊閉的門後假裝在寫信，而安維爾先生在樓上受苦受難。

「我母親是個好人。」奈拉加上一句，顫抖地吐出一口氣。「她一生中從未賣過毒藥。今晚你在翻閱登記簿那些舊條目的時候大概有注意到。那些比較久遠的藥品都是對身體有益的、有療效的。全部都是。」

我坐直身子，好奇奈拉是否終於要跟我分享她的故事了。我鼓起勇敢，提出問題。「如果她沒有賣毒藥，是怎麼教你那些知識的？」

奈拉嚴肅地看著我。「許多好的藥物如果過量或以某種方法調配，也會有毒性。她為了我和顧客的安全，教會我正確的劑量和調配方法。況且，雖然我母親沒有對任何人用過毒藥，並不代表她不知道如何使用。」她進一步窩進乾草堆裡。「我想這點又讓她更令人欽佩。我母親就像一隻滿嘴利牙卻從不咬人的狗，她從未把她的知識拿來當作武器。」

「可是你——」這幾個字才脫口而出，我就連忙把嘴閉上，沒把話說完。顯然奈拉決定把她的知識當作武器。為什麼？

「是的，我用了。」她交疊雙手放在腿上，直視我的目光。「伊麗莎，讓我問你一個問題。當初你把盤子放在安維爾先生面前——就是那個裝著大顆雞蛋、你知道當天馬上就能殺死他的盤子時，你內心有什麼感覺？」

我仔細思考，回想那天早上，彷彿不久前才剛發生過：我踏進餐廳時，他那熾熱的注目禮；女主人與我悄悄結盟的溫柔眼神；油膩的手指沿著膝蓋後方往上來到大腿皮膚的感覺。我也想起女主人在冬季花園那天，我曾信任的主人安維爾先生給了我白蘭地——想到如果男僕沒有叫他下樓，可能會發生什麼事。

「我覺得我在保護自己。」我說。「因為他打算傷害我。」

奈拉熱切點頭，就像她正帶領我走在森林裡的一條小徑上，鼓勵我跟隨。「你為了什麼事保護自己呢？」

我用力嚥下一口口水，為了要分享真相而緊張；我從未告訴奈拉為什麼安維爾夫人想殺她的丈夫，以及我為什麼幫她的原因。但一開始問刺探性問題的人是我，所以我也欠她我自身的故事。「他開始用我不喜歡的方式碰我。」

她再次緩緩點頭。「是，但想得更深入些。他那毛手毛腳的行為，儘管你覺得很討厭……但為什麼不同於，舉例來說，街上的陌生人呢？我猜如果有陌生人這樣毛手毛腳，你不會覺得有必要殺了他吧？」

「我不信任街上大多數的陌生人。」我說。「但我信任安維爾先生。直到最近，他給了我不信任他的理由。」我停下來調整呼吸，同時想起了喬漢娜。「我得知他家有秘密。我知道他摧毀了什麼，他隱瞞了什麼。我擔心我會成為她們的一員。」

奈拉滿意地向前傾，拍拍我的腳。「首先，要有信任，接著，才是背叛。兩者密不可分。你不可能被某個你根本不信任的人背叛。」我點點頭，她再次往後靠。「伊麗莎，你剛剛描述的情形正是每個向我買毒藥的女人所經歷過的心碎路程。事實上，我也走過同樣的路。」

她皺起眉頭，彷彿想起一個深埋已久的回憶。「我一開始並沒有打算調配毒藥。我不是生下來就是一個天生的殺手。很久以前，我發生過一些事。是這樣的，我曾經愛過一個人。他的名字叫菲德里克。」她突然不由自主停下來，我以為她不打算說她的故事了。但她清清喉嚨，繼續往下說。「我期待他跟我求婚，他對我承諾過。唉，結果他是一位出色的演員和騙子，我很快就知道我不是他唯一的戀愛對象。」

我倒抽一口氣，手摀住嘴。「你怎麼發現的？」我問，對這些年紀比我大的女性所特有的醜聞和秘密感到很神秘。

「這是個悲傷的故事，伊麗莎。」她說。她用自己的腳輕推我的腳。「你必須非常仔細聽我說。等到早上我們一起準備好蟲粉後，我不想再看到你來我的店鋪。這是我的工作，是我要裝瓶和販賣的悲傷。」一失望又著迷的情緒同時拉扯我。但我點點頭，讓她繼續說下去。

於是，她開始說起她的故事，雖然每一個字都如沸水般痛苦地浮出水面，但我也感覺到那是一種釋放。儘管我只有十二歲，但像這樣一起坐在乾草堆中，我覺得奈拉好像把我當朋友一樣。

「我還年輕的時候，母親就過世了。」她解釋道。「雖然已經是二十年前的事了，但那份喪親之痛仍如瘀青般脆弱。你曾經因為哪個親人過世而悲傷嗎？」

我搖搖頭。除了安維爾先生外，我沒有其他認識的人死去。

奈拉冷靜地深吸一口氣。「這是一件可怕、疲憊又孤獨的事。在我最傷心的那段期間，店裡有一天來了一個名叫菲德里克的年輕人，當時我還沒開始賣毒藥。他拜託我幫他妹妹瑞莎開藥催經，因為她的肚子疼痛難受，而且距離她上次的月經結束後，已經有半年沒來了。」

我皺起眉頭。我不太確定月經是什麼意思，但無論瑞莎在這個故事中扮演什麼角色，我能對她肚子痛的情況感同身受。「他是第一個踏進我店裡的男人。」奈拉繼續說。「但他是如此絕望！如果瑞莎沒有妹妹或母親可以幫忙跑腿，我怎能拒絕他呢？所以我給了他益母草藥水，一種調經劑。」

「益母草。」我重複道。「這是母親專用的藥草嗎？」

奈拉微微一笑，繼續解釋在一百多年前，偉大的醫師寇佩珀相信益母草可以給新手媽媽帶來快樂，消除產後幾天常見的憂鬱症狀。「不過要知道。」她繼續說。「益母草還可以穩定子宮，刺激腹部排出裡面的東西。但執行上必須非常小心，而且只能用在那些確定自己沒有懷孕的女性身上。」

她從乾草堆中拉了一根乾草莖，開始纏在自己手指上，好像戒指一樣。「隔一個禮拜，菲德里克回來了，熱情洋溢，風度翩翩。他感謝我讓他妹妹恢復正常，重拾健康。我發現自己被他深深吸引，原因我當時並不明白。我以為那是愛，現在我想我是否只是想找些東西去填補悲傷的空洞，帶走貧乏的感覺。」

她吐了一口氣。「菲德里克似乎也被我吸引，接下來的幾個禮拜，他承諾要娶我。日子一天天過去，隨著他一個又一個承諾，我內心的某些東西也活了過來。他承諾要給我一個充滿孩子的家，以及一間有粉紅色玻璃窗的漂亮商店來紀念我母親。試想那讓我有什麼感覺……除了愛，還能是什麼呢？」她低頭看著她的手，乾草莖在她的手指上纏成一個完美的圓圈。她手一放，乾草莖掉落在她的大腿上。

「我不久就懷孕了。大家可能以為我知道該怎麼預防這種事發生，但事實並非如此。儘管承受著喪母之痛，但體內的新生命給了我很大的希望。世界上並不是所有的東西都像母親一樣放棄了最後一絲呼吸。我在初冬的早晨告訴菲德里克我懷了我們的孩子時，他看起來欣喜若狂。他說我們要在聖馬丁節過後的隔週結婚，以免其他人發現我懷孕了。你雖然年輕，伊麗莎，但你也夠懂事了，該知道非婚生的孩子不會那麼幸福。」

我的內心波濤洶湧。奈拉從未提過她有孩子，成年還是年幼；那孩子現在又在哪裡？

「你可能也猜到了，我後來很快就流產了。這種事經常發生，小伊麗莎，但還是非常可怕。我希望你永遠不必經歷這種事。」她抬起雙腿，貼近身體，然後交叉雙臂，彷彿在保護自己不被接下來要說的話影響。「事情發生在深夜。菲德里克計畫出城一週去探望家人，所以我們整晚待在一起。他為我們準備晚餐，幫忙修了幾個架子，讀了一首他寫的詩給我聽……一個完美的夜晚，至少我是這麼以為。他深深吻了我，承諾下週就回來。」奈拉打了個冷顫，沉默了一會兒。「幾個鐘頭後，痙攣發作，接著我就失去了我的孩子。那種痛苦無法用言語形容。在那之後，我最需要的就是菲德里克的擁抱和安慰。我痛苦地臥病在床，壓抑著悲傷，等待一週過去，希望他回來後能與我分擔。但他沒有出現，第二週也沒有，第三週還是沒有。我開始想像一些可怕的事。我也覺得奇怪，我生病的那天晚上──我失去我們小女兒的那天晚上──就是他最後一次露面。

「菲德里克對我店裡的架子和抽屜都很熟悉。如我說過的，即使是最溫和的藥品，如果過量也可能致命。我對照登記簿檢查了幾個小藥瓶。令我驚恐的是，我發現益母草沒有吻合登記的數量。菲德里克知道益母草的特性，因為我幫他妹妹開過這種藥。接著，我意識到他用了我自己的藥來對付我，對付我們的孩子。我們很多時候都待在一起，所以他不是不可能用某種方式偷摻了藥，騙我在晚餐時吃下肚。隨著日子一天天過去，我很確定那本來旨在消除憂鬱並給新手媽媽帶來快樂的益母草，已經把孩子從我的子宮裡帶走了。」

奈拉說話時，我感覺到我的喉嚨緊繃，彷彿在燃燒。我想問菲德里克是怎麼騙到她的，他是怎麼在她不注意的情況下翻找她的東西，在她的食物或飲料裡偷摻藥的。但她肯定已經感覺很糟了，我不想質問她，讓她更加難受。

「小伊麗莎，後來，終於有人敲我的門。你覺得來看我的人是誰？」

「菲德里克。」我湊向前說。

「不，是他的妹妹瑞莎。只是……她並不是他的妹妹。她毫不猶豫地告訴我，她是他的妻子。」

我搖搖頭，彷彿奈拉的這段記憶現在就發生在我眼前。「她、她怎麼知道要來哪裡找你？」我結巴地說。

「她知道我母親經營專治婦女疾病的藥鋪。還記得嗎？當初她急需益母草的時候，就是她請菲德里克過來找我的。她也知道他有人間蒸發的，可以說是，習慣。她要求我告訴她實話。當時我才流產四週，我仍在流血，仍心痛不已，於是我把一切以實相告。後來她告訴我，我不是他的第一個情婦，接著她開始問我關於架子上那些小藥瓶和藥草茶的問題。我把我跟你說過的事情告訴她──過量的話，任何藥物幾乎都是致命的──令我訝異的是，瑞莎要了馬錢子，微量的馬錢子可以治療發燒，甚至鼠疫。但它當然是老鼠藥，跟殺死你主人的是一樣的毒藥。」

奈拉張開雙手。「她一問，我不過猶豫一會兒，就免費開了致死的劑量給她，並建議她掩飾味道最好的方法。我教瑞莎如何以牙還牙，就像菲德里克當初摻毒藥給我一樣。孩子，這就是一切的開端。與瑞莎，與菲德里克。

「瑞莎離開後，我內心有種解脫感。復仇本身就是一帖良藥。」她輕輕咳了一聲。「菲德里克隔天就死了。我那週在報紙上看到的。醫生診斷是心臟衰竭。」

奈拉越咳越大聲，最後演變成一陣狂咳。她捧著胃，嘶啞地呼吸幾分鐘。最後，她向前傾身，喘著大氣。「我的母親、我的孩子、我的愛人。事情就這樣發生了──就像漏水一樣，起初緩慢、安靜，後來消息傳遍整個城市。我不知道瑞莎起初告訴了誰，那個人又告訴了誰，總之傳言天羅地網地蔓延開來。不知從何開始，她們開始留下信件，我被迫在店裡建了一堵牆，以免被發現。儘管我玷污了母親的店鋪，但我實在不忍心把店關掉。」

她拍拍旁邊的乾草。「我知道親眼看著我的寶寶慘遭男人的毒手而流產是什麼感覺。儘管我的故事很駭人聽聞，但每個女人在某種程度上都面對過男人的邪惡，連你也不例外。」她一手放到地上穩住身體，開始往一邊倒下。「我是藥師，為女性配藥是我的職責。所以這些年來只要她們來找我，我就把她們想要的東西賣給她們。我保護她們的秘密，首當其衝地承受她們的重擔。如果我在流產後子宮沒有受傷，如果我有再次來紅，也許我老早就停手了。但不再流血這件事一直提醒我菲德里克的背叛，以及他從我身上奪走了什麼。」

我在黑暗中困惑地皺起眉頭。不再流血？我猜她可能是太累了所以口誤。

奈拉緩緩側身躺下，打著哈欠，看起來很虛弱。我知道她的故事差不多要結束了，但儘管她疲憊不堪，我卻非常清醒。

「當然，這種情況不能永遠持續下去。」她輕聲說。「我失敗了。雖然我很久以前以為散播這樣的痛苦可能會減輕我自己的痛苦，但我錯了。情況只是越來越糟，隨著日子一週週過去，我的骨頭變得紅腫疼痛。我確定我賣出去的那些毒藥正從體內摧毀我，但我怎能摧毀我所建構的東西？你也聽到克拉倫斯夫人說過的話了……我的特別之處是眾所皆知的事。」

她清清喉嚨，舔舔嘴唇。「這是一個奇怪的謎團。」她總結道。「儘管我一直努力在解決女性的疾病，卻無法解決我自己的問題。我的悲傷從未消失，二十年來都沒有。」她說得好小聲，我幾乎快聽不見，我忍不住好奇她是不是已經陷入了某種平靜的惡夢。「這樣的痛，無藥可醫。」

16

卡洛琳

現代，星期二

我走進倫敦大飯店的大廳時，心頭一陣恐懼。雖然搭地鐵回飯店的路上，我大部分的時間都在思考藥師的事，但如今我丈夫就要來了，這更急迫的擔憂把熊巷、小藥瓶或圖書館檔案的念頭統統拋到一旁。

考慮到通關和搭計程車所需要的時間，就計算上，詹姆士應該不可能已經抵達飯店才對。儘管如此，我還是在房門前猶豫該不該敲門。*只是以防萬一。*

*不對。*這是我的房間，我的旅程。他才是不速之客。我把房卡插進門內，走了進去。

幸好，房間是空的，裡面所有東西都是我自己的，只是比我離開時更整潔。潔白的床單整齊地塞在床墊上，小廚房裡換上乾淨的杯子，還有……*該死。*門邊的茶几上放著一瓶美麗的淡藍色繡球花。

我從花束中央拿起小卡片打開，希望這只是我們其中一方的父母在不知情的情況下想傳達他們的祝賀之情。

結果不是。卡片內容很短，但我立刻就知道是誰寫的。對不起，卡片開頭寫著。我有太多事要補償你，要跟你解釋。我永遠愛你。到時見。詹姆士。

我翻了個白眼。詹姆士是個聰明的傢伙；他打算在抵達之前把傷害控制到最低，使出渾身解數確保我至少會為他打開飯店房門。但要是他以為我們可以用一個早上就解決這個問題，然後一起喝個幾杯含羞草雞尾酒，按原計畫恢復我們的浪漫行程，他就大錯特錯了。

我不讓自己為這張卡片感到內疚。我或許對我們的生活並不完全滿意，但將之棄若敝屣的人可不是我。

過了一會兒，我躺在床上喝著冰水時，突然傳來敲門聲。我直覺知道是他。我感覺得到，就像婚禮當天站在他對面的祭壇上時，我感覺得到他內心的喜悅。

我深吸一口氣，打開房門，不情願地吸入他的氣味：熟悉的松木和檸檬味，他最愛的手工肥皂所留下的淡淡餘香。我們幾個月前一起在戶外市集買了那塊手工肥皂，那段日子，我的空閒時間全花在Pinterest上偷看受孕的小撇步。當時所有的事情似乎都簡單得多。

詹姆士站在我面前，腳邊放著一個深灰色行李箱。他沒有微笑，我也面無表情。如果此時此刻有個倒霉的陌生人經過，他大概會認為這是他見過最尷尬、最不愉快的重逢。我們麻木地看著對方時，我才意識到，直到一分鐘前，部分的我根本不相信他會真的出現在倫敦。

「嗨。」他傷心地輕聲說，仍站在門的另一邊。我們之間僅有一隻手臂的距離，感覺卻像隔了汪洋大海。

我把房門打開一些，示意他進來，彷彿他是送行李給我的行李員。他拉著行李箱進來時，我離開去幫玻璃杯裝水。「你找到我的房間了。」我回過頭說。

詹姆士看了一眼桌上的那瓶花。「我的名字也在訂房名單上，卡洛琳。」他把一些旅行證件——護照和幾張收據——丟到鮮花旁邊的桌上。他的肩膀垮下來，眼角出現皺紋。我從未見過他如此疲倦。

「你看起來很累。」我說著，聲音沙啞。我早已口乾舌燥。

「我三天沒睡，累已經是客氣的說法。」他觸碰其中一朵花，用手指撫過絲滑的淡藍色花瓣。「謝謝你沒有把我拒於門外。」他說著，淚眼汪汪地看著我。我只見他哭過兩次：一次是在我們的婚禮上，他向他的新婚妻子，也就是我，舉起一杯粉紅香檳的時候。另一次是在他叔叔的葬禮過後，當時我們正準備離開很快就要被泥土填平的大洞。

但他的眼淚沒有激起我的同情。我不想待在他附近，甚至不想看到他。我指向窗戶底下那張有弧形扶手和簇絨坐墊的沙發。那不是用來睡覺的，而是用來消磨時光、輕鬆閒聊和深夜激情做愛的地方——全是我和詹姆士不會做的事。「你該休息一下。衣櫃裡有多的毯子。如果你餓的話，客房服務也很快。」

他困惑地看著我。「你要去哪裡嗎？」

清晨的陽光照進房間，在飯店房間的地板上留下淡黃色的條紋。「我要去吃點午餐。」我說著，脫下球鞋，換上平底鞋。

飯店客房在桌上的資料夾裡有一些推薦清單；幾個街區外有一家義大利餐廳。我需要療癒美食，或許再一杯康蒂紅酒。更別說義大利餐廳很有可能光線昏暗，非常適合像我這樣需要一個隱密地方去思考、或是哭一場的人。如今見到活生生的詹姆士，讓我覺得喉嚨哽咽。我想擁抱他，也想搖晃他，要他告訴我為什麼他要毀了我們之間的一切。

「我可以跟你一起去嗎？」他摸著下巴上已經三天沒刮的鬍碴。

我明白時差加上傷心帶來的痛苦，儘管不願承認，但我很同情他。而且我不是已經決定要勇敢面對挖掘內心深處時帶來的不適嗎？乾脆就從把一些事情一吐為快作為開始好了。我只希望我不會哭。「有何不可。」我喃喃說著，抓起包包，帶頭踏出房門。

這家名為河岸的餐廳距離泰晤士河只有一個街區。帶位小姐把我們帶到餐廳角落的一張小桌子旁，離其他客人遠遠的；她大概以為我和詹姆士是第一次約會，有鑑於我們明顯與對方保持距離。幾盞老式燈籠在用餐區閃閃發亮，厚重的深紅色地毯像繭一樣包裹整間餐廳，氣氛彷彿已近深夜。如果是其他時候，我大概會覺得這裡的環境很親密，今天卻令人窒息。也許這個選擇有點太慎重了，但我們都又餓又累。我們在桌子兩側的皮扶手椅上坐下時，同時嘆了口氣。

幸好有巨大的菜單讓人暫時分心，我們好一陣子沒有說話。後來，服務生送來了水，不久，又送來兩杯康蒂紅酒。但她才剛把酒杯放到我面前，我就赫然想起：我的月經。還是沒來。酒精、身孕。

我用手指繞著酒杯底部，考慮該怎麼辦，如果真有辦法的話。我不能把酒送回去，詹姆士會起疑，我才不要把這件事與他分享。不能在這裡，不能在這個沉悶又壓迫的紅色餐廳裡。

我想起蘿絲。她剛開始懷孕的那幾週，在驗孕前不是喝過酒嗎？她的醫生在懷孕初期並不擔心。

對我來說這理由夠好了。我喝下一大口酒，然後繼續瀏覽菜單，看歸看卻什麼也沒讀進去。幾分鐘後，服務生幫我們點完餐，拿著菜單離開，我瞬間失去我和詹姆士之間的保護屏障；我們除了彼此，沒有其他可以專注的東西。我們坐得好近，我可以聽見他的呼吸聲。

我直視我的丈夫，在餐廳的光線下，他的臉比剛才更凹陷了。我盡量不去想他上次吃飯是什麼時候，因為他似乎瘦了幾磅。我喝下一大口酒，接著開口說：「我好生氣——」

「聽著，卡洛琳。」他打斷我的話，手指交叉在一起，就像我看過他在講電話時對不滿的客戶所做的那樣。「都結束了。我們準備把她調到另一個部門。我也讓她清楚知道，如果她再聯絡我，我就知會人資。」

「所以這是她的錯嘍？她的問題？你才是準合夥人耶，詹姆士。在我看來，人資應該對你的行為比較感興趣吧。」我搖搖頭，已經覺得心灰意冷。「還有這跟你的工作有什麼關係？我們的婚姻呢？」

他嘆口氣，把身體往前傾。「很遺憾事情以這種方式曝光。」他的遣詞用字真有意思：他打算規避責任。「但也許這不全是壞事。」他加上一句。「也許這對我們和我們的關係有好處。」

「有好處。」我不敢置信地重複道。「這種事可能有什麼好處？」

服務生端著義大利麵又回來，小心翼翼地放在我們面前，我們三人之間瀰漫著尷尬的沉默。她連忙離開。

「我想跟你說實話，卡洛琳。我現在來這裡想要告訴你，我會做心理諮商，我會自我反省，我什麼都願意做。」

我獨自來倫敦旅行對我來說就像是心理諮商——當然，直到詹姆士在飯店房門口出現為止。而他輕率的態度進一步惹毛了我。「我們現在就來自我反省一下吧。」我說。「你為什麼這麼做？為什麼促銷活動結束後還要繼續下去？」我意識到，雖然我很想知道所有不堪入耳的細節和來龍去脈，但這一刻我最想知道的是……為什麼？一個問題突然閃現我的腦海，是我過去從未考慮過的。「我們嘗試要懷孕，你害怕了嗎？這就是原因嗎？」

他低下目光，搖了搖頭。「完全不是。我就跟你一樣想要個寶寶。」

我的心理負擔稍微減輕一些，但一部分想要快點解決問題的我真希望他說是；這樣我們就可以把真相如鑽石般拿起，攤到陽光底下，討論真正的問題。「那……為什麼？」我忍住衝動，不再灌給他更多可能性，接著把酒杯重新舉至唇邊。

「我猜是因為我不是真的非常快樂。」他疲憊地說，彷彿光是說出這幾個字就讓他筋疲力盡。「我的生活一直是那麼安穩，那麼他媽的一成不變。」

「我們的生活。」我糾正道。

他點點頭，承認這一點。「沒錯，我們的生活。但我知道你渴望安穩，你渴望一成不變。寶寶也需要這些。而且——」

「我渴望安穩？我渴望一成不變？」我搖頭。「不，你全搞錯了。你不支持我去申請劍橋大學，因為地點太遙遠。你——」

「把申請表撕掉的人可不是我。」他說著，語氣冷漠如冰。

我沒有被嚇倒，繼續往下說。「我們剛結婚的時候，你因為長時間工作的壓力不想要小孩。你求我接受農場那份工作，因為那有保障、又安穩。」

詹姆士用兩根手指敲著白色桌布。「是你接受了那份工作，不是我，卡洛琳。」

我們的服務生端著兩盤義大利麵過來，分別放到我們面前時，我們陷入了沉默。我看著她走開，仔細觀察她那年輕、形狀完美的屁股，但詹姆士的眼睛一直盯著我。

「你永遠無法收回你對我所做的一切。」我說著，推開我動也沒動的盤子。「你明白嗎？我永遠不會釋懷。就算我們真的度過這次的難關，這也是我們身上永久的傷痕。我們要多久才能再次感到快樂？」

他從桌子中央拿起一個麵包卷塞進嘴裡。「這取決於你。我跟你說了，一切都已經結束。是我搞砸了，我現在正在和你，我的妻子，一起努力解決這個問題。」

我想像五年後或十年後的日子。如果詹姆士確實從今而後對我忠貞不二，或許有天回頭看，那個女人不過就是過往的一個錯誤。畢竟我聽說過，將近一半的婚姻在某個時候都曾為了外遇抗爭過。但最近我才發現，我之所以對生活感到不快樂，那女人並不是唯一的根源。我們面對面坐在餐桌前時，我考慮與他分享我的感受，但我並不認為他是我可以信賴的盟友。他仍是敵人，我覺得我要保護這趟旅程中漸漸發現的真相。

「我為了跟你道歉來到倫敦。」詹姆士說。「我不在乎這趟旅行接下來是什麼樣子，管它原來的計畫是什麼。我們可以待在房間裡吃中國菜，我不在乎——」

我舉起手阻止他說下去。「不，詹姆士。」不管他有多痛苦，現在我最不關心的就是他的情緒。我自己的情緒仍然傷痕累累。「我一點也不高興你問也沒問就跑來倫敦。我來這裡是為了消化你的所作所為，我感覺你追我追到這裡，好像不允許我逃走。」

他目瞪口呆地看著我。「追你追到這裡？我不是什麼肉食性動物，卡洛琳。」他把目光從我身上移開，拿起叉子，臉漲得通紅。他叉起食物塞進嘴裡，快速咀嚼，接著又塞了一口。「你是我妻子，你這輩子第一次獨自身處異國。你知道我有多慌嗎？扒手，或某個發現你是獨自在這裡的怪人——」

「天啊，詹姆士，對我有點信心好不好。我有常識。」我的酒杯已經空了，我揮手請服務生過來續杯。「事實上，一切都很好。我沒有遇到任何問題。」

「嗯，很好。」他態度軟化，語氣也變得柔和。他拿起餐巾擦擦嘴角。「你說得對，我應該先問你我可不可以過來，很抱歉我沒有。但我人在這裡了，最後一刻的機票花了我三千大洋。第二趟飛回家的費用也不會便宜。」

三千大洋？「好。」我咬著牙說。聽見他花了那麼多錢買了一張他根本不該買的機票，我不禁更火了。「我們至少能不能有個共識，在接下來的幾天，我有自己的時間和空間？我仍有很多事情要消化。」雖說我已經消化得夠多，知道以前的自我被埋得多深了，我悲慘地想。

他張嘴，呼出一口氣。「我們應該好好地一起去討論那些難題，對吧？」

我輕輕搖頭。「不，我想獨處。你可以睡在飯店房間的沙發上，但僅止於此。我獨自來這裡旅行是有原因的。」

他閉上雙眼，臉上寫滿失望。「好吧。」最後他說，把吃到一半的餐點推到一邊。「我先回飯店，我累壞了。」他從錢包裡掏出幾張二十英鎊的鈔票，從桌上滑到我面前，然後站起來。

「好好休息。」我說著，目光始終停留在他的空椅上。

他臨走前在我的頭頂親了一下，我在座位上僵直不動。「我盡量。」他說。

我沒有轉頭看他離開。反之，我吃光義大利麵，喝完第二杯康蒂紅酒。幾分鐘過去了，我看見我的手機螢幕在桌上亮起來。我皺眉，讀取未知號碼傳來的陌生訊息。

卡洛琳你好！你離開後我又搜尋了一陣子，結果在我們的手稿資料庫得到一些結果。我已經申請了幾份手稿，大概會花上幾天的時間。你在城裡會待多久？蓋諾兒上。

我在座位上坐直身子，立刻回傳訊息。

嗨！真的很謝謝你。我會在城裡再待上一個禮拜！什麼樣的手稿啊？看起來有機會嗎？

我手肘靠在桌上，等待蓋諾兒的回覆。當初在圖書館一起做研究時，她解釋過手稿有可能是手寫的或印刷品。她是不是找到了另一封信，另一封跟藥師有關的「臨終懺悔」？訊息傳來的那瞬間，我立刻打開她的回覆。

兩次的搜尋結果都是刊物——某種期刊。時間是一七九一年，不屬於報紙數位資料庫的內容，時間又在一八〇〇年之前，這就是先前沒有出現的原因。後設資料說其中一份刊物包含了一張圖像。誰知道呢？有新消息我再通知你！

我關掉手機。這個消息很有意思沒錯，但我凝視著詹姆士吃到一半的盤子和他放在桌上的髒餐巾時，更大的問題引起了我的注意。服務生示意替我再斟一杯酒，但我拒絕了；午餐喝上兩杯就已經足夠了。我必須在周圍持續不斷的交談聲中坐著思考幾分鐘。

根據詹姆士的說法，他之所以外遇，是因為他對我們這種安全、一成不變的生活感到不滿。我們是不是同樣不滿意在美國停滯不前的生活方式，導致一切終於戛然而止？如果真是如此，這對我們原本打算在不久的將來懷上孩子的心願又代表什麼？我不確定現在會有任何孩子希望我們做他們的爸媽。

孩子需要一個穩定的家、良好的教育系統和至少一名有收入的家長。我們的生活無疑就是上述的縮影，但我和詹姆士剛剛都分享了我們並不滿意我們選擇的人生道路。我們的滿足感、我們的快樂在哪裡？把我們自己的幸福置於另一個人的需求之上，那個人甚至還不存在，這是自私嗎？

在倫敦陳舊的磚砌建築、神秘文物和古老地圖的包圍下，我想起很久以前自己為什麼會迷上晦澀難懂的英國文學和英國歷史的原因。我內心那個年輕、富有冒險精神的學生開始重新浮現。我已經漸漸挖掘出在內心沉睡已久的自己，就像從泥濘中挖出那只小藥瓶一樣。儘管我很想把我留在美國、待在農場工作的原因推給詹姆士，但我不能完全歸咎於他。畢竟，正如他所說，撕毀劍橋歷史研究所申請書的人是我。接受與我父母一起工作的人也是我。

如果我對自己夠誠實的話，我納悶我之所以想生孩子是否只是我的潛意識想要掩飾真相：我生活中的一切並不如我想像的那樣，而且我沒有發揮自己的潛能。最糟的是，我一直怕得連試都不敢試。

在我渴望成為母親、把注意力完全集中在我的總有一天時，還有哪些夢想被我埋葬、被我遺忘了呢？為什麼非得經歷了人生危機，我才終於問自己這個問題呢？

17

伊麗莎

一七九一年二月九日

正如奈拉承諾過的，天一亮長途巴士又開了。我們搭第一班車返回倫敦。除了我們兩個衣衫襤褸的乘客和裝滿蟲子的骯髒麻布袋之外，車上空無一人。大部分的蟲子都還活著，但在綁緊的麻袋裡幾乎要窒息。

一路上我們都沒有多說什麼。對我而言，是因為疲憊——我幾乎沒有闔眼——但我知道奈拉睡得很好，因為她整晚都大聲打呼。她之所以不說話可能是因為她對自己透露的事感到尷尬：她對菲德里克的愛、未婚懷下的寶寶，以及流產的可怕經歷。她是不是因為跟我說得太多而感到害羞，一個她打算送走、再也不見的人？

長途巴士放我們在艦隊街下車。我們沿著泥濘的街道前往奈拉的店，途中經過一家書店、一家印刷廠和一家窗簾製造商。我看到一則拔牙的櫥窗廣告——三先令，包括一杯免費的威士忌。我嚇得把臉別開，目光轉向兩位穿著柔和晨禮服的年輕女子，她們蒼白的臉上塗著厚厚的胭脂。

我稍微聽見她們的談話——她們正在聊著一雙新鞋上的蕾絲流蘇——同時我注意到其中一個女人拿著一個購物袋。

我低頭看一眼自己的包包，裡面裝滿爬行生物。我們即將完成的任務，其重要性讓我不禁誠惶誠恐起來。買雞蛋給安維爾先生並沒有讓我這麼害怕；巡夜員不會質問一個拿著雞蛋的年輕女孩。但現在，只要朝我們的麻袋看一眼，確實會看見奇怪的景象，也肯定會引起質疑。對我而言，我沒有一個充分的解釋。我忍住回頭看向鵝卵石小徑的衝動，唯恐有人跟著我們。擔心可能被發現肯定是很沉重的負擔；奈拉怎麼有辦法天天承受？

我們繼續加快腳步，繞過被綁住的馬兒和亂竄的雞群。我別無他法，只能強迫自己往前走，一邊為了可能被捕而提心吊膽。

最後，我們總算抵達藥鋪。我這輩子從未如此慶幸看見一條只有老鼠的陰暗空巷。我們溜進儲藏室，穿過密室的門，接著奈拉立刻生起火來。克拉倫斯夫人將在一點半抵達，我們沒有時間可以浪費。

密室幾分鐘內暖和起來；暖意吹拂在我的臉上，我感激地嘆了口氣。奈拉從櫥櫃裡拿出大頭菜、蘋果和酒，一古腦兒放在桌上。「吃吧。」她說。我狼吞虎嚥的同時，她繼續在房間裡忙東忙西，拿出杵、托盤和水桶。

我吃得很急，一陣劇烈的胃痛開始蔓延到我的腹部。我往前傾身，但願能瞞過奈拉的耳朵，不讓她聽見我發出的低沉哀號聲，有那麼一瞬間，我懷疑她是否準備把我毒死。畢竟，這是擺脫我最方便的辦法。內心的壓力越來越大，一陣恐慌湧上胸膛，但打個嗝，這種感覺就消失了。

奈拉仰頭大笑，這是我們認識以來，我第一次在她眼中看見真正的喜悅。「感覺好一點了嗎？」她問。

我點點頭，忍住笑意。「你在做什麼？」我問，抹去嘴角的一點蘋果。她抓起其中一個麻袋，開始用力搖晃。

「把蟲子弄昏。」她說。「至少弄昏那些還活著的。我們先把牠們倒進這個水桶。要是有一百隻憤怒的蟲子同時想爬出來，想控制住牠們就沒那麼容易了。」

我模仿她的動作，抓起另一個麻袋，用力搖晃。我能聽見麻袋裡蟲子上下彈跳的聲音，老實說，我有點替牠們難過。

「現在，把牠們倒進來吧。」她用腳把水桶推向我。我小心翼翼地解開麻袋上方的繩子，咬牙打開。我一直沒有仔細看過麻袋內部，也害怕自己看見的東西。

我估計有一半的蟲子已經死了——躺在那裡像鵝卵石一樣，但有眼睛和小腳——另一半的蟲子被我倒出來的時候幾乎沒有抵抗，綠黑色的身體直接滾進錫桶裡。接下來，換奈拉把她的麻袋倒進去，接著她提起水桶，走到爐邊，放在爐火的烤架上。

「現在要烘烤了嗎？就那麼簡單？」我問道。

她搖搖頭。「還沒。火的溫度會殺死剩下的蟲子，但我們不能用這個水桶烘烤，否則我們最後會發現端上的不過是斑蝥蟲燉菜。」

我歪過頭，一臉疑惑。「燉菜？」

「斑蝥蟲體內有水分，就像我們一樣。好，伊麗莎，你曾在廚房工作。如果你把十幾條魚放進火上的小鍋子會發生什麼事？底部的魚會像你的主人喜歡的那樣酥酥脆脆嗎？」

我搖搖頭，總算明白。「不會，會變得濕濕軟軟的。」

「你能想像把一條濕濕軟軟的魚做成粉末嗎？」見我皺起臉，她繼續說：「這些斑蝥蟲也是如此。如果一次全部倒進去，蟲子會冒蒸氣。我們要放在一個很大的平底鍋上烤，一次只烤幾隻，確保蟲子又脆又乾。」

*一次烤幾隻，我在心裡暗想。我們有一百多隻斑蝥蟲耶？*這需要的時間可能跟抓這些笨蟲子的時間一樣久，甚至更久。

「烤得酥酥脆脆之後呢？」

「之後我們要把牠們一隻一隻用杵磨碎，直到粉末細到連在水中都看不見。」

「一隻一隻。」我重複道。

「一隻一隻。這就是為什麼克拉倫斯夫人最好不要太早到，因為我們想要完成任務的話，一秒都不能浪費。」

我想起奈拉把斑蝥蟲粉丟進火裡，引發綠色火焰的那一刻；那肯定需要極大的勇氣，才能把一天的辛勤工作付諸流水。直到現在，我才明白她有多反對謀殺勳爵的情婦——她有多抗拒協助殺害一名女性。

我想像無聊乏味的一天在等著我，希望自己能夠開心面對。奈拉告訴過我，等這件事完成後，她不想讓我留在店裡。但如果我表現好的話，說不定她會改變主意，准許我留下來。這個想法激勵了我，因為從我肚子裡流出的灼熱深紅色血液終於停止了，留下少許黃褐色的血跡，這只意味著一件事：安維爾先生的靈魂已經決定離開我的身體，埋伏等著我。但在哪裡埋伏呢？只有一個合理之處，他知道我很快就會回去的地方：沃里克巷孤獨的安維爾莊園。

喔，我寧願留下來烤一千隻斑蝥蟲，也不想回到我死去主人的住處。誰知道他接下來會以什麼醜陋的形態出現？

距離克拉倫斯夫人抵達的時間還剩十二分鐘，外面刮起了一陣可怕的暴風雨。但我們幾乎沒有注意到，因為我們都在搗缽上彎著腰，盡量把蟲子磨得越細越好。

即使奈拉打算在克拉倫斯夫人回來前把我送走，現在肯定已經打消念頭了；少了我的幫忙，她不可能完成任務。時間還剩六分鐘，奈拉要我選擇一個容器——她吩咐，任何尺寸合適的罐子都行。她始終低著頭，用杵在搗缽上使勁磨啊磨，神情貫注，前臂淌著汗水。

下午一點半，克拉倫斯夫人現身了，一刻也不遲。她抵達後沒有寒暄。她走進房間時，嘴唇緊閉，肩膀僵硬。「你做好了嗎？」她問。雨滴如淚水般從她的臉頰滑落。

奈拉沒有回應，我則把剩餘的粉末小心地倒進在下櫃裡找到的沙色陶罐中。我剛擰好瓶塞，軟木塞還因為我的手而溫熱時，奈拉開口回答她。

「好了。」她說完，我輕輕地、非常非常輕地，把罐子交給克拉倫斯夫人。她立馬將罐子抱進懷裡，藏到外套底下。不管誰會服下毒藥——我不像奈拉那麼忠誠——我無法壓抑內心膨脹的自豪感，為了準備毒藥，耗費了那麼多時間。我不記得自己如此自豪過，即使幫安維爾夫人寫了許多長信後也不曾如此。

克拉倫斯夫人拿出一張鈔票遞給奈拉。我看不見金額是多少，我也不怎麼在乎。

她準備轉身離去時，奈拉清清喉嚨。「今晚宴會還舉行嗎？」她問。她的語氣帶著一絲希望，我猜她很盼望整個活動因為天氣而取消。

「如果沒有，我還會冒雨趕來這裡嗎？」克拉倫斯夫人反駁道。「喔，別那副德性。」她看見奈拉臉上的表情，加上一句：「把毒摻進博薇爾小姐酒裡的人又不是你。」她暫時停下來，噘起嘴。「我只希望她快點喝一喝，好讓我們可以結束這一切。」

奈拉閉上眼睛，彷彿這些話讓她難受。

克拉倫斯夫人離開後，奈拉緩緩走到我坐的桌旁，在她的椅子上坐下，把登記簿拉向自己。她用一種前所未見的緩慢速度把羽毛筆浸入墨水中，彷彿幾小時前的壓力總算湧了上來。想想她賣過的毒藥不計其數，這個卻讓她的心頭如此沉重。我無法理解。

「奈拉。」我開口說。「你千萬別難過。如果我們不幫她製造那些斑蝥蟲粉，她就會毀掉你。」在我眼中，奈拉沒有做錯任何事。事實上，她拯救了無數的生命，包括我在內。她怎麼會看不見呢？

奈拉聽見我的話暫時愣住，羽毛筆拿在手中。但她沒做回應，把筆尖放在羊皮紙上，開始寫字。

博薇爾小姐。克拉倫斯勳爵的情婦。斑螯蟲。一七九一年二月九日。委託人克拉倫斯勳爵的妻子，克拉倫斯夫人。

寫到最後一劃時，她把筆尖擱在紙上，吐了一口氣，我敢說她快要哭了。最後，她把羽毛筆放到一邊，外面某處傳來微弱的隆隆雷聲。她轉向我，神情哀怨。

「親愛的孩子，我——」她猶豫片刻，斟酌她要說的話。「我從未有過這種感覺。」

我開始顫抖，彷彿一股寒意剛滲進房間。「什麼感覺？」

「我感覺有事情快要出現非常、非常嚴重的差錯了。」

接下來的安靜時刻——因為我不知道該如何回應她那句嚇人的言論——我越來越相信有某種看不見的邪惡在糾纏我們兩人。安維爾先生的鬼魂是不是也開始找上她了？我的目光落在桌邊那本破舊的深紅色書上。魔法之書。奈拉說過那本書是為了產婆和治療師準備的，但封底內側的文字註明了賣出那本書的書店地址——我在那裡可能會找到更多相同主題的書籍。

如果說我對安維爾先生靈魂的懼怕足以構成我前往那家書店的理由，那麼奈拉對厄運即將來臨的第六感就是我必須加緊腳步的原因。

朦朧的雨聲持續傳來；暴風雨尚未平息。如果奈拉真的把我趕出去，我將在倫敦濕滑的大街上度過漫漫長夜。我不會回去安維爾莊園，至少現在還不會，我也不認為自己有勇氣像奈拉那樣溜進陌生人的小棚屋。

「明早等雨一停，我打算去那間書店看看。」我指著那本魔法書跟她說。

她揚起眉毛看著我，我已經漸漸熟悉了這個猜疑的表情。「你還是想去找一種驅除家中鬼魂的方法？」

我點頭說對，奈拉輕輕咕噥一聲，然後伸手摀住哈欠。

「小伊麗莎，你該走了。」她走向我，眼裡滿是憐憫。「你應該回安維爾莊園。我知道你非常害怕，但我向你保證，你的恐懼是多此一舉。說不定等你走進大門、宣布你回來了的時候，安維爾先生殘存的靈魂會被釋放，先不管那是真的還是你的想像，而你也會隨之放下你那顆沉重的心。」

我凝視著她，啞口無言。我一直都知道我可能會被她趕走，但如今她真的說出來了，我簡直不敢相信她能如此輕易把我送走——外面還下著雨。說到底，我磨的蟲子比她多；沒有我，她根本無法完成這一切。

我從椅子上起身，胸口熾熱，心臟直跳，感覺到孩子氣的眼淚刺刺地準備奪眶而出。「你不、不想再看到我。」我結結巴巴，抽泣起來。因為我一下子意識到，比起被趕出這個地方，讓我傷心的其實是再也見不到我的新朋友。

起碼我知道奈拉不是個鐵石心腸的人。因為她從座位上起身，拖著腳步向我走來，緊緊擁抱我。「我不希望你像我以前一樣，過著不斷與人道別的生活。」她用手背撥開我的亂髮。「但你還單純，孩子。我不是那種你想要陪在身邊的人。快走吧，拜託。」她拿起桌上那本魔法書，放進我的手裡。接著她突然從我身邊離開，走向壁爐，沒有再看我一眼。

然而我跨過密室門，準備與她永別之際，我忍不住又回頭看了一眼。奈拉的身體倚著溫暖的爐火，彷彿隨時可能讓自己掉進去，而在她憔悴的呼吸聲中，我很肯定我也聽到了她的哭泣聲。

18

卡洛琳

現代，星期二

那天晚上，天黑後，我盡可能安靜地離開飯店房間，小心翼翼地不吵醒在沙發上熟睡的詹姆士。我在電視旁邊留了一張字條——出去吃宵夜，卡洛琳——希望他不會太快就醒來發現這張紙條。

我輕輕關上身後的門，不耐煩地等著搭上空無一人的電梯，接著匆匆穿過飯店大廳。腳下的大理石地板光滑明亮，有如鏡子閃閃發光。我追著自己的倒影，臉上洋溢著多年來從未感受過的勇氣和興奮。我從飯店大廳的桌上抓了一顆蘋果和一瓶免費礦泉水，塞進我的斜挎包，但我沒有費心拿出手機或地圖；我之前走過這條路。

由於時間已晚，街上不像昨天那麼熱鬧；車子很少，行人就更少了。我再次快速走進熊巷，夜晚的空氣舒適涼爽。我經過今天早上見到的那些垃圾桶和快餐盒時，每樣東西都彷彿隨著時間凍結了，彷彿從我上次來訪至今，連風都沒吹亂它們。

我低著頭，一路走到巷尾，很訝異自己竟能再次看見它：兩側由石柱固定的鑄鐵大門、雜草叢生的空地，還有——我伸長脖子往大門後方看——沒錯，那扇門。有鑑於我在大英圖書館與蓋諾兒一起花了很多時間仔細閱讀舊地圖，這扇門已經有別以往，變得十分重要。我感覺自己知道這一區的秘密：附近曾經有一條叫後巷的小走道；順著路往下走就是一個叫艦隊監獄街的地方；就連走幾步路就能抵達的商業大街，法靈登街，也曾有不同的名字。一切難道都隨著時間重新改造了嗎？我開始覺得似乎每個人、每個地方都承載著一個不為人知的故事，而埋藏已久的真相就擱淺在表面之下。

今天早上，我很慶幸熊巷四周圍繞著許多大樓窗戶，免得水電工靠太近。但現在，我不想被人看見，這也是為什麼我在天黑後離開飯店的原因。天空現在是深灰色的，只有一絲太陽從西邊發出最後的光芒。周圍大樓裡有幾扇窗戶亮著，在其中一棟大樓內，我可以看到桌子、電腦和螢幕上閃爍著鮮紅字母的股票行情。幸好，沒有加班的員工在裡面晃來晃去。

我低下頭。上鎖的大門底部有一個我今早沒看見的紅白相間小牌子，上面寫著：禁止進入。ORD。739-B。我緊張到頸背的寒毛直豎。

我靜待了一分鐘；除了兩隻麻雀飛過之外，沒有任何聲音或動靜。我抓緊包包背帶，踩上石柱底部鬆散的踏腳處，搖搖晃晃地爬到石柱上。如果想改變心意，就是現在了。就算是現在，我仍能想辦法找個藉口或解釋。可是一旦我把雙腳晃過去，從另一邊跳下去的話？管它的。非法入侵就非法入侵吧。

為了避免滑倒，我壓低重心，笨拙地扭轉我的身體，讓我的腿懸在另一邊。我回頭看了最後一眼，接著縱身一跳。

我安靜俐落地著地。如果閉上眼睛，我甚至能說服自己一切沒有改變——除了，想當然耳，如今我觸法了。但我已經別無選擇。

儘管天色已黑，我還是把身子壓低幾英寸，邁步跨過空地，朝門前的灌木叢走去。樹枝上沒有任何花朵或花蕾，而是長滿帶刺的棕綠色葉子和長長的荊棘。我輕輕咒罵一聲，從包包裡拿出手機，打開手電筒功能。我跪在地上，一隻手小心翼翼地撥開帶刺的樹枝。

一根尖刺刺痛我的手掌，我把樹枝歸位：我被刺得出血，把皮膚貼在嘴唇上緩解疼痛，同時用手電筒仔細觀察灌木叢後方。建築物正面的紅色磚塊飽經風霜，每隔幾英尺就長出斑駁的青苔，但灌木叢的正後方就是我今早看到的那扇木門。

腎上腺素一下子從體內竄上來。從離開飯店、一路摸黑來到這裡開始，有部分的我始終相信這一刻不會真的發生。我以為熊巷可能會因為施工而封閉，或是天色太黑根本看不見那扇門，或是我會失去勇氣，掉頭回去。但先不論是因為勇氣還是愚蠢，總之現在我就站在這片空地裡，而木門近在咫尺。我沒看見門上有鎖，又隱約看見木門左側有一個壞掉的鉸鏈。看樣子只要用力一推，就能把門打開。

我的呼吸越來越急促。說實話，我很害怕。誰知道那扇門後面有什麼？我確信最明智的做法就是逃跑，就像恐怖電影開頭的女主角一樣。但我已經厭倦了做我應該做的事，厭倦了走務實、低風險、負責任的路線。

現在該是時候做我想要做的事了。

我仍抱有幻想，相信自己正走在解開藥師之謎的道路上。午餐時與詹姆士討論了我的工作和我們搖搖欲墜的未來後，我不禁想像，如果我在這面牆的另一邊發現了有新聞價值的東西，可能會出現什麼機會。我現在的動力不僅僅是打開建築物的門；說不定我會打開通往新職業道路的大門，我很久以前設想過的那一條路。

我搖搖頭，甩開這個想法。話說回來，水電工說過這扇門可能只是通往一個舊地窖。整趟冒險很有可能是誤會一場，我再二十分鐘後就會吃起披薩。我回頭看向大門，希望從這一側重新爬上石柱也能那麼容易。

我決定最好用我的背和肩膀頂開那些帶刺的樹枝，而不要用上我的雙手。我小心翼翼移動到灌木叢後方，基本上毫髮無傷，接著把手放在涼爽的木門上，停下動作。我放慢呼吸，為另一邊可能發現的東西做好準備，然後用力向內把門推開。

門稍微晃了一下，足以讓我知道門沒有鎖上。我推了第二次、第三次，然後把腳放在門上，用右腿盡可能施加壓力。最後，門板終於向內打開，發出刺耳的刮擦聲。就在這時，我才突然意識到，一切結束後，我無法把門擺回原來的位置，不禁一臉尷尬。

門一開，一股木質調的乾燥空氣立刻包圍我，幾隻昆蟲從睡夢中驚醒，飛快竄逃。我拿起手機快速掃視漆黑的門口，接著鬆了一口氣；沒有老鼠、沒有蛇，也沒有屍體。

我試探性地往前一步，責備自己不夠深謀遠慮，沒有帶上真正的手電筒。但話說回來，我真的沒料到我會走到這一步。我檢查手機上手電筒的功能，看看有沒有辦法提高亮度，就在這時，我看到了螢幕右上角，忍不住咒罵一句：我的電池在離開飯店時是滿的，現在只剩55％了。看樣子手電筒很耗電。

我把光照進漆黑的門口，看見一條走廊在面前延伸，我不禁皺起眉頭。看起來像是地下走廊或地窖，正如水電工說過的。走廊只有幾英尺寬，但因為光線不足，我無法確定有多深。

我看了一眼半開的門，確定不會莫名其妙關上，接著又往裡面走了幾步，讓光線在眼前散開。起初，我無法抑制心中的失望；這裡確實沒什麼好看的。走廊的地板很髒，只有幾塊石頭散落在地，沒有機械、工具或這棟樓的主人認為需要放在裡面的任何東西。但我回想今早蓋諾兒給我看過的地圖，想起後巷從熊巷延伸出一條鋸齒狀的路線，以幾個尖銳的九十度角彎來彎去，就好像樓梯一樣。我能看見前方這條光線微弱的走廊自己轉了好幾個彎；雖然我不想冒險走到盡頭，心臟卻在胸口怦怦直跳。

毫無疑問，這裡就是後巷——或至少是後巷的遺跡。

我微微一笑，對自己很滿意，想像光棍阿爾弗如果在我旁邊會說什麼。他大概會往前衝，尋找古老文物。

眼睛還沒看見，我就感覺到了——一股氣流拂過我的身體——我朝氣流吹來的方向舉起手電筒。前方有另一扇門半掩半開著，房間裡的空氣被吸走了，大概是我在入口處開門時產生的真空。我的手臂起雞皮疙瘩，一根髮絲突然落在脖子上引起的癢感把我嚇了一跳。我全身的肌肉緊繃，準備逃跑或尖叫——或靠近細看。

我非法侵入民宅至今，一切都在意料之內。我知道外面那扇木門的存在，我懷疑門通往一條鋸齒狀的走道——根據蓋諾兒的說法，是一條蓋了房子的馬路或人行道——我也覺得我一旦進去了，走道可能不會太有趣。

就目前為止，三者都沒猜錯。但這扇門？這扇門不在地圖上。

我一心一意想要看看裡面，我告訴自己我就是看看而已。門已經微微敞開——不必用腳踢，也不必用手推——所以我決定把手機的手電筒滑進房間，快速環視四周，然後就離開。況且，我檢查了手機的電池壽命，現在電量是32％，我也沒有太多時間可以逗留，除非我想待在一片漆黑中。

「天啊。」我咕噥著走到門口，確信我已經瘋了。這不是正常人會做的事，對吧？我甚至無法確定這件事跟藥師有關了。我還在追尋她的故事嗎？還是我變成了那種一敗塗地後就開始魯莽地追求刺激冒險的人？

萬一我出了什麼事——滑倒、被野生動物咬傷或誤踩鬆動的地板——沒有人會知道。我有可能死在這裡，誰知道多久才會被人發現，詹姆士肯定會以為我決定永遠離開他了。想到這裡，再加上手機快沒電了，讓我很難平復心跳。我決定先進去看看，然後再趕快逃出來。

我把第二扇門完全推開。門片在鉸鏈上輕鬆擺動，鉸鏈也不像外門上的那樣變形生鏽，反而相當乾燥，完好無缺。我站在門邊，把手機放在身前沿著弧形移動，仔細觀察裡面的情況。房間很小，大概三坪左右，地板上和其他地方一樣，都是泥土。裡面沒有板條箱，沒有工具，沒有老舊的浴盆、馬桶等固定設施。什麼都沒有。

但後牆——似乎有些不同。房間兩側的牆壁是磚砌的，與建築物外部相似，但後牆是木頭製成的。一些層架固定在牆上，好像那裡曾經是一個嵌入式書櫃或櫥櫃一樣。我靠近幾步，好奇想看看架上有沒有東西：舊書或工具，過去留下的遺物。同樣，沒什麼特別的。多數層架都已經變形、破裂，有些甚至完全倒塌，落在房間中央附近的地上。

然而，陳列卻有些不對勁。我說不上來哪裡不對勁，所以我退後一步，把整面牆視為一個整體。河泥尋寶的回憶湧上心頭，我想起光棍阿爾弗說過的那句艱澀話語：*你並不是在找某樣東西，而是在找某些東西有哪裡不協調，或缺了什麼。*我皺起眉頭，確信我現在看到的東西有些不協調。但到底是什麼呢？

起初，我注意到大部分倒下的層架來自牆壁最左邊的位置。這裡大部分的層架都沒有固定在牆上，而是扭曲變形、倒在地上。我走近，用燈光檢查牆面。牆壁左邊只剩下一個層架，於是我抓住它，輕輕搖動；層架在我手裡嘎嘎作響，鬆到我敢說我可以毫不費力地扯下來。為什麼牆壁左邊的層架全都垮了呢？感覺就像這些層架沒有正確安裝，或是後面的結構不完整——

這時，我恍然大悟地倒抽一口氣，用手摀住了嘴。層架脫落的空間大小和我差不多高，只比我略寬。我出於本能退後一步。「不。」我不由自主地說，這個字在空曠的小房間裡迴盪。

「不、不、不，不會吧。」然而我說這些話時，我知道我偶然發現了某樣東西。一扇密室門。

對男人而言，那裡是一座迷宮。醫院紙條的第一句話在我的記憶中湧現，我立刻明白那可能是什麼意思：這扇門，如果它確實通往某個地方，那就應該隱藏在一個類似櫥櫃的結構中。如果今天有人——也許是驗樓師——有理由來到這個房間，我相信他們會像我一樣注意到這個奇怪之處。但考慮到掉落在我面前的這堆層架，幾十年來顯然沒有半個人來過這裡。沒有人發現過這扇密室門，更不用說打開了。

我蹲低尋找門把，卻什麼也沒看見。我把右手靠在牆上，手指摸到絲滑、黏稠的蜘蛛網，忍不住嚇了一大跳。我呻吟一聲，在褲子上擦擦手，用手機的內建手電筒照亮那個完好無損的層架。就在這時，我看見了：在層架底下有一個小小的門桿，全是因為上面的木頭腐爛了才看得到。我把門桿移開原位，再用力推了一下牆壁。

密室門打開了，沒有發出一點聲音，彷彿對於終於被人發現而感激不盡。

我一手顫抖地靠在牆上，另一手緊緊抓住快要沒電的手機，高高舉起。光線穿透了眼前的黑暗。我安靜地喘著氣，難以置信地望向眼前的一切：所有遭人遺忘、埋葬太久的東西。

19

伊麗莎

一七九一年二月十日

我在一個晴朗乾燥的早晨醒來，耳邊傳來一輛馬車呼嘯而過的聲音，車輪駛在石板路上嘎嘎作響。我睡在距離奈拉藥鋪一條街外的地方，在巴特萊特巷弄後面一個安全的石縫中。相較於兩天前我休息過的小棚屋，這裡很潮濕，不太舒服，但仍然比睡在鬧鬼的安維爾莊園那張溫暖小床來得好。

我一醒來，就咬緊牙關，等著看我的肚子是不是又開始痛——安維爾先生的靈魂是否不再被騙，又回到我的身邊。但事實並非如此。現在疼痛已經消失整整一天，血也幾乎快流完了。雖然我很感激，但我很確定這是因為安維爾先生埋伏在別處等我。想到這裡，我忍不住覺得生氣；他生前是我的主人沒錯，但現在已經不是了。我不是他的玩具，他死後的玩物。

我也想起克拉倫斯夫人昨晚的宴會。如果一切按計畫進行，博薇爾小姐現在應該已經死了。想到那個畫面就可怕，但我記得奈拉跟我說過，背叛和復仇本身就是一帖良藥。也許現在少了礙事的博薇爾小姐，克拉倫斯夫人會找到方法維持她的婚姻，並生下一個寶寶。

我搖搖晃晃地從地上站起來，撫平我那需要清洗的髒裙子。我輕撫放在長袍口袋裡的書皮：那本魔法書。目前我最重要的任務就是找到書裡的地址，我沒有其他希望，也沒有別的方法擺脫安維爾莊園的鬼魂。

我動身前往位於貝辛巷的書店。整夜睡不好讓我感覺像動物一樣暴躁。我的雙手顫抖，眼睛後方一陣抽痛，周圍的人霧濛濛地走來走去。送報小童推著手推車爭相奔跑，魚販揮手驅走海鷗，一個老人用一根脆弱的蘆葦拍打山羊的屁股。我的腳趾抵著過緊的鞋子很不舒服，想回家的衝動瞬間變得難以抵抗，我甚至想前往僕人登記處，安維爾夫人起初找到我的地方。現在的我比起當時更得體能幹了。其一，我識字；我會讀書寫字，受雇於一個富裕的家庭。我的技能在別處肯定也會受到重視，在一個沒有充滿不安靈魂的家中。

我一邊前往魔法書店，一邊思考這件事，但這個念頭很快就失去意義，因為我想到了許多我不能逃跑的原因——其中最重要的是我對安維爾夫人的忠誠。幾個禮拜後，她就會從諾里奇回來。希望到那時，安維爾先生和喬漢娜的鬼魂已經從家裡消失。況且，我無法想像還有哪個女孩能幫女主人寫信。我覺得那是一項非常特別的任務，專為我而保留。

而且靈魂也可以走動；如果安維爾先生的靈魂能夠抓住我，跟著我到奈拉的店，那還有什麼可以阻止他在倫敦各地騷擾我呢？即使離開城市返回斯溫頓也無法解決這個問題，人是沒辦法逃離可以穿牆的東西的。如果無法逃離他的靈魂，那我必須想辦法將之驅除。

此時此刻，許多事情都岌岌可危，但對我來說，驅除安維爾先生的靈魂似乎是最重要的。所以我很高興自己終於來到了貝辛巷，希望能順利找到那家書店。但喜悅沒有持續太久；我的目光從一個店面來到另一個店面——一家小雜貨店和一家麵包店——接著皺起眉頭。書店並不在那裡。我走到另一個街區，沿著原路折返，甚至找了馬路對面的商店。我越找越累，全身上下都不舒服：淚水刺痛我的眼睛，冷空氣灼傷我的喉嚨，我的腳底起了水泡，刺痛又濕黏。

我再次走到貝辛巷的盡頭，建築物之間呼嘯的風聲引起我的注意。巷子後面有一條與肩同寬的窄巷，其中一側有間房子，上面掛著一塊木牌：書物專賣店。我倒抽一口氣；是那家書店，我曾多次經過這裡，就藏身在其他店面的後面，彷彿故意要偽裝自己。如果奈拉在這裡，她一定會很失望，我竟沒有早點揭開這個謎團。

我把手放在門把上，走進店內。書店不大，跟安維爾夫人的起居室差不多，除了櫃檯前一個埋首書中的年輕人外，店裡空無一人。這讓我有時間觀察一下周遭環境。商店前面有幾個架子，上面擺著積滿灰塵的兒童商品及小玩意，店員身後有一小區放著書籍。店裡很潮濕，有一股酵母味，可能是因為附近有麵包店的緣故。我關上門，門鈴輕輕地叮噹響起。

店員隔著眼鏡抬頭看我，接著睜大雙眼。「有什麼需要幫忙的嗎？」說到最後一個字，他的聲音有些沙啞。他很年輕，只比我大幾歲。

「這些書。」我指向書架說道。「我可以看看嗎？」

他點點頭，繼續回頭看書。我只走了四、五步就穿過整間書店。我走到書架前，看到每個架上都有標記主題的小牌子。我急著讀起牌子：歷史和醫術和哲學。我快速瀏覽了一下，想知道那本關於產婆魔法的書是不是放在醫術區，還是另有一個書架放著神秘學的相關書籍。

我走到第二個書架前，蹲下身子，想把書架底部的小牌子看個仔細，接著我倒吸了一口氣；在那裡，在一個矮書架的最底下，有一個標記著魔法兩字的牌子。與這個主題相關的書籍只有十幾本，我打算把每本書都看一遍。我從最左邊的書開始，在手中把書攤開，但我對印在前幾頁的圖案感到害怕：巨大的黑鳥，以及穿過牠們心臟的巨大寶劍；各種奇怪花樣的三角形和圓形；還有一篇用我看不懂的語言所寫的長文。我小心把書放回書架，希望有更好的運氣。

下一本書的長寬都只有第一本的一半，書皮是柔軟的沙色。我翻了幾頁，找到標題，以一種均勻的微小字體印著：現代居家魔法。我很慶幸發現，這本書看起來完全是用英文寫的——沒有奇怪的符號——前幾頁顯示了各種各樣的日常「食譜」，雖說不是做甜點或燉菜所需要的那種：

解決孩子愛說謊的藥丸

決定肚裡胎兒性別的藥草茶

兩週內創造巨大財富的藥水

延緩女性老化的飲品

書上出現一個又一個食譜，卻一個比一個陌生，不過我覺得我在這本書中可能會找到一些有用的東西。我盤起雙腿，換了一個更舒服的坐姿，繼續往下讀，再三確認沒有漏看任何一個食譜，尤其仔細尋找任何與靈魂或鬼魂有關的東西。

清除特定記憶或一般記憶的藥劑

對喜歡的人、甚至是無生命的物品灌輸感情的春藥

幫助死嬰恢復呼吸的藥丸

我停下來，感覺到一股溫熱氣息噴在我的頸後，身體不禁起了雞皮疙瘩。

「我母親用過那個魔法。」一個年輕的聲音傳來，就在身後幾吋之遙。

我對手裡的書感到不好意思，於是連忙闔上。

「抱歉。」他繼續說著，聲音遠離了我。「我不是故意要嚇你的。」

是那個男店員。我轉身面對他，現在他下巴的粉刺和圓圓的眼睛看得更清楚了。「沒關係。」我喃喃地說，書躺在我的腿上。

「所以你是個女巫嘍？」他問，嘴角揚起一絲狡猾的笑。

我不好意思地搖搖頭。「不，我只是好奇。」他點點頭，對這個回答感到滿意。「我是湯姆．佩珀。歡迎光臨這家店。」

「謝、謝謝。」我喃喃地說。「我是伊麗莎．芬妮。」儘管我非常想要再次打開這本書繼續查找，但近看之下我才發現，湯姆並沒有那麼不順眼。

他低頭看著那本書。「我沒騙你。那本書是我母親的。」

「所以你母親是女巫嘍？」我只是在開玩笑，但他沒有如我預期般大笑。

「不，她不是女巫。但她一而再再而三失去她的寶寶，生下我之前流掉了九個。無奈之下，

她用了你剛才闔上的那頁所記載的藥丸。可以借一下嗎？」他指著那本書，等我點頭，然後小心翼翼地從我腿上拿走。他翻到我剛剛讀過的那一頁，伸手一指。「幫助死嬰恢復呼吸的藥丸。」他大聲讀出來。讀完，他抬頭看著我補充說：「據我父親說，我一出生就死了，就像其他人一樣。這個魔法讓我復活了。」他神情緊繃，彷彿分享這件事讓他很痛苦。「如果我母親還活著的話，她就可以親自告訴你這件事了。」

「我很遺憾。」我低聲說著，我們的臉靠得很近。

他潤潤嘴唇，看向商店前面。「這是我父親的店。他在我母親去世後開的。店前面，也就是你進來的地方——那些小玩意都是她的。這些年來她為孩子們收集的東西，大部分都沒碰過、沒用過。」

我忍不住問：「你母親什麼時候去世的？」

「在我出生後不久，事實上，就在那禮拜內。」

我用手摀住嘴巴。「所以你是她第一個活下來的孩子，然後她沒有……」

湯姆摳著指甲。「有人說這是魔法的詛咒，說這就是你手上那種書應該被燒掉的原因。」我皺起眉頭，不明白他的意思。湯姆繼續往下說：「人們相信，魔法的詛咒是，每一次的報償，就會有相對應的巨大損失。在真實的自然世界中，每一個奏效的魔法，就會出現一件嚴重出錯的事情。」

我看著他手裡的書。要讀完書中的每一個魔法得花上很長一段時間，起碼幾個鐘頭。即便如此，誰知道我能不能找到什麼有用的魔法？「你相信魔法的詛咒嗎？」我問。

湯姆猶豫片刻。「我不知道我相信什麼。我只知道這本書對我來說很特別。沒有它我就不會在這裡。」說完，他輕輕把書放回我的腿上。「我希望你能擁有這本書。你願意的話，可以免費拿走。」

「喔，我可以付錢——」我把流汗的手伸進口袋，摸索硬幣。

他伸出一隻手，但沒有碰我。「我寧願把書送給我喜歡的人，而不是送給一個完全的陌生人。」

我突然覺得好熱，熱到快不舒服的感覺，腸胃在體內翻攪著。「謝謝你。」我說著，把書緊緊捧在胸前。

「只是答應我一件事。」他說。「如果你在書裡找到有用的魔法，那等於有兩個了。答應我你會順道過來告訴我。」

「我答應你。」我說著，解開麻掉的雙腿站起來。雖然我不想走，但我沒有理由留下來。走到門口時，我最後一次轉身。「如果我試了一個魔法但沒用呢？」

這句話似乎讓他嚇了一跳。「如果魔法沒用……好吧，那麼這本書就不可信了，你必須回來換另一本書。」他的眼睛閃爍著頑皮的光芒。

「所以不管怎樣——」

「我們會再見的。祝你有美好的一天，伊麗莎。」

我恍恍惚惚走出書店，出現一種前所未有的奇怪感覺，是我十二年來從未體驗過的。這種感覺對我而言很陌生，不可名狀，但我確定不是肚子餓或疲勞，因為這些東西都沒辦法讓我的腳步如此輕盈，讓我的臉龐如此溫暖。我匆匆趕到西邊，最終來到聖保羅大教堂的墓園南端，在教堂安靜的正面找到一張長凳。我在這裡可以細讀每個魔法，說不定今天就會找到一個可以帶回安維爾莊園的魔法。

我用盡心力，希望在這本可能是魔法書的書中找到完美的魔法，一個不僅可以驅除鬼魂、撥亂反正的魔法，還可以讓我盡快與湯姆・佩珀分享好消息。

20
奈拉

一七九一年二月十日

很久以前，那頭決定在我身體裡爬行的惡魔——啃食、捲曲我的骨頭，硬化我的指關節，用手指纏繞我的手腕和臀部——終於開始往上進入我的頭骨了。為什麼不呢？頭骨就像手或胸腔一樣也是骨頭做的，跟其他東西一樣容易受影響。

然而，雖然這頭惡魔讓我的十指和手腕變得僵硬、灼熱，卻以另一種形式佔據我的頭骨：讓我焦躁、發抖，並不斷發出嗒嗒嗒的聲音。

我很肯定，有東西正在步步逼近。

它會不會來自我的體內？它會不會把我的骨頭融化成一個硬塊，讓我癱在藥鋪的地板上？還是它是來自外頭，像絞刑架的繩子一樣懸在我面前？

我送走伊麗莎的那刻起就開始想念她了。現在，我摘著迷迭香的葉子，而少了她陪伴的感覺就像葉子殘留在手上的味道一樣黏稠濃烈。就算我認為她的恐懼根本是想太多，但這樣把她趕走是不是太殘忍了？我跟伊麗莎的想法不同，我不相信安維爾莊園裡佈滿鬼魂——但如果我不是睡在那裡的人，我怎麼想有意義嗎？

我好奇昨晚她穿著被勞力弄髒的長袍、戴著被磨損的手套，還拿著一本愚蠢的魔法書回到安維爾莊園的時候，心裡作何感想。那本書不可能驅除只存在於她豐富想像力中的鬼魂。希望隨著時間過去，她能學會用內心的真實事物來取代這些幻想：一個深愛的丈夫、一個需要養育的孩子，那些我永遠不會擁有的一切。我也祈禱今早伊麗莎再次醒來時，不會再想起我。儘管我很想念她活潑的說話聲，但想得而不可得的感覺我已經很熟悉了。我會沒事的。

我摘著四莖迷迭香時，儲藏室突然傳來一陣騷動：一記驚慌的喊叫聲，然後是拳頭不斷敲擊密室牆面的聲音。我透過縫隙往外看，看到克拉倫斯夫人，她的眼睛睜得老大。考慮到前一天我一直有種很強烈的不祥預感，她的意外來訪我並沒有非常訝異。儘管如此，她的態度還是讓我心生警戒。

「奈拉！」她叫道，雙手在面前瘋狂揮舞。「有人嗎？你在裡面嗎？」

我連忙開門，領她進來，見到她鞋子上亮晶晶的銀扣和帶荷葉邊的絲綢禮服不再驚訝。但我上下打量她時，注意到她裙子下襬弄髒了，像是她是徒步走了一段路。

「我只有不到十分鐘的時間。」她哀號著，差點倒在我的懷裡。「我假裝有事暫時離開。是關於家裡的事。」

我對她的胡言亂語皺起眉頭，我的臉上肯定寫滿了困惑。

「喔，出了嚴重的問題。」她說。「天啊，我永遠……」

她擦著眼淚、哽咽難語時，我的腦中跑過各種可能性。她不小心弄丟粉末了嗎？她不小心抹到她的眼睛或嘴唇上了嗎？我在她的臉上尋找水泡和膿包，但什麼也沒看到。

「噓。」我讓她安靜下來。「發生了什麼事？」

「斑蝥蟲——」她打了個嗝，就像剛剛吸進某個苦澀的東西。「斑蝥蟲，整件事出了岔子。」

我簡直不敢相信我的耳朵。斑蝥蟲沒有造成任何傷害嗎？我確定我和伊麗莎去了正確的田地，抓了斑蝥蟲，而不是牠們無毒的藍色親戚。但當時天這麼黑，我怎能肯定呢？我應該在烘烤前先在皮膚上測試一下，確定是否有熟悉的灼傷感。

「她還活著？」我手放在喉嚨上問她。「我向你保證，那是致命的。」

「喔。」她放聲大笑，臉上露出扭曲的笑容，豆大的淚水沿著她的臉頰流下來。我摸不著頭緒。「她活得可好了。」

我的心一時激動起來。我一方面為了我的毒藥失敗而感到沮喪，一方面又因為沒有女人死在我手裡而感到欣慰。也許這給了我另一個機會說服克拉倫斯夫人改變主意。但我想著想著，腸胃突然糾成一團。萬一克拉倫斯夫人以為我給她假毒藥怎麼辦？萬一她打算兌現最初的威脅，對警方透露我的店怎麼辦？

我本能地退後一步，靠近登記簿，但她繼續往下說。「是我的丈夫。」她發出一聲哀號，摀住了臉。「他死了。克拉倫斯勳爵死了。」

我驚訝得張大嘴巴。「怎、怎麼死的？」我結巴道。「你沒有看著你的貼身侍女把毒藥拿給情婦嗎？」

「別把這件事怪罪在我身上。」她厲聲反駁。「我的貼身侍女按照計畫把毒摻進了無花果利口酒裡。」克拉倫斯夫人倒在椅子上，冷靜地深吸一口氣，向我敘述她的故事。

「那是晚餐後的事。博薇爾小姐坐在離我有段距離的地方，我的丈夫克拉倫斯勳爵坐在我的右手邊。我從房間的另一邊看著博薇爾小姐從她漂亮的水晶玻璃杯裡抿了一口無花果利口酒。幾秒鐘後，她把手放到喉嚨上，浮現淫蕩的笑容。她開始蹺腳又放開——我親眼看到這一切，奈拉！我清楚看到她身上發生了什麼事——但我開始擔心有人會發現我在看，所以我轉向左邊，開始和我的好朋友瑪麗說話。她告訴我最近去里昂旅遊的大小事，一直講個不停。過了一會兒，我才敢再次往博薇爾小姐的方向看。」

克拉倫斯夫人吸了一口氣，喉嚨嘎嘎作響。「但她不見了，我丈夫也不見了，還有裝著利口酒的水晶杯。我不敢相信我竟然錯過了——他在那麼短的時間內就跟她一起溜走，我卻錯過了。當下我確信，我再也不會看到她的臉了，我想像他們兩人最後一次跑到他的圖書室或馬車房。我對此感到安慰，你知道嗎？」

她在講她的故事時，我動也不動，想像著一切在眼前上演：餐桌上的甜點和晚禮服，無花果利口酒，隱藏在黏稠陰影中的綠色細粉。

「但後來我開始焦慮起來。」克拉倫斯夫人繼續說。「我想也許這一切發生得太快。我擔心她在慾望高漲的狀態下，可能會完全忘了利口酒，沒有喝到需要的量。」她停下來，左顧右盼。「我能不能喝點酒平復一下情緒？」

我衝到櫥櫃前，幫她倒了一杯，放在她面前。

「我開始慌了，奈拉。我考慮去把他們找出來，與他們當面對質，要求她跟其他女士們一起到起居室。反之，我仍僵在座位上，瑪麗繼續淘淘不絕談論著里昂。我祈禱我的丈夫隨時會走進來，告訴我他親愛的表妹發生了可怕的事。」克拉倫斯夫人低頭看著地板，突然用雙臂抱住自己，全身發抖。

「接著，我看到一個鬼魂從走廊緩緩走來，博薇爾小姐的鬼魂。喔，我差點大叫出聲！但我忍住了，謝天謝地——否則這對晚宴的客人有多奇怪啊——不過我很快就知道那不是鬼。那就是她，有血有肉的她。我看她脖子上的痣就知道了，又紅又腫，就像我丈夫的嘴唇剛剛吸在上面一樣。」

她發出一聲輕微的呻吟。「她進來的時候一臉驚恐。她只是個年輕的小姑娘，她是如此嬌小，差點倒在克拉倫斯勳爵哥哥的懷裡，他是她第一個看到的人，也是一名醫生。他立刻衝向她剛剛走來的走廊上。那裡到處都是人，跑來跑去，喧譁不休。我從大廳那頭，靠近圖書館的地方，聽見喊叫聲和哭聲，他的心臟好像停了，我趕緊奔去看他。感謝上帝，他仍穿著衣服。正如我懷疑的，躺椅旁邊的小桌子上放著空的水晶杯。他一定把所有的酒都喝了。喔，奈拉，我不知道藥效會發生得這麼快！」

「我告訴過你用上半罐會在一小時內殺死他。杯子裡放了多少？」

克拉倫斯夫人臉上的痛苦表情消失了，變成某種類似愧疚的表情。「我想我的侍女用上了罐裡所有的粉末。」她大叫一聲，向前倒在椅子上，我不敢置信地倒抽一口氣。難怪他那麼快就死了。

但克拉倫斯夫人似乎對博薇爾小姐事後的行為感到心煩意亂，就像死去的丈夫帶給她的情緒一樣。「你相信嗎？我坐在那裡看著他的屍體時，博薇爾小姐走近我，伸出雙臂摟住我，然後哭了起來。『喔，克拉倫斯夫人。他對我就像個父親一樣！』那女孩哭著說，呼吸中散發著無花果的酒氣。我覺得那樣說很噁心，我甚至鼓起勇氣問她是不是也喜歡跟她的親生父親偷情！」

克拉倫斯夫人最後發出一記可怕的笑聲，眼睛凹陷，彷彿因為講這個故事而精疲力盡。「現在我成了一個富豪的遺孀。以後除了一樣東西，也就是我最渴望的孩子外，什麼都不會想要了。我連說出來都覺得舌尖苦澀！我永遠不會有孩子了，奈拉，永遠！」

是的，這句話我能感同身受。但她的故事裡有個細節開始牽動著我，令我提心吊膽。「你說他當醫生的哥哥是第一個飛奔過去幫他的？」

她點點頭。「是的，很善良的一個人。他說我丈夫在博薇爾小姐嚇得走進餐廳的五分鐘內就死了。」

「他沒有對躺椅旁邊的玻璃空杯起疑心嗎？」

克拉倫斯夫人自信地搖搖頭。「他有提出疑問，但博薇爾小姐立即聲稱那是她的。她說他們去圖書館是因為勳爵要給她看一張新買的掛毯，她對外說她最近對紡織藝術很有興趣。她不能承認他喝了她的酒，不是嗎？這樣一來他們就明顯不只是在欣賞藝術品了。」

「那個罐子呢？」我問。「你把它藏起來，還是毀掉了？」

「喔，我的貼身侍女把它放在酒窖最深處的架子上。只有家廚有理由進去找東西。等我有機會溜回那裡，我就會立刻處理掉。應該是今晚。」

我鬆了一口氣，慶幸罐子仍藏得好好的。不過就算罐子被找到了，也不會洩露任何訊息；這正是為什麼我店裡的罐子和小藥瓶上沒有任何標籤，只有一個小小的熊圖案。「雖然罐子無法追溯到我。」我催促道。「但最好還是快點處理掉。」

「當然。」她自責地說。「話說回來，我覺得罐子上有圖案很奇怪。」她小心翼翼地擦擦鼻子，讓自己冷靜下來。遵從了一輩子的繁文縟節，不是那麼容易就能被遺忘的。

「只是一隻小熊罷了。」我指著附近架上的一個小罐子說。「就像上面那一個。太多罐子的外觀都很相似。想像如果有人搞錯容器，結果毒錯——」考慮到她剛才講的故事，我連忙住口，為自己差點說出口的話感到羞愧。

但她皺著眉頭走到架子前，似乎沒有注意到我說的話。她搖搖頭。「我的罐子有這個圖案，但還有別的東西。」她舉起罐子，轉到另一面。「不，這不一樣。我的罐子的另一面有東西，一些文字，我很確定。」

一陣微弱的隆隆聲爬過我的肚子，我緊張地笑了一聲。「不可能，你一定是弄錯了。我敢在一罐毒藥上面寫什麼字呢？」

「我向你保證。」克拉倫斯夫人說。「上面寫了一些東西。歪歪扭扭的字母，好像是手工刻在罐子上的。」

「會不會是一道刮痕呢？或只是污垢，沾到髒東西。」我問，肚子裡的壓力慢慢上升到胸口。

「不是。」她堅持道，語氣變得憤怒。「我知道文字長什麼樣子。」她生氣地看我一眼，把罐子放回架子上。

雖然我在聽她說話，但我並沒有完全聽進去；嗒嗒嗒的聲音太大了，而且克拉倫斯夫人剛剛分享的故事似乎不再是她一個人的危機。我用彷彿喝下摻了斑蝥蟲粉的水晶杯那樣的聲音，哽咽地說出她的名字：「伊麗莎。」

一段記憶開始慢慢成形。昨天下午，在克拉倫斯夫人來索取毒藥前，是伊麗莎選擇了盛裝粉末的罐子。我沒有注意她選了什麼，因為任何觸手可及的罐子都刻有熊的圖案，僅此而已。唯有放在母親櫥櫃深處的那些罐子另有標記。

「伊麗莎？對了，她今天去哪兒了？」克拉倫斯夫人問道，沒有發現我的內心正醞釀著風暴。

「我必須馬上找到她。」我喘著氣說。「櫥櫃……」但我無法再多說一個字，更別說向克拉倫斯夫人解釋了。我現在除了趕緊前往沃里克巷找到安維爾莊園外，什麼也想不了。喔，拜託她要在那裡！「還有你。」我對克拉倫斯夫人說。「快去！立刻把罐子拿來，帶到——」

「你的眼神像動物一樣瘋狂。」她大聲說。「到底是怎麼回事？」

但我已經開始往門口移動，她緊隨在後。我走到外面時，感覺不到身體上的寒意，也感覺不到腫脹的腳踝塞在鞋子裡的緊繃感。前方，一群烏鶇飛了起來；連牠們都被我嚇到了。

在某個時間點，克拉倫斯夫人與我分道揚鑣——但願她是回去拿罐子。我繼續往前走，衝上路德蓋特山街，大教堂高高聳立在我前方。安維爾莊園已經非常接近了，就在前面幾個街區外。

來到沃里克巷的岔路時，我發現教堂附近的一張長凳上有個裹著布的小小人影。我的眼睛在騙我嗎？我觀察到那個神秘的人影以輕鬆俏皮的方式翻閱著她腿上的書，我的心激動起來。我離安維爾莊園很近；巧遇伊麗莎並非不可能。

我的期望很快得到證實：那毫無疑問是她。不到一個小時前，我還擔心這孩子會驚慌失措、鬱鬱寡歡，但看樣子並非如此。因為我走近看到那孩子專注在看書的時候，臉上掛著燦爛的笑容，如花朵般清新明亮。

「伊麗莎！」我們相距只剩幾公尺時，我大聲喊道。

她猛地回頭看我。笑容垮下來，把書緊緊抱在胸前——但不是我給她的那本書。這本書比較小，封面顏色也比較淺。「喔，伊麗莎，仔細聽我說，這件事非常緊急。」

我伸手去拉她，猶豫一會兒後抱住她，但她在我懷裡依然僵硬。她有點怪怪的；她不是很高興見到我。今早，我本來希望成為她的一個遙遠回憶，但現在我發現自己很是介意。她剛才的笑容呢？不久前發生了什麼事，讓她如此高興？

「你必須和我回店裡一趟，我需要給你看一樣東西。」事實上，是我需要她給我看看她到底是從哪個櫥櫃裡取出罐子的。

她的眼神平淡，難以捉摸，但說出來的話又另當別論。「你把我趕走了，記得嗎？」

「我記得，但我也記得我告訴過你，我擔心會發生可怕的事情，而那件事確實發生了。我想把一切說給你聽，可是——」我看了一眼走近的男人，壓低聲音說：「——在這裡我沒辦法說，快跟我來吧，我需要你的幫忙。」

她把書緊緊抱在胸前。「好吧。」她咕噥著，瞥了一眼聚集在頭頂的烏雲。

我們回到店裡，伊麗莎在我旁邊不發一語。我感覺到她不僅很困惑我為何把她帶走，也不太高興我把她的注意力從她剛才忙的事情上奪走。離藥鋪越來越近時，我希望能在裡面看見克拉倫斯夫人，看見她手裡捧著那個該死的罐子回來——事實上，如果那是我們會撞見的場景，我就沒必要質問伊麗莎了。但我真的可以這麼快就再送走她嗎？

我多慮了，因為店裡空無一人，克拉倫斯夫人還沒回來。我在桌邊坐下，佯裝鎮定，一刻也沒有浪費。「你還記得把克拉倫斯夫人的粉末放進罐子裡的事嗎？」

「我記得。」伊麗莎很快地說，雙手整齊疊在腿上，好像我們是陌生人一樣。「我照你的吩咐，從櫃子裡取出了一個大小適中的罐子。」

「示範給我看。」我說著，聲音略顯顫抖。我跟著伊麗莎一步步穿過小房間。她跪下，打開下方的一個櫃門，把小小的身軀湊進去，手伸到最深處。我捧著肚子，怕自己會吐出來。

「在這裡。」她說著，聲音在櫥櫃裡迴盪，聲音變得扭曲。「這裡還有另一個類似的罐子，我想……」

我閉上雙眼，恐懼終於湧上內心，抓住我的喉嚨、我的舌頭。現在伊麗莎整個上半身鑽進去的這個櫥櫃裡，裝滿了我母親的東西，包括我捨不得丟棄的寶貝、我不需要的舊療法，以及沒錯，我必須顫抖、害怕地承認，幾個她的舊罐子，我也確信上面刻了她曾經享有盛譽的藥鋪地址。

這間如今不再享有盛譽的藥鋪地址。

伊麗莎小小的身軀從櫥櫃裡滑出來，手裡拿著一個奶油色的罐子——大約四英寸高，一對罐子當中的一個，側面手工刻上後巷三號。不用她再多說，我就知道這個罐子的另一半就在克拉倫斯夫人家的酒窖裡。喉嚨湧上一股熟悉的酸味，我用手扶著櫥櫃穩住自己。

「像這樣。」伊麗莎說。她的聲音細如螞蟻，眼神低垂。「裝了粉末的那個罐子看起來就像這樣。」她鼓起勇氣，慢慢抬頭看我。「我是不是做錯什麼事了，奈拉？」

雖然我想伸出雙手掐死她，但那孩子哪知道呢？這只是一場可怕的誤會——房間裡到處都是層架，要她自己選一個罐子，難道不是我的錯嗎？最初把女孩帶進這家毒藥店，難道不是我的錯嗎？——於是我忍住想要往她那張紅潤臉蛋打下去的衝動，張開手臂摟住她。「你沒有讀那個罐子嗎，孩子？你沒看見上面的字嗎？」

她開始大哭，吸進一口充滿鼻涕和眼淚的空氣。「那看起來根本不像文字。」她哽咽地說。「你看，就是一些亂七八糟的刻痕。我甚至看不懂上面寫了什麼。」雖然她說得對——上面的刻痕已經老舊，幾乎難以辨認——但這仍是她一個很糟糕的疏忽。

「但你可以從圖畫中認出文字不是嗎？」我說。

她微微點頭。「喔，我真的很抱歉，奈拉！上面寫了什麼？」她瞇起眼睛，企圖看清罐子上的文字。我慢慢勾勒那些文字的模糊輪廓，手指沿著數字3和字母B的粗環滑動。

「三號——」她停下來思考。「後巷三號。」她放下罐子，倒在我懷裡。「喔，你能原諒我嗎，奈拉？」她失控大哭，肩膀劇烈起伏，淚水落在地板上。「如果你被逮捕了都是我的錯！」她哽咽地說。

「好了。」我低聲說。「好了、好了。」我前後搖晃她時，想起了寶寶碧翠絲。我閉上眼睛，把下巴放在伊麗莎的頭頂，想起我母親在重病後也是這樣對待我；在我確信她的生命即將結束時，她是如何安慰我的。當時的我把臉埋在她脖子上，哭得好厲害。「我不會被逮捕的。」我低聲對伊麗莎說，儘管我並不完全相信這句話。克拉倫斯勳爵死了，而上面寫有我家地址的那件武器仍在他的酒窖裡。

嗒嗒嗒的聲音還沒離開我，我頭骨裡的惡魔仍未安息。我繼續前後搖晃伊麗莎，安慰哭泣的她，一邊想著我母親在她生病後對我說過的謊言，關於她的病情及其嚴重程度的謊言。她曾發誓她還會活很多很多年。

然而她在六天後就死去了。結果，我一生都在與這種突如其來的悲傷爭鬥。為什麼母親不告訴我真相，用她最後的日子讓我做好孤獨一生的準備？

伊麗莎露珠般的淚水漸漸乾了。她打了一次嗝、再一次，我繼續前後搖晃她，她的呼吸變得緩慢。「一切都會沒事的。」我低聲說著，音量小得我幾乎聽不見自己的話。「一切都會沒事的。」

母親過世二十年後，我發現自己正在用母親當初安撫我的方法在安撫一個孩子。但後果是什麼？為什麼我們要竭盡全力保護孩子脆弱的心靈？我們只是剝奪了他們面對現實的權利——以及在遭受現實狠狠打擊前變得麻木的機會。

21

卡洛琳

現代，星期三

在後巷盡頭一棟老舊建築物的地窖裡，密室門打開了，露出那面搖搖欲墜的層架牆後方的狹小空間。我舉起手機，用燈光照射四周，把手伸向牆壁，結果突然失去平衡。這個房間裡的密室實在太暗了，比我去過的任何地方都暗。

手電筒的光束照亮了周遭環境的細節：幾個因為乳白色磨砂玻璃容器的重量而凹陷的壁掛層架；房間中央是一張帶扣腿的木桌；而在我的右手邊有一個櫃檯，櫃檯上放著一個金屬秤，平坦的桌面上放著像盒子或書籍的東西。房間看起來很像一間古老的藥鋪——正是藥師可能會經營生意的那種地方。

我的手機響了一聲。我皺眉看向螢幕。*該死*。電量只剩十四%了。我渾身發抖，害怕又興奮，無法清楚思考，但如果待在這個地方，沒有燈光指引我出去的話，我就死定了。

我決定我最好動作快。

我雙手顫抖地關掉手電筒，打開相機應用程式，開啟閃光燈，開始拍照。這是我目前能想到唯一合乎邏輯的行事方法，畢竟我確實發現了值得登上國際新聞的東西。「倫敦遊客解開兩世紀前的謀殺之謎。」頭條可能會這樣寫。「爾後回國開始婚姻諮商並展開新的職業生涯。」我搖搖頭；要說什麼時候是保持理性的最好時機，就是現在了。況且，我什麼也沒解開。

我盡可能多拍幾張照片，每拍一次，整間密室就出現明亮的白色閃光燈。我拍完前幾張照片時，閃光燈以幾分之一秒的速度很快顯示出房間的樣貌：我想角落好像有一個壁爐，桌子底下放著一個馬克杯。但在那之後，相機的閃光燈在我的視線中留下白色的浮點；這種效果讓我暈頭轉向，我幾乎無法好好站立。

剩九％。我考慮該如何好好利用剩餘的電池壽命，同時發誓等電量剩三％就離開。我再次向右看，拍下一張櫃檯的照片——閃光燈幫我確認了我剛才看到的是書，不是盒子——接著我打開平放在工作檯面上的那本最大的書。裡面有些字看起來是手寫的，但我不能確定。我摸黑打開那本黑色封面的書，隨意翻了十幾頁，替每一頁拍下照片。我這樣根本與蒙住眼睛差不多，因為我完全不知道我在拍什麼。這些文字是不是英文我都不確定。

書裡的羊皮紙薄如紙巾，我盡可能小心翻閱，當其中一頁的邊角脫落時，我忍不住咒罵一聲。我翻到書的背面，又拍了幾張照片，然後把書闔上，推到一邊，抓起另一本書。我掀開這一本的封面，按下手機相機上的快門鍵，然後——該死。三％。

我哀號一聲，不敢相信我這驚人的發現竟然只有短短的時間可以探索，這實在叫人沮喪。但考慮到手電筒和相機損耗電池的速度有多快後，我給自己六十秒的時間離開，可能還更短。我再次打開手電筒，退出密室，盡量把隱藏的門關好。接著我往回走，快速穿過第一個房間，再次走進走廊。前方，淡淡的月光從第三扇門透了進來。

不出所料，手機在我踏出門外的幾秒內就沒電了。我躲在長滿荊棘的灌木叢後方，在一片黑暗中盡全力把木門拉回原位，但我覺得我做得很糟。我用手舀起一些泥土和樹葉，隨意灑落在門的底部，讓表面上看起來像是沒人來過。接著，我推開灌木叢走出去，轉身查看我掩飾的成果；木門看起來絕對不像我初次發現時關得那麼緊，但仍然不顯眼。我只能希望沒人像我一樣一直在密切關注這個區域。

我衝回上鎖的大門，費盡力氣、氣喘吁吁地爬到其中一根石柱上。我把腿抬過石柱，從另一邊跳下去。我在褲子上擦擦手，抬頭看上方的玻璃窗。仍然沒有任何動靜。在我看來，沒有人知道我在這裡，更別說知道我做了什麼。

難怪這名藥師一直是個謎。她的門被層架牆隱藏得很好，只是因為兩百年的時間讓很多東西都壞了，再外加我自己的一點魯莽和違法行為，我才有辦法找到它。就算之前我懷疑過她的存在，如今也煙消雲散。

我走出熊巷時，意識到我剛剛有生以來第一次犯了罪。我的指甲下面有泥土，還有一支沒電的手機，裡面裝滿了可以把我定罪的照片來證明這一點。但我一點罪惡感都沒有。反之，我實在急著想幫手機充電，檢視照片，差點拔腿衝回飯店。

可是，還有詹姆士。我悄悄溜進飯店房間，希望不要吵醒他。但一進門，我的心沉了下去。他清醒地坐在沙發上，手裡拿著一本書。

我爬上床、把手機插上充電器時，我們沒有說話。我打了個哈欠，腎上腺素已經化作一股痠痛的疲勞，接著我偷看他一眼。他似乎全神貫注地在看他的書，就像昨晚我在睡覺時間一樣有精神。

該死的時差。

我沮喪地翻身背對他。那些照片只能等明天早上再看了。

我醒來時，迎來的是淋浴的水聲，一縷陽光透過窗簾照在我的臉上。浴室門微微敞開，蒸氣從門內湧出。沙發上，詹姆士把他的毯子折好，整齊地放在備用枕頭旁。

我拿起充飽電的手機，忍住立刻點進照片的衝動。反之，我躺回枕頭上，努力無視自己快爆炸的膀胱，數著詹姆士離開飯店的時間，好讓我可以平靜地開始新的一天。

終於，他從浴室走了出來，腰上只圍著一條米色浴巾。看到自己老公裸著上半身很正常，我內心卻有些緊張。我還沒準備好迎接「正常」，無論是現在還是不久的將來。我把臉轉開。

「昨晚的宵夜。」他在房間的另一頭說。「有吃到什麼好吃的嗎？」

我搖搖頭。「隨便吃了個三明治，散散步。」善意的謊言不是我的作風，但我不打算告訴他——或任何人——我昨晚真正做了什麼。況且，他已經對我說了好幾個月的謊，還是更糟的事情。

詹姆士在我身後沙啞地咳了一聲。他走到沙發邊，彎腰從地板上抓起一盒面紙。我之前沒見過那盒面紙，不過他一定整晚都把它放在身邊。「感覺不是很舒服。」他一邊說，一邊用面紙摀住嘴，再次咳嗽。「喉嚨也有點痛。可能是飛機上空氣太乾吧。」他打開行李箱，拿出一件T恤和牛仔褲，然後把浴巾丟到地板上，開始穿衣服。

我把視線從他赤裸的身體上移開，看向門邊茶几上的花瓶，有幾束花已經略顯枯萎。我把手放在羽絨被上，注意到昨晚指甲底下的污垢，連忙把手塞進被子裡。「你今天有什麼計畫？」我默默祈求他計畫去探索這座城市或去博物館或只是……離開。我只想一個人拿著手機待在這裡，在門上掛上「請勿打擾」的牌子。

「去倫敦塔吧。」他邊說邊把皮帶繫在腰間。倫敦塔。這座古老的城堡是我最想去的景點之一——那裡是英國君主的皇冠和其他王權器物的所在地——但與我昨晚在熊巷後面發現的東西相比，現在似乎只是一個兒童博物館。

詹姆士又咳了一聲，用手掌拍拍胸口。「你有感冒藥水嗎？」他問。

浴室裡有我的盥洗包，裡面裝滿了化妝品、牙線棒、止汗劑和一些精油。我知道我有一些備用止痛藥，但我沒想過為每種病症帶上有可能需要的藥物，太佔空間了。「抱歉。」我說。「我有尤加利精油？」每次我覺得快要感冒時，尤加利精油一直是我的首選療方；尤加利對於緩解鼻塞和止咳的效果奇佳，是維克斯傷風膏的主要成分之一。「就在浴室的白色包包裡。」我說著，指向浴室。

詹姆士進去時，一陣微弱的聲音引起我的注意：是我的手機，因為某件小事發出嗶嗶聲，雞婆地提醒我昨晚發現的事距離我的臉只有幾英寸。詹姆士在浴室裡忙東忙西時，我的心臟開始在胸口劇烈跳動。

他出來時一臉苦相。「好濃的味道。」

我點頭附和；即使離了幾英尺遠，我也能聞到刺鼻的藥味。

既然他已經穿好衣服，看起來準備離開，我也盡量避免任何進一步交談的機會。「我想再躺一會兒。」我說著，腳在床單上踢來踢去。「祝你玩得愉快。」

他緩緩點頭，神情悲傷，猶豫著像是想要說些什麼。但他沒說，抓起錢包和手機，便走出房間。

門關上的那一刻，我立刻拿起手機。

我輸入密碼，滑到相簿。照片出現了，大約有二十幾張。我點開最前面兩張；是密室的照片——桌子、壁爐——但我失望地發現照片很模糊。我咒罵一聲，擔心所有照片都是這樣。但我看到書的特寫鏡頭時，不禁鬆了口氣；照片很清晰。密室的空氣佈滿灰塵，我猜相機閃光燈無法穿透那些微小顆粒，聚焦在前景以外的任何東西上。

門外傳來一聲騷動，我一下子站起來，關掉手機，衝向門上的貓眼，正好看到一個拿著寫字板的飯店員工走過。他沒有來我的房間，不過這倒提醒了我掛上請勿打擾的牌子。

回到床上後，我再次打開相簿，研究起那本書的第一張照片。我屏住呼吸，用兩根手指放大圖片，開始在螢幕上移動。我坐在那裡，對眼前看到的一切感到難以置信。

書裡的文字都是手寫的，紙上散落著肥大的墨點。文字整齊地排成一行，每則條目都以類似的格式書寫，似乎是人名和日期。是某種日誌或登記簿嗎？我滑到下一張照片。大致上很相似，只是字跡更黑、更重，像是不同的人寫了這頁。我滑到下一張，再下一張，每滑一次我的手就抖得越厲害。我不太確定這本書是什麼，但我確信其歷史價值不可估量。

大部分的書頁照片都很清晰，雖說有些照片的邊緣過度曝光，所以呈現一片白色，難以辨識。話說回來，儘管圖片很清晰，我卻面臨另一個令人抓狂的挫敗感：我看不懂大部分的內容。文字不僅是以速記寫下的，筆跡又是如此潦草歪斜——某些地方寫得非常匆忙——看起來簡直像是外語。在其中一張照片中，我只能看懂最上方那行字的一部分：

加查德。馬里皮恩區。鴉片，以糖錠配製。一七八九年八月十七日。委人維克女士，妻子。

我的大腦努力填補文字、想要理解內容時，我覺得自己正在玩那種填字遊戲。但幾分鐘後，我意識到起初難以分辨的幾個字母以某種方式一再重複出現，於是我的大腦開始認出它們，讓我能夠更加理解後續幾頁的內容：

弗雷爾 斯瓦爾先生。菸草 ，以精油配製。一七九〇年五月三日。委 人妹妹安 爾女士，絲妃德女士之友人。

貝爾先生。樹莓葉，以膏藥配製。一七九〇年五月十二日。

查理．特納，梅費爾區，馬錢子藥水。一七九〇年六月六日。委 人愛波女士，家廚。

我托著下巴，把某些條目再讀了一遍，內心湧起不耐。覆盆子葉？菸草？儘管我聽說過大量尼古丁有毒，但這些東西並沒有什麼危險。也許這是一般藥物的致命劑量？至於書中其他的一些參考資料——比如馬錢子藥水——嗯，我完全不知道是什麼意思。

我也嘗試破解條目的格式。每項條目都以名字開頭，然後列出一種危險或不危險的成分，最後是日期。有些條目在尾端加上委託人和第二個名字。我猜這表示第一個名字是預期服用該成分的人，第二個名字則是實際購買的人。所以比方說，查理．特納就是要服用馬錢子藥水的——先不管那是什麼——購買者可能就是艾波小姐。

我從床頭櫃上抓起一支筆和筆記本，記下一些事以便稍後研究：

一般藥物的致死量，鴉片——糖錠？

菸草——油？

馬錢子藥水——什麼是馬錢子？

接下來的十五分鐘左右，我盤腿坐在床上，拚命記下問題和單字，有些熟悉，有些不然。顛茄。這不是某種植物嗎？曼陀羅。沒聽過。破狼草。不曉得。打蘭、錠劑、蠟膏、紫杉、酏劑。我把它們統統寫下。

我滑到下一張照片，看見一個我知道肯定是毒藥的文字上時，不禁倒抽了一口氣：砒霜。我把砒霜兩字寫在筆記本上，在旁邊畫星號。我進一步把照片放大，希望破解那行字中其餘的單字，就在這時我聽到外面又傳來聲音。

我瞬間愣住了。聽起來像是有人剛剛在門前停下腳步。我靜靜咒罵一聲，不管是誰；他們難道沒看見請勿打擾的牌子嗎？但後來我聽到房卡插進門裡的聲音。詹姆士那麼快就回來了嗎？我把手機塞進枕頭底下。

過沒一會兒，詹姆士走進來──我立刻就知道有事不對勁。他臉色蒼白冒汗，額頭濕漉漉的，雙手抖得很厲害。

我下意識從床上起身衝向他。「喔，我的天啊。」我說著向他走近；我聞到他的汗味和別的味道，甜甜的、酸酸的。「你怎麼了？」

「我沒事。」他說著衝向浴室，靠在洗手台上，深呼吸幾次。「肯定是昨天的義大利菜。」他抬頭看著洗手台前的鏡子，與站在他身後的我四目相交。「我真是他媽的一團糟，卡洛琳。先是你，現在又是這個。我在外面生病了，人行道上。」他說。「我想我只要吐一吐就行了。可以的話，我能不能──」他停下來，嚥下某個東西。「可以的話，我能不能暫時在房間獨處一下，直到我把身體裡的東西吐乾淨？」

我片刻也沒有猶豫。「當然，沒問題。」我認識詹姆士很多年了，知道他討厭在別人面前生病。老實說，我也想要隱私。「你確定你沒事嗎？你要果汁什麼的嗎？」

他搖搖頭，動身前往浴室。「我會沒事的，我保證。給我一點時間。」

我點點頭，穿上鞋子，拿起包包，把筆記本丟進去。我在浴室門外放了一瓶水，告訴詹姆士我很快回來查看他的情況。

我記得隔一條街有家咖啡館，就朝那邊走去，打算把手機裡的照片看完。但才踏出外頭，我的手機就響了。我不認識上面的號碼，心想可能是詹姆士從飯店打來的，便連忙接起。「喂？」

「卡洛琳，是我，蓋諾兒！」

「喔，天啊。蓋諾兒，嗨。」我停在人行道中間，一個行人不爽地看了我一眼。

「抱歉這麼早就打電話來，但是我昨晚傳訊息跟你說的那份手稿已經到了。你能盡快到圖書館找我嗎？我今天嚴格來說沒上班，但幾分鐘前我順道過來查看文件。你不會相信我看到什麼。」

我閉上眼睛，努力回想昨天她是怎麼形容那些文件的。過去二十四小時發生了太多事，考慮到昨晚的冒險，加上現在詹姆士的病情，我不得不承認她的訊息已經被我拋在腦後。

「抱歉，蓋諾兒，我現在沒辦法過去。我必須待在城裡這一頭以免——」我說著說著停下來。儘管我們一起研究了很長一段時間，我和蓋諾兒仍然沒有熟到可以聊起我那外遇的老公現在正在我飯店房間嘔吐的事。事實上，我甚至沒告訴她我有老公——我們根本沒有聊過我們的私生活。「我現在沒辦法過去。但我正要去喝咖啡，你想一起來嗎？你可以把文件帶過來？」

我聽見她在話筒另一端大笑。「把這些文件帶出圖書館，我肯定會被炒魷魚，不過我可以影印一份。況且，來杯咖啡聽起來不錯。」

我們說好半小時後在我飯店附近的咖啡廳碰面。我在街角咖啡廳的一張小桌子前打發時間，吃著覆盆子可頌麵包，盡我所能分析藥師那本書的照片。

蓋諾兒走進咖啡廳前面的玻璃門時，我關掉手機，闔上筆記本，安全地塞進包包裡。我提醒自己要冷靜；我不能說溜嘴，透露我對藥師的了解比昨天在圖書館的時候還多。我幾乎不認識蓋諾兒，分享這些情報不僅暴露出我違法，還侵犯了可能具有價值的歷史遺址。身為大英圖書館的員工，她可能會因為職業道德的約束而舉報我。

我咬著最後一口可頌麵包，清楚看見當中的諷刺意味；我來倫敦是因為被別人的秘密傷害，現在我卻成了隱瞞事情的人。

蓋諾兒坐進我旁邊的椅子，興奮地靠過來。「這實在是……太不可思議了。」她開口說著，從大包包裡拿出一個文件夾。她抽出兩張黑白印刷的紙，看起來很像舊報紙上的文章，上面分成好幾欄，最上方寫著一行標題。「這些刊物的日期僅僅相隔幾天。」她指著其中一張的最上方。「第一個是一七九一年二月十日，第二個是一七九一年二月十二日。」她把二月十日的報紙放在上面，然後靠在椅背上看著我。

我湊近仔細看那張報紙，接著倒抽一口氣。

「記得昨天我傳訊息跟你說過，其中一份文件有照片嗎？」蓋諾兒解釋道。「這就是那張照片。」她指著報紙影本中間，雖說沒有必要，我早已盯著不放。報紙上有一個動物圖案，非常簡陋，看起來像學步兒在沙子上的塗鴉，但我毫不懷疑我以前見過。

那是一隻熊——跟我從泰晤士河泥中撈出的淺藍色小藥瓶上所刻的小熊一模一樣。

22

伊麗莎

一七九一年二月十日

已經晚上八點多了，奈拉過去幾個小時裡一直不停地工作，但她卻不讓我幫忙。相反的，她只是拚了命把軟木塞壓進瓶子裡，把空盒子緊緊塞在一起，使勁刷洗她的幾個藥罐。她收拾得井井有條，好像打算離開似的——即使不是永遠離開，也至少會是很長一段時間——而這完全是因為我的粗心大意害的。

在我這十二年來犯下所有大大小小的錯誤中，我相信從下方櫥櫃拿走罐子是至今最嚴重的錯。我怎麼會忽視刻在罐子上的地址？我從來沒有把事情搞砸成這樣，這輩子從來沒有。

喔，我多希望時光能倒流。起碼以前我對奈拉來說只是個沒用的人。如今那彷彿是一場夢；我這次犯下的錯，可能會害到她，以及登記簿裡的每一個人。我又想起幾天前我在登記簿上抄寫的許多名字。我沿著筆劃把墨水加深，保存那些女性的名字，保護她們在歷史上佔有一席之地，如奈拉解釋過的。而現在，我擔心我根本什麼都沒有保存下來，也沒能保護任何人，反而因為拿錯罐子而有可能導致簿子裡無數的女性曝光，甚至毀了她們。

我想過是否有任何實際可行的方法來彌補我的錯誤，但什麼也想不出來。只有時光倒流才能解決這個問題，但這似乎是一件恐怖的事，即使是魔法。

然而，奈拉並沒有把我趕走。她打算殺了我嗎？逼我承擔我的過失？我們坐在這間瀰漫她沮喪之情的密室裡，彼此不發一語。我打算盡可能保持安靜，以免進一步激怒她。我羞愧地縮在當初那個櫥櫃附近，彎著腰，面前只有三樣東西：湯姆．佩珀的家庭魔法書，攤開在我的腿上；奈拉的產婆魔法書，擱在一旁；還有一支快要燃盡的蠟燭。我不敢跟奈拉要一根新的蠟燭，很快我就不得不把書放下，然後——做什麼？頭靠著石牆睡覺？等奈拉祭出懲罰？

我把快熄滅的蠟燭拿到面前攤開的書頁上方。在昏暗的燈光下，湯姆．佩珀魔法書裡的印刷文字彷彿在頁面上跳舞、移動，我花了很大的力氣才把注意力集中在一行文字上。這讓我非常沮喪；如果真有需要依賴魔法的時候，那就是現在了，那個有能力讓死掉的胎兒湯姆恢復呼吸的魔法。我需要找到一個魔法解決這一切，而且要快。今天下午我本來在尋找一種藥劑，讓我可以卸下一個男人的靈魂，但現在我恨不得可以卸下我無意中施加給奈拉、我自己和其他人的重擔：遭到逮捕、譴責甚至處決的威脅。

我用手指描繪每個句子，繼續瀏覽湯姆書中的魔法清單。

玩撲克牌的透明油

延長春季作物的發泡錠

扭轉厄運的藥水

奈拉在木箱上敲釘子吵得震天價響時，我瞪大了雙眼。扭轉厄運的藥水。嗯，我可以肯定最近幾天我的運氣不太好。我讀著魔法，手開始顫抖，燭光也跟著搖曳。書上說這個魔法比「任何武器、任何法律、任何君王」都要強大。我研究了需要的材料——毒液和玫瑰水、碎羽毛和蕨根等——用力嚥下一口口水，感覺身體越來越熱。這些是很不尋常的東西，不過奈拉的店裡充滿了各種不尋常的東西。我已經知道她的架上有其中兩種，玫瑰水和蕨根。

但其他的材料怎麼辦呢？我在店裡走來走去不可能不被注意到；我該怎麼收集我需要的材料？更別提按照書上的指示調配了。我必須向奈拉透露我的計畫，因為沒有其他辦法——

突然間，又傳來一聲驚天動地的巨響。一會兒前我以為是奈拉的鐵錘，但現在我看到她已經把錘子放下。等我意識過來時，蠟燭差點掉到地上；有人在門口。

在壁爐邊工作的奈拉看著大門，神色自若，沒有表現出任何恐懼或緊張的情緒。她希望是警察嗎？說不定這一切的結局會是虛驚一場。與此同時，我仍處於恐懼之中。如果警察來逮捕奈拉，我會怎麼樣？奈拉會揭發我對安維爾先生所做的事嗎？我將永遠見不到我母親或女主人了，永遠沒有機會告訴湯姆．佩珀我本來想嘗試的魔法……

萬一來訪者是更可怕的人呢？一想到安維爾先生那雙空洞的眼睛、想到他朦朧的白色幽靈朝我侵襲而來，我就膽戰心驚。也許他厭倦等待，終於回來找我了。「奈拉，等等——」我大聲說。

奈拉不理我，毫不猶豫地邁開步伐走到門邊，把門打開。我好緊張。我把湯姆．佩珀的魔法書放在一邊，往前探頭仔細觀察門口。陰影中只有一個人。我鬆了一口氣，如果是警察的話，不可能不帶搭檔前來。

來訪者身上穿著寬鬆的黑衣，兜帽遮住臉，鞋子沾滿了土——馬尿和爛泥的惡臭立刻撲鼻而來。我坐在密室這裡看出去，來訪者不過是一個籠罩在陰影底下的顫抖身影。

一雙戴著黑色手套的手向前伸。兩手之間拿著的是一個罐子：昨天才被我裝滿致命斑蝥蟲粉的罐子。我花了一點時間才完全理解眼前發生的事。是那個罐子！奈拉不會被處死了！

來訪者掀起臉上的黑色兜帽，我認出那張臉，驚訝得倒抽一口氣。是克拉倫斯夫人。喔，我這輩子從來沒有因為見到哪個人那麼安心過。

奈拉把手伸向牆壁，穩住自己的腳步。「你拿到罐子了。」她說，聲音細如耳語。「喔，我多擔心事情不是這樣……」她向前傾，另一隻手捧著胸口，我擔心她可能會跪倒在地，連忙站起來，朝她走去。

「我盡快趕來了。」克拉倫斯夫人告訴我們。一根髮夾鬆垮垮地懸在她的脖子上，隨時會脫落。「你必須理解屋子裡有多混亂。我從來沒有在同一個地方見過這麼多人，就像即將展開另一場晚宴，不過是一場更肅穆的晚宴。還有他們追問的那些問題！尤其是那些律師。這一切對我的貼身侍女來說負擔太大——她離開了我。今天早上，天還沒亮，她就一言不發地走了。她只有告訴司機她已經辭職，打算離開這座城市。鑑於最近發生的事，我想我不能怪她。她確實參與了整件事，把粉末放進博薇爾小姐的水晶杯中。然而她這樣給我帶來了很大的不便。」

「天啊。」奈拉說。但我從她的聲音中聽出了冷漠。她一點也不在乎克拉倫斯夫人的貼身侍女或她缺了女僕的事。她伸手接過罐子，在手中轉了轉，然後鬆口氣。「沒錯，就是這個罐子。喔，克拉倫斯夫人，你救了我一命……」

「好、好，知道了。我跟你說過我會處理掉。把罐子歸還給你是很麻煩的事，但你今天下午的樣子讓我很害怕。我想現在一切都沒事了，我沒有理由在這裡多留一秒鐘，天色已經很晚了，我一直沒時間好好大哭一場。」

奈拉在克拉倫斯太太臨走前請她喝茶，但她拒絕了。

「最後一件事。」她說著，看了我一眼，接著目光掃過這個狹小的房間，裡面沒有半點她再熟悉不過的奢侈品。「我不太確定你對這孩子有什麼安排，但如果你有考慮的話，請記得我正在找一個新的女僕。」她指著我，彷彿我是一件家具似的。「她比我偏好的年紀來得小，但也不是不能接受，而且她夠聽話，是那種懂得閉上嘴巴的人，對吧？我想在這週末之前找到新女僕。請盡快讓我知道你的打算。我說過了，我住在卡特巷。」

奈拉結結巴巴地回答：「謝、謝謝你的告知。」她說。「我和伊麗莎會討論一下。這樣的改變可能是個不錯的想法。」

克拉倫斯夫人點點頭，走了出去，留下我和奈拉兩個人。

奈拉把罐子放到桌上，坐進椅子裡，現在不需要再費力收拾打包了。我看了一眼湯姆那本仍在地上的魔法書；旁邊的蠟燭終於熄滅。「好。」奈拉開口說。「危機已經解除。由於這件事幸運地圓滿落幕，你今晚可以留在這裡。明天一早，我真心建議你考慮去拜訪一下克拉倫斯夫人。如果你仍對安維爾莊園有所恐懼，這對你來說可能是個不錯的工作。」

安維爾莊園。這句話提醒了我，我身上的詛咒並沒有隨著罐子的歸還而全盤消失。雖然我已經修正了害奈拉陷入危機的錯誤，我還是回到今天稍早同樣的窘境。而且我不想為克拉倫斯夫人工作；我不信任她，她的態度很冷淡。我只想回去為我的女主人做事。這表示我得回到安維爾莊園，所以扭轉厄運的藥水這個魔法仍然很重要。我在書中讀過的幾百個魔法中，那是唯一一個只要有點想像力，似乎就能讓安維爾先生揮之不去的靈魂消失的魔法。

我很感恩能有個好好睡一覺的地方，現在的我對藥水滿懷期望，心狂跳不已。但如果我打算嘗試那個魔法，就必須把我的計畫告訴奈拉，但願她准許我使用她的小藥瓶，否則我就得想辦法在她不知情的情況下蒐集材料——就像菲德里克很久很久以前所做的那樣。

可是，就算我選擇了第一個選項，此時此刻也不是最理想的時機。我們都累了，奈拉累到眼睛都變成粉紅色。目前我們都需要好好睡上幾小時。

明天很快就會到來，到時候我會找到辦法來試試他們稱之為魔法的東西。我把書塞在頭底下，暫時充當枕頭。睡著時，我情不自禁進入一個輕鬆的夢中，夢見那個把書送給我的男孩。

23

奈拉

一七九一年二月十一日

如果說我賣出的毒藥及隨後造成的死亡，確實是導致我體內漸漸腐爛的原因，那麼我確信克拉倫斯勳爵的死加快了腐爛的速度。有沒有可能受害者的名聲越大，我所承受的後果也越嚴重呢？

克拉倫斯夫人歸還那該死的罐子有一定的重要性，畢竟我逃過了上絞刑架的危機，但仍沒有阻止我體內的慢性腐爛。我的喉嚨裡有一股濃稠的血腥味困擾著我，雖然我想歸咎於在田裡熬夜抓斑蝥蟲的緣故，但又擔心是更嚴重的原因：侵蝕我全身骨頭和頭骨的惡魔已經進入了我的肺部。

喔，我真恨克拉倫斯夫人把她那帶有玫瑰香味的信扔進糧桶的那一天！令人惱火的是，連我自己調配的藥劑都無法解決這個問題。我不知道這種病的名稱，更不知道它的治療方法。

我不能再繼續坐在店裡，變成石頭，而且我需要一塊豬油。儘管我不忍心在克拉倫斯夫人來訪後立刻把伊麗莎送走，但隔天早上我別無選擇。在我準備出發去市場前，為了一勞永逸，我直接告訴伊麗莎，是時候讓她離開了。

她問我打算去市場多久。「不超過一小時。」我說。她求我再讓她休息三十分鐘，說因為昨天過度焦慮的關係，她的頭很痛。我得承認，我自己的頭也痛得厲害，所以我給了她一種夏枯草油擦在太陽穴上，跟她說她可以再讓眼睛休息幾分鐘。我們互道再見，她向我保證等我回來時她就離開了。

我提起所剩無幾的力氣，出發前往艦隊街。我低著頭，一如既往地擔心有人會看我的眼睛，洞悉我藏在內心的秘密，每樁謀殺案都清晰得有如克拉倫斯勳爵喝下而死去的水晶杯一樣。但根本沒有人理我。大街上，一位小販叫賣著檸檬糖，一位藝術家畫著輕鬆的漫畫。太陽開始從一朵雲後探出頭來，溫暖的陽光包裹著我疲憊又痠痛的脖子，四周飄蕩著平和愉悅的交談聲。沒人對我感興趣；甚至沒人注意到我。我忍不住想今天是美好的一天，至少比昨天好。

我經過一個報攤時，發現自己正面迎上了一個小男孩和他的母親。她剛剛買了一份報紙，現在正努力想把小男孩抓回來穿外套，他繞著她兜圈子跑，把這當成了遊戲。由於我一直低著頭，所以看不太清楚，更別說是閃過他們了。我發現自己直接踏進小男孩的路徑。

「喔！」我驚呼道。我的購物袋往前飛，狠狠敲了一下男孩的頭。他母親在他後面拿起報紙，朝他的屁股用力打下去。

一下子受到兩個女人的攻擊，其中還包括一個陌生人，小男孩的態度軟化了。「好啦，媽媽。」他說著，像一隻沒有羽毛的小鳥伸出雙臂，等待外套。獲得勝利的母親把報紙遞給離她最近的人——那個人剛好是我。

昨天的晚報在我手中攤開，標題是《星期四公報》。這份報紙很薄，與厚厚的《紀事報》或《倫敦郵報》不同，我漫不經心地低頭看了一眼，心想等她有空就還給她。但報紙裡夾了一張匆忙印刷出來的散頁廣告，我瞥見最下方的幾個字。

那些字彷彿漆黑的野獸，寫著「警方正在尋找克拉倫斯勳爵的兇手」。

我頓時動彈不得，把那些字重讀一遍，接著摀住了嘴，以免不小心吐到乾淨的報紙上。一定是我太緊張了，大腦不清楚。克拉倫斯夫人已經歸還罐子，一切都很順利——當然沒有人涉嫌謀殺。怎麼會這樣呢？我一定是看錯了。我強迫自己把視線從報紙上移開，去看些別的東西——大街對面那位女士頭上飾有緞帶的紫色帽子，或她身後製帽店櫥窗上刺眼的陽光——接著我又重新看回那頁。

文字仍然沒有改變。

「小姐。」一個溫柔的聲音傳來。「小姐。」我抬頭看見那個母親，牽著已經乖乖穿上厚外套、看起來很體面的兒子，等我把報紙還她。

「是、是。」我結結巴巴地說。「來，給你。」我把報紙遞出去，紙張交到她手中時抖個不停。她向我道謝後離開，我立刻衝到報攤的報童面前。「星期四公報。」我說。「還有嗎？」

「還有幾份。」他把桌上最後兩份的其中一份給我。

我丟給他一枚硬幣，把報紙塞進購物袋，拔腿就跑，以免臉上的恐懼背叛了我。我盡可能加快速度，一步接一步往前跨，最後終於跑到路德蓋特山街時，開始出現最壞的打算。萬一警察此時此刻就在我的店裡怎麼辦？小伊麗莎，她一個人在那裡！我蹲在建築物旁邊的兩個垃圾桶之間打開報紙，以最快的速度讀起來。這是連夜印出來的；墨水還很新。

起初，我發現這篇文章實在難以置信。我不禁納悶我是不是在一場表演中被人塞了道具，在不知情的情況下扮起表演者。要不是文章把所有細節敘述得天衣無縫，我可能真的會相信這只是一齣戲。

我從報上得知，那位貼身侍女確實如克拉倫斯夫人所說的，突然辭去職務——但她一定是看見克拉倫斯勳爵突然暴斃身亡，然後根據現有事實做了合理判斷，因為她把我母親刻有文字的罐子製成了蠟印去找警察。聽到這個消息，我差點大哭出聲；罐子現在安全地放在店裡根本沒用，因為侍女已經對它留下了深刻的印象！她一定是在克拉倫斯夫人從酒窖裡拿走罐子前就完成這件事。侍女大概是不敢拿走罐子，擔心被人發現，被貼上小偷的標籤。

根據文章所說，蠟印顯示了一組部分清晰的字母——B ley——和一個拇指大的圖案，就警方看來，是一隻四肢著地的熊。貼身侍女告訴警察，她的女主人克拉倫斯夫人吩咐她把罐子裡的東西放入利口酒，最終被克拉倫斯勳爵喝下肚。侍女本以為那是糖；後來才明白是毒藥。

我手捧著喉嚨，繼續往下讀。昨天深夜警方前往克拉倫斯夫人的家——八成是她歸還罐子後不久，這解釋了散頁廣告上的墨水是幾個小時前才匆匆印上的——但克拉倫斯夫人強烈否認侍女的說法，堅稱不知道任何毒藥或罐子。

翻到下一頁，我得知當務之急是找出毒藥的來源，因為「藥師」（看到這裡，我又輕輕叫了一聲）可能會解決克拉倫斯夫人和她貼身侍女之間相互矛盾的故事。警方希望藥師能出面說明到底是誰購買了用來殺死克拉倫斯勳爵的毒藥，藉此換取從輕量刑的機會。

然而，當中的詭異之處就在這裡！克拉倫斯勳爵根本不該突然暴斃身亡。博薇爾小姐才是應該喝下斑蝥蟲的人，她卻毫髮無傷地全身而退——她不僅不是殺害她情人的嫌疑犯，文章中甚至沒有提到她的名字。我一直擔心她可能死亡而為她哀悼，但天啊，事情竟朝著對她有利的方向發展！

最後是一張模糊的照片：貼身侍女提供的蠟印手繪圖。罐子本身已經難以辨認了，手繪圖當然也好不到哪裡去。這讓我暫時鬆一口氣。

我把目光從報紙上移開。我的手指又濕又熱，好幾處都沾上墨水，手臂內側和胯下的皮膚也濕漉漉的。我站在兩個垃圾桶之間的窄巷裡深呼吸，吸入腐爛的氣味。

依我看，現在有兩種可能：我可以回到店裡，吹熄所有蠟燭，以免警察找到後巷三號，我必須依靠我最後的偽裝——層架牆——來保護我和裡頭隱藏的秘密。但即使層架牆真的成功保護了我，我在無情病魔的肆虐下還可以活多久呢？我擔心就只剩幾天了。喔，我真的不想困在母親的店裡死去！我賣毒殺人已經玷污了這間店；難道還要用我腐爛的屍體進一步毀掉它嗎？

第二種可能，想當然耳，就是層架牆沒能保護我。儘管過去幾年，我在牆後感覺很安全，但我的藥鋪地址從未以如此明目張膽的方式曝光過。偽裝並非萬無一失；警方可能會帶警犬趕來，狗狗們肯定能隔著牆聞到我恐懼的氣味。如果警方闖進來把我逮捕，在監獄的我還有什麼可以保留的呢？母親生前殘存的蹤跡已經夠模糊了；我在店裡走來走去時，很容易出現對她的回憶，但這些珍貴的回憶不會跟著我去新門監獄。

這並不是說我會孤單一人；我猜測警方很快就會把名字出現在登記簿上的無數女性帶進來。那些我本打算幫助她們、安撫她們的女性，會和我一起被關進牢房，遭受獄警上下其手。

不，我拒絕。我拒絕這兩種可能，因為我還有另一個選擇。

第三個也是最後一個選擇就是關店，把登記簿安全地留在假牆後面，加速我自己的死亡：跳進泰晤士河冰冷的深處，讓自己與黑衣修士橋的陰影融為一體。這個想法出現過好多次了，最近一次是我抱著碧翠絲寶寶過河，一邊凝視海浪拍打乳白色的石柱，感受鼻子上那層霧氣的時候。

難道我這一生就是為了帶我走向這個命運，帶我來這命運的一刻，讓冷水在我四周起伏交纏，最後把我拉進水底嗎？

可是那個孩子怎麼辦？伊麗莎人在店裡，在我剛剛離開她的地方。警方可能會找到前往後巷三號的路，我不能讓她獨自承受警方盤問。萬一伊麗莎聽見騷動，往門外偷看，不經意暴露了假牆後面的東西怎麼辦？她已經犯過一次嚴重的錯誤，要是她再犯一次，發現自己正面對一個憤怒的警察的話，我可不能要求這可憐的孩子為我所做的一切辯護。

我離開她至今，應該不會超過十五分鐘。我把報紙塞回包包，走出窄巷，準備返回我的毒藥店。我不能選擇死亡。總之，還不能。

我必須回去找她。我必須回去找小伊麗莎。

我還沒見到她之前，就先聽見她的聲音，內心不禁升起一把怒火。就算報紙上的圖案沒有毀了我們，她粗心大意製造的噪音也可能會把我們害死。

「伊麗莎。」我輕聲說著，關上身後的密室門。「我在半個城鎮外都能聽到你的聲音，你難道沒有——」

但我一看見眼前的景象便愣住了：伊麗莎坐在房間中央的桌子前，桌上擺滿了瓶瓶罐罐和各種顏色的茶葉，分別放在不同的碗裡。加起來肯定有二十幾個小藥瓶。

她手拿著杵，抬頭看我，眉宇間神情專注。她的臉頰沾著淡紅色顏料——我祈禱只是甜菜粉——額頭上方的幾縷頭髮向四面八方豎起，就像她剛剛一直用火煮水一樣。一瞬間，我彷彿回到了三十年前的同一場景，但坐在桌邊的人是我，母親站在我身邊，眼神即使有點煩惱，也充滿耐心。

那段回憶僅僅持續了一會兒。「這是怎麼回事？」我問，擔心散落在桌面、地板和工具上的茶葉可能有毒。若是這樣，整理這樣有劇毒的混亂環境太可怕了。

「我、我想用一些熱飲。」她結結巴巴地說。「記得我第一次來訪的時候嗎？你給我——呃，我記得是叫纈草茶。看，我找到一些。」她把一個深紅色罐子拉向自己。我直覺地看了一眼後牆下方的第三個層架；本來應該放纈草的地方確實是空的。「還有這些——玫瑰水和薄荷。」

她把小藥瓶往前推。

該從何開始教訓這個無知的孩子呢？她一點概念都沒有嗎？「伊麗莎，別碰其他東西。你怎麼知道這些東西會不會殺死你？」我衝到桌邊，掃視著每個罐子。「你是說，你不知道這些東西可能對你有什麼影響，就開始從我的架子上拿東拿西？喔，天啊，你吃過哪些？」

我內心一陣恐慌，開始思考我那些最致命的毒藥有哪些解藥，有哪些可以快速調配施用的治療方法。

「這幾天我一直很仔細聽。」她說。我皺眉，不相信我最近需要玫瑰水、毒液和蕨根之類的東西，最後那樣東西清楚標記在桌子邊緣搖搖欲墜的木箱上。「我還引用了你放在那邊的幾本書。」她指著那些書，但它們似乎沒有被動過，這表示要嘛伊麗莎撒謊，要嘛她是個熟練的小偷。「我這裡準備了幾種茶。」她勇敢地把兩個杯子推向我，其中一個裝滿了深藍色液體，另一個裝滿了類似在夜壺會看到的淡棕色液體。「我想趁我離開前，我們可以喝喝看。」她加上一句，聲音顫抖。

我想告訴她，我對她的熱茶不感興趣。但我提醒自己，伊麗莎沒有讀過那篇讓我神經緊繃的新聞。現在，我必須比以往更勤奮、謹慎，必須把商店重新徹底打掃一遍才是明智的做法。雖然我不打算回來，但我不忍心放任這裡亂糟糟的。

「仔細聽我說，孩子。」我放下購物袋，裡面除了那份報紙外，空空如也。「你必須離開，馬上離開，一分鐘都不能耽擱。」

她的手落在桌面的茶葉堆上。那一刻，她顯得挫敗又傷心，這是我認識她以來第一次覺得她像個孩子。她看了一眼放在櫥櫃上的罐子，就是克拉倫斯夫人還給我們的那個。伊麗莎見我如此強勢，突然要趕時間，一定覺得很困惑。

即便如此，我還是不會告訴她我的理由——我不會把我知道的告訴她。我想保護她。我歪過頭，為我倆感到同情。我恨不得能把她送到克拉倫斯夫人家，但我知道警察去過那裡問問題，距離太近了，讓我不舒服。「請快回去安維爾莊園吧，孩子。我知道你很害怕，但你必須離開。一切都會沒事的，我保證。」

伊麗莎思考著我的要求，一邊凝視面前的瓶瓶罐罐，四周全是碎葉和繽紛的藥丸。最後，她點點頭說：「我走。」說完，她握住某個我看不見的東西，塞進衣服裡。我不在意，沒去問她；讓那孩子拿走她想要的東西吧。我有更大的擔憂等著我。

畢竟，我們的性命危在旦夕。

24

卡洛琳

現代，星期三

我和蓋諾兒坐在咖啡廳的後方，湊近彼此，兩篇關於藥師的文章攤在我們面前的桌上。文章發表在一份名為《星期四公報》的報紙上，蓋諾兒解釋這份報紙並沒有廣泛發行，只在一七七八年至一七九二年之間出刊。今早她稍微研究一下，這份報紙最終因為缺乏資金而停刊，圖書館的檔案館只收錄了一小部分已出版的報紙期數，而且都沒有被數位化。

「你是怎麼找到這兩篇文章的？」我問她，喝了一小口咖啡。

蓋諾兒咧嘴一笑。「我們把日期全搞錯了。如果那張醫院紙條真的是臨終前的懺悔，寫紙條的人大概指的是她早年發生的事。所以我去搜尋手稿，把範圍擴大到一七〇〇年後期。我還加了關鍵字毒藥，以一個幫忙殺人的藥師來說，這似乎很合理。搜尋結果出現這篇文章，而我當然立刻就發現了熊的圖案。」

蓋諾兒拿起日期為一七九一年二月十日的那份報紙。頭條寫著「警方正在尋找克拉倫斯勳爵的兇手。」

由於蓋諾兒已經讀過了，於是她去櫃檯點拿鐵，我則拿起文章，快速看了一遍。等她回來時，我挪到座位邊緣，張大了嘴。「這實在太震驚了！」我告訴她。「克拉倫斯勳爵，克拉倫斯夫人，晚宴上提供利口酒的女僕……你確定這是真的嗎？」

「非常確定。」蓋諾兒說。「我查了克拉倫斯勳爵的教區紀錄。果然，他的死亡日期是一七九一年二月九日。」

我再次指著文章中的照片。「所以說那個女僕在罐子上做了熊的蠟印，然後……」我用手撫摸印在報紙上的照片。「就跟我的小藥瓶是同樣的熊。」

「一模一樣。」蓋諾兒附和道。「我越想越覺得合理。如果藥師真的賣毒藥給多位女性，也許那個熊就是她的商標，是她放在小藥瓶上的標誌。不管怎樣，你在河裡找到的小藥瓶仍不可思議，但不像我們原本想的只是巧合。」

蓋諾兒拿起文章，重讀其中的一部分。「但這裡就是我們親愛的藥師有點不幸的地方了。蠟印上不只有熊的圖案，還有幾個字母。」她指向警方想要破解的那個區域，上面寫著字母B ley。

「警方懷疑那是一部分的地址。我們從醫院紙條上很明顯知道這裡指的是熊巷（Bear Alley）。但當初報紙出刊時，警方並不知情。」蓋諾兒掀開杯蓋，讓拿鐵冷卻，而我屏住呼吸，想起昨晚我穿過的那扇門。我懷疑B ley指的根本不是熊巷，而是後巷（Back Alley），那條通往藥師密室的走道。

「她把地址放在藥罐上似乎太瘋狂了，不覺得嗎？」蓋諾兒聳聳肩。「誰知道她在想什麼。也許是無心之過。」她伸手拿起第二篇文章。「總之，我還帶了另一份報紙，就是這份報紙認定那個女人是藥師。不僅如此，還是一名藥師殺手。我懷疑第一份報紙出刊後不久……」蓋諾兒的聲音變得小聲。「嗯，這麼說吧，那對她而言是結束的開端。」

我皺起眉頭。「結束的開端？」

蓋諾兒翻到日期為一九七一年二月十二日的第二篇文章。但我沒機會看，因為我放在桌上以防詹姆士打來的手機開始響起。我查看螢幕，發現是他時，心猛地一顫。「嗨——你還好嗎？」

我先聽見的，是他憔悴的呼吸聲。先是緩慢地吸氣，接著是顫抖地吐氣。「卡洛琳。」他說，聲音細得我幾乎聽不見。「我得去醫院一趟。」我手摀住嘴，以為心臟就要停了。「我打過九一一，但打不通。」

我閉上雙眼，依稀記得飯店櫃檯有一本小冊子，上面有英國的緊急電話號碼。但現在我太慌張了，一下子想不起號碼。

我的內心湧上恐慌，一陣眩暈感襲來；整間咖啡廳開始打轉，充斥交談聲和咖啡機的嘶嘶聲。「我馬上過去。」我哽咽地說完，滑下椅子，抓起我的東西。

「我得走了。」我對蓋諾兒說，雙手抖得厲害。「抱歉，剛剛是我老公，他生病了——」我的眼眶頓時淚水滿盈。儘管這幾天我對詹姆士沒什麼好感，現在卻害怕得口乾舌燥；連吞口水都沒辦法。電話裡，詹姆士聽起來連呼吸都有困難。

蓋諾兒一臉擔憂，困惑地看著我。「你的老公？喔，天啊，好，快去吧。可是——」她拿起那兩篇文章遞給我。「拿去吧，這兩張影本是給你的。」

我向她道謝，把紙對折，塞進包包裡。最後，我再次向她致歉，便衝出門外，拔腿往飯店跑，眼淚也終於奪眶而出，從臉頰滑落，這是我抵達倫敦以來第一次哭。

我一進到房間，首先撲鼻而來的是一股惡臭：我之前在他身上聞到的甜膩酸味。嘔吐味。

我把包包扔到地上，不顧滾出來的水瓶和筆記本，直接衝進浴室。我發現詹姆士以胎兒的姿勢側躺著，膝蓋靠在胸前，臉色蒼白，拚命顫抖。他想必在某個時候脫掉了上衣，因為衣服現在皺巴巴地放在門邊，浸滿汗水。今天早上我還受不了看見他沒穿上衣的模樣，如今我卻跪倒在他旁邊，伸手放在他赤裸的肚子上。

他用凹陷無力的眼神看著我，我的喉嚨發出一聲尖叫。他的嘴邊有血。

「詹姆士。」我大喊著說。「喔，天啊——」

就在這時，我往馬桶裡看了一眼。裡面不只是嘔吐物，看起來還像有人在上面潑灑了深紅色的水彩顏料。我跌跌撞撞站起來，跑去打電話，求飯店櫃檯幫忙叫救護車。我掛斷後立刻衝回浴室。唯一確定的是，這不是義大利食物中毒。但我根本沒有任何醫學知識；怎麼今早詹姆士只是輕微咳嗽，現在就吐血命危了？有事不太對勁。

「今天出門後你吃了什麼嗎？」我問他。

他躺在地板上，無力地搖頭。「沒有，我什麼也沒吃。」

「什麼都沒有？連水都沒喝？」或許他喝了不該喝的東西，或者——

「只有你給我的油，但我相信很早就消化掉了。」

我皺眉。「沒什麼好消化的，你就抹在喉嚨上，像你以前做過的那樣。」

詹姆士再次搖頭。「我問你有沒有感冒藥水你說沒有，你有什麼油的。」

我的臉頓時失去血色。「尤加利精油？」

「對，那個。」他呻吟著，用手擦嘴巴。「我像喝感冒藥水那樣喝了。」

瓶子放在水槽旁邊，上面的標籤寫得很清楚：此款精油有毒，只能局部使用，切勿食用。彷彿警告還不夠明顯似的，標籤上還指出，誤食可能會導致癲癇發作或孩童死亡。

「你喝了這個？」我不敢置信地問他，詹姆士點了點頭。「喝了多少？」但他還沒回答，我就把瓶子湊到燈光前。謝天謝地，瓶子不是空的——甚至還有半瓶以上。話雖這麼說，他還是喝了一口？「詹姆士，這有毒！」

他沒有回答，只是把膝蓋抱得更緊，貼近胸口。「我不知道。」他輕聲地喃喃說道。他真是太可憐了。我想爬到他旁邊的地板上向他道歉，雖然我沒有做錯任何事。

突然間，一陣敲門聲，門外傳來一聲叫喊。「我是醫生。」一個低沉的男聲說道。

接下來的幾分鐘迷迷糊糊過去了，醫護人員請我站到一邊，讓他們對詹姆士進行診斷。加上剛出現的兩個飯店經理，房間肯定擠了十個人，一張張憂心忡忡的臉有如旋轉木馬到處打轉。

一位穿著整潔海軍藍制服的年輕女子站在我旁邊——襯衫上繡著倫敦大飯店——她給我端來茶、餅乾，甚至一個三明治托盤。我全部婉拒，仔細聽著濃濃的英國口音在四周你一言我一句，每個人都在努力治療我的丈夫。他們問他一個又一個問題，我只聽得懂一些。

醫護人員從沉重的帆布袋裡取出設備：氧氣面罩、血壓計和聽診器。飯店浴室很快變成一間外傷中心，看到這些設備就像是一記耳光打在我的臉上，我頭一遭開始思考，這對詹姆士來說是否是生死攸關的時刻。不，我搖搖頭，別想。不會的。他們不會讓這種事發生的。

我拋下詹姆士獨自前往我們的「結婚紀念日」之旅時，是有料到會出現情緒動盪，但沒料到是這種情形。現在，即使我心痛未癒，卻發現自己拚命祈禱詹姆士不要死在我面前的浴室地板上。雖然在我得知他有婚外情的幾個小時內，我短暫閃過黑暗的殺人念頭。

不久，詹姆士把他喝下尤加利精油的情況告訴醫護人員，其中一個人像我一樣拿起瓶子查看。「瓶子總共四十毫升，不過量還有一半以上。」醫護人員用權威的語氣說。「這個你喝了多少？」

「只喝了一口。」詹姆士喃喃說話時，有人對著他的眼睛照光。

一名醫護人員對著耳邊的手機重複了這句話。「低血壓，對。嚴重嘔吐。血，對。沒喝酒，沒吃其他藥物。」所有人暫停片刻，我猜是話筒另一端的人正在把資料輸入資料庫，大概是為了確定緊急治療方法。

「你是多久前喝下的？」醫護人員問詹姆士，一邊把氧氣面罩套住他的臉。他聳聳肩，但我從他的眼神中看出來他害怕又困惑，如今連呼吸都很困難。

「兩個半小時、三個小時前左右。」我說。

所有人轉頭看我，彷彿是第一次注意到我在場。

「他喝下的時候，你在他身邊嗎？」我點點頭。

「這瓶精油是你的嗎？」我再次點頭。

「好吧。」醫護人員轉回詹姆士面前。「你要跟我們走一趟。」

「去、去醫院？」詹姆士結結巴巴地說著，在地上微微抬頭。以我對詹姆士的了解，他想抗拒這件事，想奇蹟似地讓自己好起來，堅持他們只要給他幾分鐘，他就會沒事。

「對，去醫院。」醫護人員回答。「雖然現在癲癇發作的風險可能已經過了，但服用後幾小時內，中樞神經受損的現象還是很常見，也不是不可能出現更嚴重的症狀。」醫護人員轉向我。「這個東西，非常危險。」他舉起小瓶子說。「如果你有小孩，我建議你直接丟了。我不是第一次遇到不小心喝下這東西的情形了。」

說得好像我還不夠內疚、忘記自己生不出孩子似的。

「帕斯韋爾先生。」浴室裡，一名醫護人員抓住詹姆士的肩膀。「帕斯韋爾先生，醒醒。」

醫護人員再次說道，語氣焦急。

我衝進浴室，看見詹姆士的頭歪向一側，眼睛往後翻。他失去意識了。我向前傾，想要伸手抓他，卻被一雙大手拉住。

頃刻間，房間出現一陣騷動：無線電傳來難以理解的訊息，急救擔架從走廊推進來時發出刺耳的金屬聲。幾個壯漢把我先生從地板上抬起來，他的手臂垂在身體兩側。我開始啜泣，飯店工作人員踏到走廊上騰出空間；就連他們的表情都充滿恐懼，而身穿海軍藍套裝的女子微微發著抖，緊張地整理制服。訓練有素的醫護人員迅速把詹姆士抬上擔架，走出浴室，房間裡一片肅靜。

他們匆匆推著詹姆士進入走廊，朝電梯的方向離去。不過幾秒鐘，整個房間就空了，只剩下我和一名醫護人員。剛才他正在房間角落靠近窗戶的地方打電話。現在，他跪在桌旁的地板上，拉開一個大帆布包前袋的拉鍊。

「我可以跟他一起上救護車嗎？」我流淚問道，已經走到門口。

「當然，你可以坐我們的車。」這句話給了我一定程度的安慰，儘管他冷酷的語氣讓我有些擔心，而且他似乎不願意直視我的眼睛。就在這時，我突然屏住呼吸。我在醫護人員的包包旁邊看見我的筆記本，攤開在我今天稍早寫的那一頁筆記。「我會把這個一起帶走。」他說著，從地上撿起我的筆記本。「醫院有兩名警員，他們想跟你討論幾件事。」

「員、員警？」我結巴道。「我不明白——」

醫護人員嚴肅地看著我，接著冷靜地指向筆記本頁面最上方我的字跡：

一般藥物的致死量。

25

伊麗莎

一七九一年二月十一日

奈拉本來計畫離開一小時，但她還不到半個鐘頭就回來時，我簡直嚇壞了。這段時間足以讓我找到扭轉厄運的藥水所需的材料，並完成調配，卻不足以讓我收拾殘局，把小藥瓶放回架子上。

一進門，她就看見我骯髒的雙手和兩杯熱茶，但熱茶只是偽裝，就像她教過我的——如果她提前回來，可以給她看的東西。我不想讓她知道我用了她的小藥瓶試魔法，熱茶只是為了騙她。我忍不住覺得自己有點像菲德里克，他也是背著奈拉偷偷調配藥水。但他是打算用藥水來對付她，而我並沒有傷害她的意思。

有事似乎困擾著奈拉，儘管她撞見這團亂，卻沒有想像中那樣生我的氣。她緊張地叫我必須立刻離開，拜託我回安維爾莊園。

不要緊。我大部分的工作都完成了。就在她走進來的幾分鐘前，我把調配好的藥水倒進兩個小藥瓶裡，我在她主要的工作桌上發現那兩個小藥瓶和其他空瓶放在一起。我認為最謹慎的做法是準備兩瓶，免得其中一瓶不小心摔碎。這兩個小藥瓶大概只有四英寸高，除了顏色以外長得一模一樣。一個是柔和的日光色——半透明的淡藍色——另一個是淡淡的粉紅玫瑰色。

我肯定檢查了兩三遍：小藥瓶上只刻了熊的圖案——沒有任何文字。現在瓶子藏在我胸前的衣服裡。

我同意聽她的話離開藥鋪時，奈拉似乎鬆了口氣。但我不打算像她以為的那樣立刻返回安維爾莊園。根據魔法書上所說，藥水必須等上六十六分鐘才會奏效，而我在四分鐘前，也就是一點整，才調製完畢。因為這個原因，我不能返回安維爾莊園。還不能。

我說我會把我製造的髒亂打掃乾淨，但她搖頭，說以目前的情況，做這件事沒有意義。儘管我聽不太懂她這句話是什麼意思，但我把手放上胸口，也是小藥瓶安全擺放的位置。希望不久後，一切都會恢復正常。再過幾週，我的女主人就會從諾里奇回來，我們可以重新在她的起居室一起度過漫長、舒適的日子，完全擺脫安維爾先生的束縛——無論他是哪種形式。

就這樣，我和奈拉兩天內第二次分道揚鑣。我心裡毫不懷疑，過了今天，我就再也見不到她了。她不想讓我待在這裡，無論魔法藥水是否有效，回來都是下下之策。儘管必須跟我的新朋友道別，我還是感到輕鬆——小藥瓶貼在皮膚上很涼爽，充滿了各種可能性——而且我不像上次說再見時那麼傷心了。我沒有哭，但連奈拉也看起來心煩意亂，彷彿她並沒有那麼鐵石心腸。

我們最後一次擁抱時，我看向她身後的時鐘。八分鐘過去了。我把湯姆．佩珀的魔法書塞進衣服的內袋。雖然現在藥水已經調配完成，我不再需要這本書了，但我還是捨不得丟棄他的禮物。我打算在不久的將來回去那間書店。也許我們可以打開這本書，一起試試幾個魔法。想到這裡，我的指尖發麻。

雖然我得再過一個小時才能帶著藥水回安維爾莊園，但我還是往西邊走，因為去安維爾莊園的路上會帶我靠近另一個我很好奇的地方：克拉倫斯的家。雖然我沒興趣接受克拉倫斯夫人的職缺，但克拉倫斯勳爵去世的那個陌生之地激起了我的好奇心。我往聖保羅大教堂壯麗的圓頂走去，最後轉向卡特巷，克拉倫斯夫人的住所。

在我面前有六棟外觀一模一樣的連棟房屋，換成其他日子，我一定不知道哪一棟屬於克拉倫斯家族。但今天的情況並非如此；盡頭的那棟房屋就像蜜蜂的蜜罐一樣擠滿了人，到處飄蕩著不安的交談聲。我直覺知道那就是克拉倫斯的家——而且有事出了差錯。我全身僵硬，不敢靠近。

我站在一排樹籬後方觀察眼前的景象。沒錯，這裡肯定有超過二十個人在跑來跑去，其中一半是穿著深藍色燕尾服的警察。到處不見克拉倫斯夫人的蹤影。我搖搖頭，不明白自己為何如此緊張。昨晚我已經親眼看到克拉倫斯夫人把罐子還給奈拉。她並沒有表現出一絲危機感，當時她最擔心的就是她的貼身侍女突然離職。如果她成了嫌疑犯，她昨晚一定會說。房子裡發生了別的事嗎？

我鼓起勇氣，腦海突然出現一個主意：我要走近那棟房屋，假裝對克拉倫斯夫人的職缺有興趣，也許就可以了解為什麼會有那麼多訪客、這麼多警察。我離開樹籬，若無其事地朝房子走去，假裝不知道有一個人死在那裡，死者喝下的還是我親手調配的毒藥。

幾名男子站在大門附近。我越來越接近前廊時，開始無意間聽到他們低聲、匆忙的談話片段。

「他在起居室——馬上就來——」

「——小藥瓶上的圖案跟女僕提供的蠟印完全吻合——」

我突然滿身大汗，其中一個小藥瓶滑入我的長袍深處。我一步步慢慢走上前廊，想起我來到克拉倫斯家的藉口。無論看到或聽到什麼，我都不能失態。我慢慢接近大門。大家繼續交談，沒人注意到我。

「——有報告指出還有其他相似的死亡事件——」

「——可能是連環殺手——」

我一隻腳不小心絆到另一隻腳，開始往前摔。兩隻手臂及時出現抓住了我，一名左臉頰有疤的警察把我扶回站姿。

「克拉倫斯夫人。」我斷聲說。「我是來找她談談的。」

他皺起眉頭。「談什麼？」

我停下來，腦子裡亂七八糟，想的全是各種草藥、名字和日期，就像奈拉登記簿上的一頁。連環殺手。這幾個字在我的腦海迴盪，彷彿有人在我背後低語。我的眼底閃過一道亮光，我擔心自己會倒在地上，但那個男人仍扶著我。「女僕——」我結結巴巴地說。「我來這裡跟她談談貼身侍女的職缺。」

警察歪頭看我，仍然眉頭緊皺。「貼身侍女昨天才剛離開。克拉倫斯夫人已經發布職缺了嗎？」說完，他回頭往後看，彷彿想要直接詢問女主人。「跟我來。」他說。「她在客廳。」

我們一起進去，警察帶我穿過擁擠的玄關，那裡瀰漫著汗味和口臭味。幾名警察圍成一個圈，好像在討論報紙上的一張照片，但我看不清楚上面的圖案。鍍著黑金漆的邊桌上方有一面大鏡子，映出我眼中的恐懼。我把臉別開，好想逃離這個地方。這裡到處都是氣得面紅耳赤的男人。我根本不該來的。

克拉倫斯夫人和兩名警察坐在客廳。她認出我的那一刻，立刻站起來，舒了一口長氣。「喔，天啊。」她說。「你是為了職缺而來的嗎？來吧，我們去談談——」

其中一名警察舉起手。「克拉倫斯夫人，我們還沒結束。」

「我跟這孩子頂多只會聊個幾分鐘，警官。」她沒有再多說一句，就伸手摟住我，匆匆把我從客廳帶走。她的皮膚感覺濕濕黏黏的；額頭上滲出汗珠。她很快拉我走上樓梯，來到二樓，帶我進入其中一個房間。房間佈置得一塵不染，四柱床整齊得好像從未使用過。一個剛擦得亮晶晶的櫃子反射著窗外的柔和日光。

「一切都糟透了，伊麗莎。」她關上門後低聲說。「你必須立刻回奈拉身邊，叫她快點離開。你們兩人都是，越快越好，她一定會被逮捕處死的——你大概也是。他們不會因為你年紀小就放過你——喔，這一切實在太荒謬了。」

「我不明白。」我嘴唇顫抖地說。「你把罐子還回來了，你也說過一切都很好——」

「喔，但昨晚一切突然都分崩離析了！是這樣，我的貼身侍女昨天離開時，我並不知道她已經向警察透露了很多資訊。她告訴他們，我吩咐她把罐子裡的東西放進杯子裡，然後她交給他們那個罐子的蠟印，上面有小熊和地址。幸好地址還沒被發現，但我怕這只是時間的問題。女僕已經把罐子做成蠟印了，罐子還給奈拉也沒什麼用，不是嗎？那個女僕真可怕，而且多懦弱啊！她夠聰明的話，應該直接偷走罐子交給警察，但我想她可能怕有人突然走進來，發現她把罐子塞進她的衣服裡。」

克拉倫斯夫人在床邊坐下，撫平裙子。「照片連夜印在一張公告上，放進今天早上的報紙裡。不久後，聖詹姆斯廣場的一位紳士立刻找上警方。幾個禮拜前，他成年的兒子意外身亡時——當時他們第一個直覺認為是急性傷寒——他在兒子死去的床底下發現一個小藥瓶。當時他沒有想太多，直到他在報紙上看到這張照片。他發現的小藥瓶上印有一模一樣的熊圖案！」

克拉倫斯夫人停下來喘口氣，無助地看著窗戶。「謝天謝地，那個人的小藥瓶上沒有地址。我只知道這麼多了，伊麗莎，但我聽到警察之間的竊竊私語，說還有另一個人，也許是兩個人，帶著很類似的容器投案。他們發現容器上有相同的小熊圖案，每個人都講到他們的圈子發生了意外死亡事件。誰知道還有多少！現在有傳聞說犯人是連環殺手，大家都急著查明這個模糊難辨的地址。警方已經破解了幾個字母，他們遲早會召集繪製地圖的專家，開始追蹤每一條街。」

她把手滑過我們旁邊一塵不染的梳妝台上，直到指紋留下了一抹油污。「當然，這對我非常重要，」她壓低聲音說。「昨晚深夜，警察當面質問我，聲稱我的女僕說我殺死我的丈夫。我除了否認還能怎麼辦呢？所以現在，這個模糊的地址對警方來說更重要了，因為他們打算跟開出這個藥罐子的人交談，確認是誰購買的。我很高興你來了，不然我現在不可能逃過這些人的目光，把這件事告訴奈拉。她會把我的名字交給他們嗎？喔，快去吧，說服她別這麼做！告訴她必須趕快離開，否則他們會找到她，用盡手段逼她供出秘密的。」

克拉倫斯夫人打了個冷顫，雙手抱住自己。「想想我竟然在她把粉末丟進火裡之後威脅要揭穿她的身分！天啊，結果這一切最後竟對我如此不利。快回去，否則到了晚上我們會發現我們的脖子全套上了繩索。」

我沒有其他問題了。我不想知道客廳裡那個拿著同款小藥瓶的男人是誰，或那個騙人的貼身侍女跑到哪裡去，也不想知道可憐的克拉倫斯勳爵是否已經長眠地底。我該知道的事都知道了：現在糾纏我的不只是安維爾先生的鬼魂了。我以為我犯錯所蒙上的陰影在幾個小時前已經消失，但現在又捲土重來。我必須立刻趕去奈拉家。只不過——

「現在幾點了？」我問。如今，扭轉厄運的藥水比以往任何時候都重要。沒有其他辦法可以把我和奈拉從困境中拯救出來了。

克拉倫斯夫人驚訝地看著我。「走廊上有個時鐘。」她說。但我們走出房間時，我沮喪地吐了一口氣。時鐘顯示現在還不到一點半；從我把小藥瓶擰上瓶塞至今，才過了二十八分鐘。

我推開玄關裡那些穿制服的人，跑出門外。幾個人看著我離開時，我無意中聽到克拉倫斯夫人告訴他們，她拒絕提供我職缺。我一直到了迪恩路才敢回頭看，見到沒人跟上來，我鬆了一口氣。為了萬無一失，我選擇一條複雜曲折的路線回到藥鋪。我抵達後巷三號時，立刻推開儲藏室的門，我甚至沒有給奈拉敲敲櫥櫃門的禮貌。反之，我伸向隱藏門桿，把門拉開。

奈拉站在桌邊，登記簿放在面前。她翻到了中間，身體彎在桌上，彷彿準備讀很久以前的一頁條目。我突然闖進來時，她抬頭看我。

「奈拉，我們得趕快離開。」我喊道。「發生不好的事了。克拉倫斯夫人的女僕，她告訴警察——」

「你看見報紙了。」奈拉打斷我的話。她的聲音好沙啞，我不禁懷疑她是不是服用了大量的鴉片酊。「女僕給了他們蠟印。我都知道。」

我回望著她，一臉震驚。她已經知道了？她為什麼還不離開？

我看向門邊的時鐘。三十七分鐘過去了。我衝到桌子上方的架子前，上面的東西我現在已經很熟悉了，我拿下裝滿一顆顆呈淚滴狀乳香樹脂的罐子。我之前見過奈拉在揉完她腫脹的手指後服用過一次。

「還有其他事。」我說。「我邊說你邊吃點這個吧。」我解釋我經過克拉倫斯家，從女主人口中聽到這一切。報紙印完後，又有另一個人——可能是兩個、三個或更多人——拿著刻有同一隻熊圖案的小藥瓶向警方投案。所有的小藥瓶都是在某個意外身亡事件後的幾天或幾週內被發現的，現在警方認為這些小藥瓶可能與一個連環殺手有關。

「這我倒沒聽說過。」奈拉臉色平靜地說。她瘋了嗎？難道她不明白情勢有多緊迫，不明白這一切代表什麼嗎？就在幾分鐘前，她還告訴我要抓緊時間趕快離開；她自己為什麼不這麼做呢？

「奈拉，聽我說。」我懇求道。「你不能待在這裡。記得你幫我抓斑蝥蟲的那一晚嗎？你不知怎地找回了你的力氣。現在也這麼做吧，拜託！」說完，我突然想到一個主意。「我們可以先去安維爾莊園避風頭，再決定下一步該怎麼做。那裡很完美。沒有人會去打擾我們。」只要奈拉和我在一起，我覺得我可以忍受待在莊園，等待藥水完成。她離我那麼近，安維爾先生的鬼靈不會傷害我的，對吧？

「放輕鬆，孩子。」奈拉回答，抓起一把樹脂藥丸放進嘴裡。「我沒打算留在這裡。」她把那罐乳香樹脂推到一邊。「我知道我要去哪裡，我也正打算離開。但你千萬不能跟著我，我要自己去。」

如果我的同意是她所需要的，那我成全她。我對她微微一笑，幫她穿上外套。就在這時，我想起不過一個禮拜前，我才第一次來到這家店。短短幾天就發生那麼多事，而且沒有一件好事。我記得坐在她對面的椅子上，猶豫要不要喝下纈草茶，而安維爾先生和克拉倫斯勳爵仍然活著，對攤在他們面前的計畫一無所知。我也記得我第二次的來訪——因為毒蛋成功了而興高采烈，卻又因為肚子流血、痛得挺不直身子，而備受困擾。

突然間，一段回憶湧上心頭。「奈拉，當初我們抓完斑蝥蟲後，你跟我提到菲德里克的事，你說如果你能再次流血，可能早就停止這麼做了。」

奈拉猛地別開臉，彷彿我的問題像一記耳光打在她的臉上。「對。」她咬著牙說。「也許我會的。但你年紀太小，不明白我的意思，你就把我說過的話忘了吧。」

「我多大才會明白？」

「這沒有確切的年紀。」她說著，檢查她外套上的鈕釦。「你的子宮準備好懷寶寶的時候，就會開始流血，每個月一次，當月亮劃過天空時。這是一個進入成年期的過程，孩子。」

我皺起眉頭。當月亮劃過天空時。我開始流血那天，也就是我們殺死安維爾夫人丈夫的那晚，她不是也說過類似的話嗎？「血會流多久？」我問。

奈拉瞇起眼睛，奇怪地看著我，似乎在重新審視我。「三、四天，有時候更久。」她壓低音量。「你母親或安維爾夫人沒有跟你說過這些事嗎？」

我搖頭。

「你現在正在流血嗎？孩子。」她問。

我突然尷尬地說：「沒有，但前幾天有。我痛得不得了——我的肚子絞痛，感覺脹脹的。」

「這是第一次嗎？」

我點頭。「事情發生在安維爾先生過世後不久。我擔心這是他對我——」

奈拉舉起手，對我溫柔一笑。「這純粹只是巧合，孩子。你很幸運，比我幸運得多。我只希望你早點告訴我。我本來可以調配一些東西來緩解經痛。」

我也希望我能早點告訴她。安維爾先生死去至今，我第一次允許自己考慮另一種可能性：流血可能不是他的邪惡靈魂控制了我。這會不會只是奈拉剛剛說的每月一次出血？進入成年期的過程？我從來沒有把自己當作一個女人——只是一個孩子，一個女生。

我真希望能繼續思考，但已經沒有時間了。我們早就應該離開。

奈拉的登記簿仍攤開放在桌上，我低頭看了一眼。她把頁面翻到了距今二十多年前的一七七〇年代。頁面嚴重受損；側面沾滿了像酒一樣的深紅色污漬。

為什麼奈拉要翻回這個舊條目？也許她想翻開自己的人生篇章，回憶一切開始前的日子。寫下這一頁時，奈拉的心尚未受傷。她的關節尚未腫脹僵硬。做母親的機會尚未被奪走，她的母親也尚未離開她身邊。也許她重溫這個條目是因為她想記住這些事情：她曾經做過的高尚工作，她本來可以成為的藥師，她母親希望她蛻變而成的賢慧女性。

這一切，在被菲德里克狠狠背叛後全拋到一旁。

奈拉發現我在看，啪一聲把書闔上，帶我們走到門口，從此分道揚鑣。

26

卡洛琳

現代，星期三

我在聖巴塞洛繆醫院三樓一間沒有窗戶的昏暗房間裡，坐在兩名男警對面，筆記本放在我們之間。房間的空氣不流通，瀰漫著防腐劑和地板清潔劑的氣味，令人作嘔，日光燈在我們頭頂上嗡嗡作響，不停閃爍。

高級警員把我的筆記本轉向他，用手指敲打那行罪證確鑿的文字：一般藥物的致死量。我做好心理準備，只怕他會在我匆忙寫下的筆記裡看到其他內容。老天啊，我可是在砒霜兩個字前面加了星號。

我急著想去找被人推過長廊帶往加護病房的詹姆士。但直覺告訴我這不明智；在我抵達長廊之前，坐在我面前這名滿臉鬍碴的警員就會給我戴上手銬。離開不是選項。

突然間，我有很多事需要解釋。

我屏住呼吸，祈禱警員沒有再往下看。如果他看了，我該如何告訴他真相呢？我該從哪裡講起？我應該從我那出軌的丈夫意外抵達倫敦開始，還是從我闖進一個連環殺手的藥店開始，還是從我在化妝包裡放尤加利精油的原因開始？每種情況都對我不利；每種解釋聽起來不是太難以置信，就是太過巧合。

我對這些事的說法恐怕只是弊大於利；我傷心欲絕，無法好好思考，更別提說出連貫的句子了。但考慮到詹姆士不久前的狀況，時間至關重要。我必須找個辦法脫身，而且要快。

二級警員離開房間去接電話時，高級警員清了清嗓子，對我說話。「帕斯韋爾太太，願意解釋一下筆記本上的內容嗎？」

我強迫自己集中精神。「這些筆記是關於一項歷史研究專案。」我堅稱。「沒什麼。」

「歷史研究專案？」他靠在椅子上，張開雙腿，毫不掩飾臉上疑惑的表情。我強忍突然想吐的衝動。

「對，是關於一個未解之謎。」起碼這部分是實話。我突然意識到，或許我不需要把真相全盤托出——也許部分事實就足以讓我脫困。「我大學是主修歷史的。我去過大英圖書館兩次，調查一名幾百年前殺過人的藥師。筆記本裡寫著關於她那些毒藥的研究筆記，僅此而已。」

「嗯。」他沉思著，把一條腿放到另一條腿上。「故事聽起來很合理。」

這正是我擔心的。我目瞪口呆地看著他，強忍想要舉起雙手說：好吧，混蛋，跟我來，我給你看一些東西的衝動。他從口袋裡掏出一本筆記本和一支鉛筆，草草寫起字來，有些字他還在底下劃上粗線。「你什麼時候開始這項研究的？」他頭也不抬地問道。

「就在幾天前。」

「你從哪裡過來的？」

「美國俄亥俄州。」

「你以前被起訴過嗎？」

我難以置信地攤開雙手。「從來沒有，沒有。」我的頸背開始發癢。至少還沒有就是了。

就在這時，二級警員回到房間。他靠在牆上，靴子在地上踏啊踏。「我們知道你和你先生最近有點……狀況。」

我張大嘴巴。「是誰——」但我克制住我的聲音；我對這些人越是防備，處境就越糟糕。「是誰跟你說的？」我故作鎮定地問道。

「你丈夫一直睡睡醒醒的；護士長——」

「所以他沒事了嗎？」我克制自己不要從椅子上跳起來，衝向門口。

「護士長，」警員重新說。「在幫他打點滴時，開始問他一些問題。」

我的臉湧上一股燥熱。詹姆士告訴護理師我們的婚姻出狀況？他想害我被逮捕嗎？

但我提醒自己：就我所知，詹姆士並不知道我現在所處的困境。除非警方告訴他我正在接受審訊，否則他不會知道事情出現可怕的轉折，導致我必須面對這些警員。

資深警員用鉛筆敲著桌面，等我對詹姆士的說法做出回應。為了改善我的處境，我考慮否認，堅稱詹姆士對我們的婚姻關係說了謊。但如果我指責詹姆士是騙子，那豈不是更糟？警方應該比較相信在急診室裡的病人，而不是這個持有可疑筆記本的健康妻子——所以如果詹姆士告訴他們我們的婚姻遇到瓶頸的話，我無法否認。現實情況對我越來越不利，嚴峻得有如牢房的鐵條。也許是時候考慮請個律師了。

「是的。」我妥協了，準備拿出我唯一的防線：詹姆士的婚外情。對他來說滿倒霉的，正當我準備消化這已然的事實時，卻發現自己想用來對付他。「我上禮拜發現他——」但我說到一半打住。告訴這兩個男人詹姆士背著我偷吃是沒用的。我確定這不但不會讓他們對他反感，反而只會讓我看起來有報復心，甚至情緒不穩定。

「上禮拜我和詹姆士了解到我們有些事需要解決。我來倫敦是為了離開幾天。我本來打算獨自待在這裡的。你們可以打電話給飯店問問櫃檯，我是自己一個人辦入房的。」我坐直身子，看著二級警員的眼睛。「詹姆士幾乎是毫無預警突然出現在倫敦的。去問護理師。詹姆士不能否認這一點。」

兩名警員謹慎地互看一眼。

「我們直接在警局結束這次的談話吧。」我對面的警員說著，往門口看了一眼。「我感覺你有些事情沒有告訴我們。也許我們的警佐運氣會好一點。」

我的腸胃一糾；一股酸味湧上我的嘴。「我——」我說著停下來喘口氣。「我被逮捕了嗎？」

我無助地環顧四周尋找垃圾桶，以防我吐出來。

二級警員把手放在腰間，靠近懸掛的手銬。「那跟你有婚姻問題的丈夫，正在走廊的另一頭，因為喝下你給他的有毒物質，為自己的性命奮鬥。而你在你所謂的『研究筆記』提到了一般藥物的『致命量』。」他一邊強調最後三個字，一邊解開腰間的手銬。「那些是你寫下的話，帕斯韋爾太太，不是我。」

27

奈拉

一七九一年二月十一日

如果我只是暫時離開藥鋪，我會把手伸進櫥櫃裡，拿出一些我想留住的、有紀念價值的物品，從我母親的櫥櫃開始，然後是側邊的牆壁。

但死亡是永恆的。那我需要什麼塵世的物品呢？

當然，我不能把這件事告訴伊麗莎。託乳香的福，我的體力暫時恢復了。她幫我穿上外套後，我們一起站在門口，準備離開，我硬是擺出危機過後我會回到這個地方的模樣。

我的視線落在伊麗莎初次來訪時在煤灰上畫的俐落線條，以及藏在煤灰底下那顆乾淨無瑕的石頭上。我一下子屏住呼吸。這孩子到來的那一刻起，她就開始不知不覺地掀開我的面紗，揭露我內心的某些東西。

「你沒有什麼想拿走的嗎？你的書？」她指向桌子中央、我剛剛闔上的那本登記簿。裡面記錄著我多年來使用過的數千種藥物，從無害的薰衣草一直到有毒的含砷甜點。但更重要的是記錄在裡面的女性名字。我可以打開書中任何一頁，輕鬆回想起裡面每個女人的記憶，無論是她們罹患的疾病、遭受的背叛或長過的膿瘡。

這本書見證了我這輩子的工作成果：我幫助過的人和我傷害過的人，用了什麼酊劑、膏藥或藥水，以及用多少劑量、何時調配的，又是為誰而做。把登記簿帶走才是明智的做法，這樣秘密就可以和我一起沉入泰晤士河底；文字會糊掉，頁面會溶解，有關這個地方的真相也會被摧毀。這樣一來，我就可以保護登記簿裡的女人了。

然而，保護她們也等同於消滅她們。

這些女人不是女王，也不是巨額財富的女繼承人。她們只是一般女性，名字不會出現在鍍金的族譜圖裡。我母親的成就體現在熬煮緩解疾病的藥劑上，但也包含將這些女性的記憶保存在登記簿中——賦予她們在世界上獨一無二、不可磨滅的印記。

不，我不會這麼做。我不會消滅這些女人，就像我輕易把第一批斑蝥蟲粉消滅掉那樣。即使歷史忽略了這些女性，但我不會。

「不了。」最後我說。「登記簿在這裡會很安全。他們找不到這個地方的，孩子。沒人找得到這個地方。」

幾分鐘過後，我們站在儲藏室。通往藥鋪的密室門已經關上，門桿也拴住了。我把手放在伊麗莎的頭頂上，她的頭髮柔順溫暖地貼著我的手指。我很慶幸乳香不僅麻痺了我的骨頭，也緩和了我內心的焦慮。我沒有氣喘吁吁，沒有孤苦伶仃，也沒有帶著一絲恐懼等待湍急的水流。

在生命最後的幾分鐘，能得到我架子上其中一個小藥瓶的幫助，可謂恰如其分。無論生死，我都依賴裝在那些玻璃瓶中的藥物緩解自己的症狀，於是，我想起更多美好的回憶而不是痛苦的回憶：誕生的嬰孩多過被害人，出生之血多過死亡之血。

但在這個決定性的時刻，帶給我安慰的不只乳香，還有小伊麗莎的陪伴。雖然事實上是她的失誤給我們帶來了這一切，但我選擇不對她懷有惡意。相反的，我只對克拉倫斯夫人把信留給我的那一天感到遺憾。確實，若不是她的名氣和她那詭計多端的貼身侍女，我也不會陷入現在的困境。

然而，現在再回頭看是沒用的。面對這次艱難的道別，以及不久後我就要離世，幸好有伊麗莎的好奇心和青春活力成了我心頭上的一帖良藥。我從未見過我的親生女兒，但我猜她應該很像站在我身邊的這個女孩。我摟住伊麗莎的肩膀，把她拉近我。

我回頭看了最後一眼，帶著伊麗莎走出儲藏室的門。一走進小巷，冷空氣立刻襲來，接著我們開始往前走。「從這裡——」我指著熊巷通往大街的方向。「——你繼續往安維爾莊園走，或你想去的任何地方，我走我的路。」

我從餘光看見伊麗莎點了點頭。我湊近她，當作最後無形的告別。

才走不到二十步，我就看見他們了：三名穿著深藍色外套的警員，臉色嚴峻地筆直走向我們。其中一人手裡拿著一根警棍，似乎很懼怕那條暗巷，我隱約看見他的左臉頰有一道疤痕。

伊麗莎想必同時看到了那兩個人——因為我們沒有說話，也沒有交換眼神，就開始奔跑起來。我們同時下意識地往南，朝河邊前進，遠離他們，彼此急促的呼吸聲和諧一致。

28

卡洛琳

現代，星期三

警員解開腰間的手銬時，小房間的某處響起了手機鈴聲。我一動也不動，等待其中一名警員接起電話，接著我模糊的腦袋突然清醒過來；鈴聲是從我的手機傳來的。

「這可能跟詹姆士有關。」我說著，手立刻伸向包包，不在乎警員是否會在我接起電話前給我戴上手銬。「拜託，讓我接這通電話。」我把話筒湊到耳邊，準備聽見最壞的消息。「喂？」

話筒另一端傳來一個無憂無慮的愉快嗓音。「卡洛琳，嘿，是我，蓋諾兒。我只是打電話來問候一下。你老公還好嗎？」

天啊，她人真體貼。如果時機沒那麼糟就好了。資深警員密切地看著我，輕輕把腳蹺在膝蓋上。「嗨，蓋諾兒。」我生硬地回答。「一切都很好，我有——」我突然噤聲，意識到我的每句話都被嚴密監控著，甚至可能被記錄下來。「我現在正在處理一件事，但我保證會盡快回電給你。」

我凝視著離我最近的警員，已經拿出手銬、準備就緒的那一個。我的視線落在他左邊腰間的徽章上：象徵地位和權威的標誌。突然，房間彷彿湧入一股新鮮空氣，我意識到蓋諾兒在圖書館的職位可能對我有利。

「老實說，蓋諾兒……」我把話筒進一步湊近耳朵。「……有件事或許你可以幫幫我。」

「當然，沒問題。」她說。「你儘管說。」

「我現在人在聖巴塞洛繆醫院。」我告訴她，引來兩名警員的側目。

「醫院？你還好嗎？」

「嗯，我沒事。我在三樓，靠近加護病房的地方。你能過來一下嗎？這件事說來話長，我會盡量解釋給你聽。」

「好。」她說。「我幾分鐘後過去。」

我如釋重負地放鬆肩膀。「電話裡的女生是我的同事和朋友。」我掛斷電話後告訴警員。「她在大英圖書館工作，一直在協助我的研究。不管你是否決定逮捕我，我希望你先聽聽她要說什麼。」

兩名警員互看一眼，坐在我對面的警員又在他的本子上寫下筆記。幾分鐘過後，他查看手錶，一邊用三根手指敲打桌面。

這是最後一招了。蓋諾兒不知道我闖入藥鋪，也不知道我拍了登記簿的照片，而且我們一起做研究的時候，從未對鴉片、菸草或砒霜等東西做過筆記。我祈禱警方不會把筆記本拿給她看，但我必須接受有此風險。我寧願對蓋諾兒坦白，也不要為了我沒做的事情遭到逮捕。

總算，一名警員在等候區找到蓋諾兒。她走進小房間，臉上帶著驚恐的表情，大概以為警方的出現意味著詹姆士發生了憾事。見她如此慌張並非我的本意，但事到如今，我不可能跟她私下解釋了。

「嗨。」她見到我說。「發生什麼事？你還好嗎？你老公沒事吧？」

「你何不先坐下來。」資深警員說。

他指向一張空椅，於是蓋諾兒坐了下去，緊緊把包包抓在身邊。她的目光落在我的筆記本上，但筆記本離桌子太遠，我認為她不太可能讀得到筆記本上的內容。

「我們正準備把帕斯韋爾太太帶到警局進一步審問。」警員解釋道。「是關於今天稍早她先生喝下的有毒物質，我們在她的筆記本找到一些異常筆記，可能與她先生的意外有關。」

我搖搖頭，有蓋諾兒坐在我身邊，讓我多了一點勇氣。「不，我說過了，這之間沒有關聯。」

蓋諾兒的手朝我移動，彷彿要伸過來握住我的手——我不確定是為了安慰她，還是為了安慰我。

警員往蓋諾兒的方向傾身，帶著菸味的溫熱氣息飄過桌面。「帕斯韋爾太太說你可以跟我們澄清一些事情。」聽到這裡，蓋諾兒的神情突然轉變；剛才她似乎還很同情我，現在卻防備地肩膀僵硬。「據說你在大英圖書館工作？」

蓋諾兒的目光瞥向我。「這跟我的工作有什麼關係？」

我頓時後悔得喉頭哽咽。我之所以請蓋諾兒來醫院是因為我需要幫助——我需要救援。如今我才意識到當中的愚蠢；我把別人拖進了我的爛攤子。天啊，蓋諾兒千萬不能以為這是我把她拽進的陷阱。她沒有做錯任何事，但現在我被兩名警員盤問時，我卻讓她坐在我旁邊。

我深吸一口氣。「他們不相信我一直在研究一名藥師。這就是為什麼我告訴他們你在圖書館工作。」說完，我轉向資深警員。「我去過圖書館兩次。我瀏覽過很多份地圖，我查過線上的……」我刻意說*我*而不是*我們*，因為我不打算把蓋諾兒扯進來——我要盡量在她和我的麻煩之間保持距離。

牆上的時鐘滴答作響，又一分鐘過去了，我吐了一口氣。詹姆士為自己性命而戰的同時，我又多花了一分鐘在這裡，試圖解釋自己的行為。「這兩位警員似乎認為是我害我丈夫生病的。」我對蓋諾兒說。「他今天感冒了，我建議他用一點尤加利精油。他本來應該把精油擦在胸口上，結果他卻喝了下去。不幸的是，精油有劇毒。」我小心翼翼地看一眼我的筆記本，恨不得它能消失在稀薄的空氣中——就許多方面來說，我真希望我沒有找到那個小藥瓶，或得知藥師的存在。

我把手放在面前的桌子上，準備告訴蓋諾兒我需要她做什麼。「醫護人員發現我的研究筆記後報了警。能不能請你向這些人保證你確實在圖書館工作，而且我已經為了研究藥師去過兩次了？告訴他們這不是我隨便編的謊言？」

有那麼一會兒，蓋諾兒的反應讓我放下心。我看著警員詳細敘述著事情的經過，看著她慢慢理解這一切有多巧，時機又有多糟。我們所有人等著蓋諾兒開口說話，頭頂上的日光燈持續閃個不停。說不定她不會詢問研究筆記的內容，甚至連筆記本都不讀，就會挺身為我辯護。這樣一來，我就不用向她解釋我的疏忽了。

蓋諾兒吸口氣準備開口，但她還來不及說話，我們對面的警員就把手放上我的筆記本，然後——令我驚恐的是——轉過來面向她。

我想衝到桌子對面，把筆記本丟到一邊，然後掐死他。他知道蓋諾兒差點要站出來為我辯護；他和我一樣看得很清楚，而且他把最後一招留到了最後一刻。

事到如今，我已經別無他法，只能逆來順受。我仔細看著蓋諾兒的眼睛在筆記本上左右掃視。一切都結束了：真相終於大白。那些從藥師登記簿上抄下來的毒藥名稱；草草寫在頁面邊緣的陌生日期和名字，我和蓋諾兒一起在圖書館時都沒有研究這些內容；以及，想當然耳，就是那行罪證確鑿的文字：一般藥物的致死量。

我知道，這是我們友誼結束的開端。蓋諾兒會否認她幫我做到這種程度的研究；任何理智的人都會否認。她困惑的態度只會讓警方進一步對我的說法產生懷疑，對我來說一切就結束了。我一動不動地坐著，等待冰冷堅硬的手銬很快銬上我的手腕。

蓋諾兒顫抖著深吸一口氣，目不轉睛地看著我，彷彿想用眼神傳達什麼。我的眼眶一下子盈滿淚水，我懊悔得好想快點被銬上手銬帶走。我想離開這該死的房間，遠離這些警員和新朋友失望的表情。

蓋諾兒把手伸進包包。「是的，我可以證實這些研究。」她拿出錢包，抽出一張卡片。她把卡片遞給一名警員說：「這是我的員工證。我可以證實卡洛琳這幾天為了研究藥師拜訪過圖書館兩次，如果調查有需要的話，我可以去調監視器片段。」

我簡直不敢相信。蓋諾兒明知道我有事瞞著她，卻還是挺身而出為我說話。我目瞪口呆地看著她，身體癱軟在椅子上。但我還無法提供解釋，甚至無法說聲謝謝。這本身就顯得可疑。

坐在桌前的警員用拇指摸著蓋諾兒的員工證，彷彿在檢查證件的有效期限和真實性。他滿意地往桌上一扔，證件沿著桌面滑了幾英寸。這時，他的口袋有東西嗡嗡作響，他拿出一支手機。

「是？」他對著手機簡潔地說。我聽見話筒那頭傳來一個微弱的女聲，警員的臉色變得嚴肅起來。他掛斷電話後，我做好準備迎接消息。「帕斯韋爾先生想見你。」他從椅子上站起來說。「我們會帶你到他的病房。」

「他、他還好嗎？」我結結巴巴地說。

蓋諾兒再次握住我的手，輕輕捏了一下。

「我還不敢這麼說。」警員回答道。「但至少他已經完全清醒了。」

蓋諾兒留在原來的房間，兩名警員把我帶了出去，其中一人把手放在我的腰上。我僵住身子，說道：「我自己可以找到詹姆士的病房，謝謝。」

他咧嘴一笑。「想得美，我們還沒結束呢。」

我停下腳步。這句話沒有減輕我可能即將被捕的擔憂。護理師在電話裡跟警員說了什麼？不管是什麼，他覺得他有必要陪我過去。

我們沿著醫院走廊往前走，四下一片寂靜，只有警員沉重的腳步聲，我的情緒也仍然低落。詹姆士的病房就在前方，我懷著恐懼的心情等待他要對我——及我左右兩旁的警員——說什麼話。

29

伊麗莎

一七九一年二月十一日

出了巷子沒多久，我的雙腿就開始燃燒，左腳開始起水泡，每走一步，腫脹的皮膚就摩擦著我的破鞋。我大口喘氣，一陣椎心刺骨的劇痛讓我緊緊抓住胸口。我全身上下都在求我停下來、停下來。

警方現在距離我們只剩二十步，也許更少。他們是怎麼找到我們的？難道他們從克拉倫斯夫人的家開始跟蹤我嗎？即便我選了一條複雜又蜿蜒的路線？他們只有兩個人；第三名警員想必是留守在後，或者他根本跟不上。他們有如一對豺狼追趕我們，而我們就是兔子——他們的晚餐。

破狼草現在在哪裡？

但我們仍然趕在他們前面。我們沒有穿著掛滿鐵環的制服，也沒有頂著裝滿啤酒的肚子。即使奈拉狀態虛弱，速度還是比警員快。他們追趕我們的同時，距離也越拉越大，三步、五步，甚至到六步。

出於被追捕的本能，我突然向左一個急轉彎，跑進一條小巷，一邊示意奈拉跟上來。我們一直跑到巷尾——警員來不及追上來看見我們去了哪裡——然後發現自己來到一條通往另一條小巷的鵝卵石步道上。我抓住奈拉的手，把她往前拉。她被這麼一拉，痛得皺眉，但我置之不理。我的心已經被恐懼佔領，容不下憐憫。

我多想回頭看看我們身後，看看警員是不是已經轉進小巷追上我們，但我忍住了。前進、前進。一陣刺痛感爬過我的鎖骨，但我沒有慢下步伐。我低頭一看，以為會看見一隻蜜蜂或其他會咬人的昆蟲。結果原來是其中一個小藥瓶在我奔跑時不舒服地壓在我身上，彷彿它得提醒我時間過得太慢了，服用藥水的時間還沒到。

我看見正前方的馬車房後面，有一座馬廄：那裡漆黑，隱蔽，幾個乾草堆形成了一塊比我高兩倍的巨石。我筆直朝馬廄跑去，一邊催促奈拉跟上，但她吃力的表情告訴我她真的很痛苦。一分鐘前她的臉還漲得通紅，現在已經變得蒼白。

我和奈拉經過馬車房，穿過一扇通往馬廄的木門。馬廄中間有一匹馬。我們靠近時，牠緊張得呼了口氣，彷彿感應到危險。我們走到馬廄最左邊，勉強藏在馬車房的後面。

來到這裡，我和奈拉終於癱倒在地。這附近大多被鬆散的乾草覆蓋。躺在馬廄裡感覺像回到了斯溫頓，以前我常常在馬廄睡著，沒有幹活兒。我避開了靠近中間有一堆馬糞的地方，但奈拉沒有特別注意她坐的位置。

「你還好嗎？」我上氣不接下氣地問。

她無力地點點頭。

我蹲下來，想在牆上找個可以向外窺視的缺口，結果發現一個硬幣大小的洞，但離地面太近，我不得不把一堆髒兮兮的乾草踢到一邊，趴在地上。我從洞口往外看，沒發現任何異常，不禁鬆了口氣。沒有警員在搜查附近，沒有警犬在嗅找陌生人的氣味，甚至不見馬夫在幹活兒。

但我並沒有天真的以為我們已經安全了，仍在潮濕的地面上堅守崗位。接下來的幾分鐘，我時而深呼吸喘口氣，時而檢查洞口看看是否有任何動靜，時而瞥一眼奈拉的情況。她動也不動，從我們離開藥鋪後就沒有和我說過一句話。

我趴在那裡，看著她緩慢呼吸，以及拂去臉上凌亂捲髮的模樣，頓時想起把我們帶來這個地方的那一刻，我們抓完斑蝥蟲後睡在另一個馬廄的夜晚。那天晚上，奈拉向我傾吐很多：她對菲德里克的愛、他對她的背叛，以及促使她下毒殺害兄弟、丈夫、主人和兒子，過起這種生活的種種原因。

我再次向外看，一股動靜引起我的注意。洞口很小，我只能努力在狹窄的視野中移動眼睛，但效益不大。我靜靜等著，心臟在胸口怦怦作響。

「他們還是有可能找到我們，伊麗莎。」我身後傳來沙啞的低語。奈拉緊張的聲音讓我皺眉。「如果被他們找到了，你一定要說你不認識我。你一定要否認你有進過我的藥鋪，你明白嗎？這不是你該面對的。就說我威脅你，逼你進入這間馬廄，然後——」

「噓。」我讓她安靜下來。天啊，她看起來很虛弱——樹脂藥丸正在快速失效。靠近馬車房的前方，已經聚集了一小群人。我無法認出在場的每個人，但有幾個年輕人正在興高采烈地交談，一邊揮手，指著我們屏息靜待的馬廄邊緣。因為趴著的關係，我的手臂承受了大部分的重量，如今開始顫抖，但放開手的話，就沒辦法繼續盯著洞口。

這些人只要一檢查馬廄，就會在幾秒鐘內找到我們。我看向馬廄後方；牆壁大約有一米半高，我有信心可以爬上去，並在必要時翻牆逃走。雖然奈拉的臉稍微恢復血色，但我對她沒那麼有信心。我願意的話，現在就可以逃跑，讓她一個人被抓。但是我把她捲入這件事，我現在必須努力糾正我的錯誤。

「奈拉。」我壓低聲音對她說。「我們必須翻過那裡的後牆逃出去。你有力氣嗎？」她二話不說，開始把自己從地上撐起來。「等等。」我說。「蹲低。馬車房旁邊有人。」

她一定是沒有聽到我說話，因為她開始往牆上爬。我還來不及阻止她，她就撐起自己翻過牆面，從另一側倒下，接著開始使盡全力奔跑。

我聽到一個男人在我們身後大叫，立刻對奈拉的魯莽行為感到憤怒，因為她引起了那些人的注意。我頭也不回地輕鬆翻過牆壁，兩腳著地後，追上已經領先我幾步的奈拉。她沿著兩棟房子之間的一條小徑匆匆向南走去，一路上一瘸一拐。我看見前方閃閃發亮、沁涼漆黑的泰晤士河。她頭也不回地朝那裡而去。

跟我幾分鐘前拉著走的時候不同，現在奈拉身上似乎湧上新的力量，湧上某種原始的恐懼，跟隨在她後面的人變成了我。我們離河水越來越近，就在這時，她轉向水街，我相信她打算前往黑衣修士橋。

「不！」她沿著一棟建築物邊緣的陰影往前走，我對她大叫道。「我們會被人看見的！」我沒有時間解釋我的邏輯，但那些警員就在我們身後不遠處，我知道如果我們繼續躲在暗巷，逃跑的機會最大。也許我們可以找到一扇沒有上鎖的門躲進去；倫敦夠大，足以幫助許多罪犯逃跑，奈拉一生都在保密，她應該知之甚詳。「奈拉。」我說著，身體一側突然抽筋。「那裡太空曠了，就像登上舞台一樣。」

她無視我，走近黑衣修士橋，橋上擠滿了孩子、家庭和手牽手散步的情侶。奈拉是瘋了嗎？萬一有個英勇的人看見警方在追我們，肯定會出面阻止，用他的力量壓制我們。奈拉沒有想到這些嗎？她一直跑啊跑，自始至終沒有回頭。

她打算要去哪裡？她打算做什麼？

橋中央附近，有一座鐘樓吸引了我的注意。我瞇起眼睛，看著時針的尖端；現在時間是兩點十分。七十分鐘！時間足夠了；藥水已經準備就緒。

我回頭一看，果然，警員已經跟隨我們上橋。我把手伸進長袍的胸衣裡，緊緊握住靠近胸口的兩個光滑小藥瓶。我準備了兩個，防止其中一個從衣服滑落，但我之所以意識到這個決定是明智的，還有另一個原因：現在我和奈拉都同時陷入了絕境。

我從長袍裡小心翼翼地拿出第一個小藥瓶時，沒有發現奈拉已經在橋中央停下腳步，胸口上下起伏，雙手放在欄杆上。我放慢速度，在她身後只有幾英寸的距離。十幾個身穿黑灰色衣服的人在我們周圍走來走去，毫不知情。

抓捕迫在眉睫。我估計那些警員大概再十五秒、也許二十秒就會追上我們。

我打開淡藍色小藥瓶的塞子。「服下這個。」我懇求著，把小藥瓶交給奈拉。「這可以解決一切。」我希望魔法能讓她對警員說出明智的話，或在她的舌頭上編造謊言；任何一種強大的魔法都行，例如讓嬰兒時期的湯姆．佩珀恢復呼吸的魔法。

奈拉看著我手裡的東西。她見到小藥瓶，沒有一絲驚訝。也許她早就料到當初她去市場時，我沒有真的在煮熱茶；也許她一直都知道那只是一種偽裝。

她的肩膀劇烈顫抖著。「我們必須分道揚鑣了。」她說。「走進人群中，小伊麗莎，融入他們。快跑。」她輕聲說。「讓那些警員跟我進到河裡。」

進到河裡？

從剛剛開始，我一直納悶她為什麼要往泰晤士河的方向走。但我怎麼會沒看出來呢？我現在完全明白她打算做什麼了。

那些警員越來越近，在我們周圍的群眾之中掙扎前行，把他們推到一邊。其中一個男人非常靠近，再幾秒鐘就來到我們身邊；我可以看見他乾裂的嘴唇和左臉頰上憤怒的傷疤，我立刻就認出他來。他是我在克拉倫斯夫人家見過的警員。

他推擠人群朝我們走來，一邊直視著我，那雙復仇的眼神彷彿在說，*一切到此為止了*。

30

卡洛琳

現代，星期三

我和兩名警員走近詹姆士緊閉的房門時，護士長正在仔細檢查門外張貼的文件。她告訴我們他的病情已經穩定。院方正安排把他移出加護病房，但詹姆士堅持要先見我。

我緩緩打開門，不確定另一邊迎接我的會是什麼，警員跟著我進去。我一見到詹姆士，立刻鬆了一口氣。他靠在病床的好幾顆枕頭上，看起來很疲倦，但氣色很好。但如果說我看見他病情好轉時的表情很驚訝，也比不上他發現到緊跟在我身後那兩個穿制服的警員時，臉上震驚的模樣。

「呃，有什麼問題嗎？」他看著離他最近的警員說。

「他們以為我給你下毒。」我趁警員回答前說。我走到病床邊，把身體一側靠上去。「尤其是在你告訴醫護人員我們的婚姻有問題之後。」我注視著打在他手臂上的點滴，紗布把針頭牢牢固定著。「你沒看到瓶身上的警告標籤嗎？你到底為什麼要喝下去？」

他吐了一口長長的氣。「我根本沒看。我猜我是自作自受。」說完，他面向兩名警員。「卡洛琳與這件事無關。整件事都是一場意外。」

我的膝蓋立刻發軟；他們現在肯定不能逮捕我了。其中一名警員揚起眉毛，露出無趣的表情，彷彿他那熱騰騰的證人剛剛變涼了。

「這樣就可以了嗎？」詹姆士問道。「還是我需要簽署一份聲明？」他的臉上寫滿了沮喪和疲憊。

資深警員把手伸進上衣口袋，拿出一張小名片。他裝模作樣地用名片敲敲病房前的桌子，接著朝門口走去。「如果情況有變，帕斯韋爾先生，或是如果你想跟我們分享一些機密，就打名片上的電話吧。」

「好喔。」詹姆士說著，翻了個白眼。

接著，兩名警員看也沒看我一眼，就離開病房。

一小時前的痛苦如今總算解除，我感激地在詹姆士的床邊蹲下。「謝謝。」我喃喃地說。

「時機也剛好。如果再等久一點，我可能要從牢房打電話來了。」我看一眼他旁邊的監測器，螢幕上跳動著亂七八糟的線條和我無法辨認的數字。不過他的心率看起來很穩定，也沒有閃爍任何警報。我猶豫要不要坦白，但還是放下自尊，說了出來。「我以為我會失去你，真的失去你。」

詹姆士的嘴角上揚，露出溫柔的微笑。「我們注定不該分開，卡洛琳。」他握緊著我的手，表情充滿期待。

我們屏住呼吸，對視了很長一段時間。看樣子我們的未來完全取決於我的回應了——取決於我是否同意他的說法。

「我需要透透氣。」最後我說，別開目光。「我一會兒就回來。」說完，我輕輕放開他的手，走出病房。

離開詹姆士的病房後，我穿過走廊來到空蕩蕩的候診室，在房間角落的一張沙發上坐下。茶几上放著一瓶鮮花，旁邊有一大盒衛生紙。我會需要它們；淚水開始像針一樣刺痛我的眼睛。

我往後靠在一顆抱枕上，輕輕抽泣，把衛生紙湊到眼睛裡，吸乾眼淚，也吸乾從身上湧出的其餘一切：看見詹姆士健康無恙的安心感，伴隨他外遇不忠而持續出現的背叛感；受到警方審問而湧起的忿忿不平，以及心知肚明我沒有告訴他們全部的……真相。

真相。

我並非完全無罪。

我真的是昨晚才一路找到後巷深處的嗎？感覺像上輩子的事。詹姆士怎麼有辦法把外遇的事隱瞞好幾個月？我只對詹姆士、蓋諾兒和兩名警員保守秘密幾個小時，但事實證明這在生理上幾乎是不可能的。

為什麼我們要忍受保守秘密的痛苦？是為了保護自己，還是為了保護別人？藥師早已不在了，死了超過兩百年。我沒有理由保護她。

詹姆士的秘密和我的秘密就像遊戲室裡兩個心虛的孩子，肩並肩站在一起。

眼淚把衛生紙越浸越濕，我意識到我的悲傷比表面上更強烈、更複雜。這不僅僅是因為藥師帶來的壓力，也不僅僅是因為詹姆士的婚外情。夾雜在這些混亂情緒之中的，是我和詹姆士多年來互相隱瞞的另一個微妙秘密：我們很快樂，但不滿足。

我現在明白了，這兩者是有可能同時存在的。為家人工作的這份穩定讓我很快樂，但我的工作並沒有帶給我滿足感，那些未竟之業也讓我感到沉重。我們都期望有一天能擁有孩子的這份共識讓我很快樂，但除了家庭生活之外，我沒有其他成就帶給我滿足感。我怎麼會到現在才知道快樂和滿足是完全不同的事？

我感覺到肩膀被輕輕一捏。我嚇了一跳，放下濕透的衛生紙，抬起頭來。蓋諾兒。我差點忘了我們把她獨自留在那間小小的審訊室。我讓自己冷靜下來，勉強擠出一絲虛弱的微笑，接著深吸幾口氣。

她遞給我一個棕色小紙袋。「你應該吃點東西。」她低聲說著，在我旁邊坐下。「咬一口餅乾也好，滿好吃的。」我朝紙袋裡看了一眼，發現一個包裝整齊的火雞肉三明治、一份小凱撒沙拉和一塊像盤子那麼大的巧克力餅乾。

我感激地點點頭，眼淚差點又要奪眶而出。在一片陌生臉孔中，她果然是一個真正的朋友。

我吃得一乾二淨，連麵包屑都沒留下。我喝了半瓶水，用另一張衛生紙擤鼻涕，讓自己振作起來。我沒料到我會在這種地方、以這種方式與蓋諾兒分享一切，但也別無他法了。

「我很抱歉。」我開口說。「我不想把你拖下水。但我和警方在一起的時候你剛好打電話來，我想你是唯一能夠幫我的人。」

她交叉雙手放在腿上。「別道歉，是我也會做出同樣的事。」她吸了一口氣，小心斟酌她的遣詞用字。「你先生過去幾天去哪了？你一次也沒提過他。」

我低頭看著地板，心情從本來對詹姆士的健康狀況憂心忡忡，變成因為對蓋諾兒有所隱瞞而羞愧不已。「我和詹姆士結婚十年了。這次的倫敦行本來是我們的結婚紀念日之旅，但上個禮拜，我發現他有外遇，所以我就自己一個人來了。」我閉上眼睛，心情沉重得備感疲倦。「我一直在逃避現實，但詹姆士昨天突然出現了。」見到蓋諾兒驚訝的表情，我點點頭。「而今天，如你所知，他意外病倒了。」

「難怪警方會起疑。」她猶豫片刻，接著說：「這可能不是你期望中慶祝結婚紀念日的方法。如果有什麼我能做的……」她的聲音越來越小，和我一樣說不出話來。情況終究沒能補救。儘管詹姆士的病情正在好轉，但我們之間的關係沒有。我想像我們再次一起回到辛辛那提，試圖解開他給我們的生活帶來的糾結，但前景看起來黯淡不明，令人難受，就像一部原本不錯的電影硬塞了一個不適合的結局。

蓋諾兒把手伸進她的包包，拿出我的筆記本。當初我和警方一起離開審訊室時，我完全忘了筆記本仍放在蓋諾兒面前的桌子中央。「我沒有看完。」她說。「我想我給你一個機會……解釋一下。」她的表情難堪，彷彿她不想知道全部真相——彷彿她不知情的話就能保證我們兩人的安全。

這是我最後一次毫髮無傷逃脫的機會；這是我挽救我們僅存友誼的最後機會。我只要為我的研究捏造一個故事，就不必承認我鑄成的大錯，也就是我闖入了一個珍貴的歷史遺跡。如果我告訴她，誰知道她會做什麼？她可能會追上那兩名警員，告發我的罪行；她可能會從這個不可思議且有新聞價值的發現中獲利；她可能會再也不相信我，然後叫我永遠不要再聯繫她。

但這與蓋諾兒會怎麼處理這個消息無關。這是我的責任，要說最近幾天我學到什麼的話，那就是秘密對生活的破壞很大。我必須說出我非法入侵的真相——與我差點被控謀殺相比，這如今看起來微不足道——我必須把我這個艱澀難解的大發現坦蕩蕩地說出來。

「有樣東西我必須給你看看。」最後我說，同時左右張望，確保候診室仍空無一人。我拿出手機，滑到失蹤藥師登記簿的照片。接著，我揭開真相，蓋諾兒期待地從我肩膀後方湊前看。

等我回到詹姆士的床邊時，已經是下午三點左右。一切變化不大——只是現在他睡得很香。等他晚點醒來時，我需要告訴他一些事情。

我在靠窗的椅子上坐下之前，先去了一趟洗手間。我突然停下腳步，瞪大眼睛低頭看著自己：我明顯感覺到雙腿之間有種滲漏的感覺。我夾緊大腿，衝進詹姆士病房裡的冰冷廁所，坐在馬桶上。

謝天謝地，我終於得到答案：我沒有懷孕。我完完全全沒有懷孕。

廁所裡擺滿衛生棉和棉條，我迫不及待把衛生棉條撕開。結束後，我在洗手台洗手，抬頭看著鏡中的自己。我把手按在鏡子上，觸摸鏡子裡的自己，微微一笑。無論我的婚姻會如何，有孩子會讓事情變得複雜。我和詹姆士重新定義我們個人或兩人之間的關係時，不會有無辜的孩子無助地站在一旁。

我回到詹姆士旁邊的座位上，頭靠著牆，思考我有沒有辦法在這麼不舒服的位置小睡一會兒。此刻，溫暖舒適地休息著，一段記憶掠過心頭：今早，在咖啡店裡，與蓋諾兒在一起的時候。她給了我兩篇關於藥師的文章，但我還沒讀第二篇。

我皺眉，把手伸進包包，拿出文章。警方對我的研究表示懷疑時，我到底為什麼不早點把這兩篇文章拿出來呢？老實說，考慮到手邊的問題太過急迫，我完全忘記了這些文章。

我攤開兩篇文章；先前那篇日期為一七九一年二月十日的文章擺在上面。那是關於克拉倫斯勳爵之死和熊圖案蠟印的文章。由於我已經讀過了，所以我移到後面，目光落到第二篇文章上，日期是一七九一年二月十二日。

我一讀到標題，立刻倒抽一口氣。如今我明白了，這篇文章解釋了蓋諾兒當初在咖啡廳說克拉倫斯勳爵之死是藥師結束的開端時，是什麼意思了。

標題是「藥師殺手墜橋自殺」。

文章開始在我手中顫抖，我彷彿剛剛讀到一個非常熟悉的人的死亡公告。

31

奈拉

一七九一年二月十一日

我和伊麗莎一起站在橋上，警方在我們身後不過三步的距離。死神接近了——近到我能感覺到它伸出的冰冷雙手。

我死去的前幾秒跟我預期的不同。我沒有想起我的母親、我失去的孩子，甚至菲德里克。我只有一個記憶，一個幾乎還沒成形的近期記憶：小伊麗莎第一次穿著破舊的斗篷出現在我家門口的時候，雖然衣衫襤褸，但她的臉頰卻是如此年輕、水潤，就像新生兒一樣。從最真實的意義上來說，她就是個偽裝，是完美的兇手。對許多人來說，倫敦市出現了一個謀殺自己主子的僕人，但誰想得到是一個十二歲的孩子端了有毒的煎蛋上桌呢？

沒人會相信的。連我也不會相信。

話才說完，我又落入另一個難以置信的局面。因為正當我們一起站在橋上、而我準備往下跳時，就在我準備脫口說出「快跑」這兩個字時，伊麗莎把她瘦弱的雙腿抬到了黑衣修士橋的欄杆上。她溫柔地回頭看我一眼，泰晤士河吹來的微風吹拂著她的裙襬。

這是什麼詭計嗎？還是我的眼睛欺騙了我？也許我是受到了內心惡魔的攻擊，在我生命的最後時刻踩躪了我珍貴的視覺感官？我用力往前傾，想要抓住她，她卻沿著欄杆從我身邊滑開，我的力氣敵不過她敏捷的動作。這讓我非常憤怒，因為她的小把戲花掉了我寶貴的幾秒鐘。不管怎麼樣，我必須在警方抓住我前找到力量把自己的身體抬過鐵欄杆。

伊麗莎一手抓著欄杆，另一手緊緊握著她剛剛遞給我的藍色小藥瓶。她把瓶子湊到唇邊，像飢餓的嬰兒一樣吸乾瓶內的液體後，丟進下面的河水中。

「這會救我的。」她輕聲說。接著，她的手指一根接一根如緞帶般滑落欄杆。

凡把一物放進體內，必從體內帶走另一物，或引發什麼，或抑制什麼。

我還是孩子的時候，母親教過我這個簡單的課程：土方療法的力量。這是偉大哲學家凱爾蘇斯的名言，但人們對他所知甚少。事實上，有些人甚至懷疑他的存在，更別說這種說法的真實性了。

我看著伊麗莎的身體往下墜時，他的那句話湧上心頭。我以前從未經歷過這種奇怪的感覺，站在制高點上，看著有人直接墜落我的腳下。她的頭髮往上飛，彷彿我無形之中抓住了它。她把雙手交叉在胸前，彷彿想要保護內心的某樣東西。她直視前方，目光落在眼前展開的河面上。

我對凱爾蘇斯的話堅信不疑。我知道，把精油、藥水和藥酒放進體內可以帶走——事實上，是拆除和破壞——子宮內的產物，可以帶走一個人最想要的東西。

我也知道，它們可以引發痛苦、仇恨和報復，可以引發一個人內心的邪惡，引發骨頭腐爛，關節分裂。

然而，把這些東西放進體內，可以抑制……什麼？可以抑制死亡嗎？

等我那顆恐懼狂跳的心臟明白發生了什麼事時，伊麗莎已經消失在水中，實現了我夢寐以求的死亡。但動物本能懇求我逃離眼前更緊急的危機：警員離我只有幾英寸，他伸出雙臂，彷彿也想抓住墜落的女孩。從橋上跳下去的她，已經把自己牽扯進去了。警方肯定相信，只有她才能解開是誰把毒藥放入利口酒殺死克拉倫斯勳爵的謎團。

我們四周的人潮絡繹不絕：一個心煩意亂的女人提著一籃牡蠣；南邊有個男人正在放牧一小群綿羊；幾個小孩子像老鼠一樣各自散開。所有人都圍了過來，穿著深色衣服，帶著病態的好奇心。

警員把目光轉向我。「你們是一夥兒的嗎？」他指了指河水。

我無法回答，那仍在跳動的心已經破碎不堪。河水在我腳下艱難流動著，彷彿對新的受害者感到憤怒。那不該是她。那應該是我。無論如何，是我一心求死把我們帶到了這座橋的頂端。

警員在我腳邊吐口水。「你他媽是啞巴嗎？」

我靠上欄杆，一把抓住，膝蓋再也支撐不住身體。

第二個警員比第一個更壯碩。他來到他身後，臉頰漲紅，氣喘吁吁。「她跳下去了？」他難以置信地環顧四周，最後轉身打量我。「她不可能是那第二個傢伙，普特南。」他大喊道。「她連站都站不住。我們看到在奔跑的那兩個人，穿著打扮就跟一般人一樣。」他掃視人群，大概在尋找另一個披著斗篷、模樣比我更有活力的人影。

「該死，庫洛，就是她沒錯！」普特南大聲回嘴，就像一個即將失去寶貴漁獲的漁夫。「她站得住，她只是被她朋友跳河嚇到了。」

我確實是如此。我感覺他彷彿想要把魚鉤深深刺進我的肉裡。

庫洛走近，湊向他的搭檔，壓低聲音。「你確定她不是一般群眾而已嗎？」他朝四周比劃。我們周圍聚集了一大群人，他們都穿著和我一樣的深色外套。光憑外表，我完全融入了他們。「你夠肯定嗎？下毒的兇手已經死了，長官。」他往橋邊看了一眼。「現在八成被淤泥掩埋了。」

普特南的臉上閃過一絲疑惑，克勞逮住機會，像抓住一枚掉落的硬幣。「我們把那隻老鼠追出了老鼠洞，我們也都親眼看見她跳河。事情結束了，這足以符合報告的要求了。」

「那死掉的克拉倫斯勳爵呢？」普特南扯著喉嚨問，臉漲得通紅。他轉向我。「你知道任何有關他的事嗎？誰買了殺害他的毒藥？」

我搖搖頭，說話時像在嘔吐。「我不知道他是誰，也不知道什麼殺死他的毒藥。」

就在這時，又一名警員跑上橋，突如其來的聲響讓所有人安靜下來。我認出他是巷子裡的第三名警員。「那裡什麼也沒有，長官。」他說。

「你這是什麼意思？」普特南問道。

「我闖入當初兩個女人走出來的那扇門，但裡面什麼都沒有，只有一個裝滿腐爛穀物的糧桶。」

在這痛苦的時刻，我感覺到一股奇妙的自豪感。登記簿和裡面數不清的名字都安全了。所有女人都安全了。

普特南冷不防伸手指著我。「這女人看起來眼熟嗎？她是我們看見的那兩個人的其他一個嗎？」

第三名警員略顯猶豫。「很難說，長官。我們隔了滿長一段距離。」

普特南點點頭，彷彿他到頭來也不得不承認這一點。庫洛生硬地拍拍他的背。「你對這女人的指控快站不住腳了，親愛的長官。」

普特南在我的腳邊吐口水。「快滾，臭女人。」他說。三個人越過欄杆看了最後一眼，接著互相點點頭，下了橋。

他們離開後，我從欄杆往外看，拚命尋找有沒有漩渦狀的濕透長袍或奶油般的蒼白皮膚。但我什麼也沒看到。只有不斷翻騰的混濁河水。

她不必這麼做。她的小心腸一定認為是她的疏失為我們帶來了災難，所以她必須是承擔責任的人。或者還有其他原因，例如她對鬼魂的恐懼。也許她是害怕我的鬼魂，害怕我死後糾纏她，詛咒她竟替我們帶來這場厄運。喔，真希望當初提到安維爾先生的鬼魂時我能對她再溫柔些！真希望當初我有把語氣放軟，贏得她的信任，讓她知道什麼是真，什麼是假。我真希望時光能夠倒轉，把她拉回我的身邊。我踉蹌地向後退一步，在窒息的悔恨中雙膝發軟。

悔恨，但也有不滿。

在橋下的那個人本該是我。打算投河自盡的人本該是我。我能忍受這種新的痛苦再多活一天嗎？

人潮大多已經散去；他們不再往裡頭擠，不再好奇。如果我拋開伊麗莎墜河的記憶，我幾乎可以說服自己一切都沒有改變。從來就只有我，獨自面對我一直幻想的結局。

我緊緊閉上眼睛，想著我失去的一切，接著走向欄杆，倚在險惡的黑浪上方。

32

卡洛琳

現代，星期三

詹姆士動也不動地躺在我旁邊，呼吸緩慢勻稱，我則坐在他床頭邊的椅子上。文章擱在我的大腿上。剛才讀完後，我只能向前傾身，雙手抱頭。雖然我不知道她的名字——我只知道這女人是藥師——她選擇自殺卻讓我心痛不已，難受得有如逐漸加劇的頭痛。

當然，她生活在兩百年前；認識她的那一刻起，我就知道她已經不在人世了。令我震驚的是她的死法。

也許是因為我去過那女人選擇一躍而下的泰晤士河，所以我可以在腦海中想像整件事。又或許是因為我去過那個藥師的秘密商店，她生活、呼吸、混合藥水的陰暗密室，先不管那些藥水有多毒，我能感覺到她的孤獨感。

我閉上眼睛，想像第二篇報導所發生的事件：過往被害人——那些在克拉倫斯勳爵之前死去的人——的親朋好友在看到第一篇報導後挺身而出，帶著他們自己的小藥瓶和罐子投案，上面都有相同的小熊圖案。

警方立刻意識到他們正在追捕一名連環殺手。

他們深夜召集繪製地圖的專家；城裡每一個有B ley字眼的地方都被翻出來檢視，考慮。

二月十一日，三名警員抵達熊巷，以迅雷不及掩耳的方式現身，讓一名女子開始拔腿狂奔，一直來到黑衣修士橋的頂端才停下來。

文章裡也稍微提到後巷。女子開始逃跑後，第三個最菜的警員留在原地，查看他認為女子當初踏出來的那扇門。也就是後巷三號的大門。但進去後，他只發現了一間舊儲藏室：一個裝著腐爛穀物的木桶和房間盡頭的空層架，除此之外什麼也沒有。

我知道那個地方正是我昨晚的所在之處——後牆層架搖搖欲墜的房間。那個房間充當了藥師的掩護，只是一個虛假的外表，類似人們在化裝舞會上會戴的面具。與此同時，房間後面卻隱藏著真相：一間毒藥店。儘管這篇已有兩百年歷史的文章向大眾保證警方將會持續調查，直到找到她的名字和工作地點為止，但我昨晚發現的空間從未被人動過，這表示他們從未找到。藥師作為幌子的門面一直屹立不搖。

但有件事很奇怪。雖然文章佔了很大的篇幅，作者卻輕描淡寫地帶過整個事件中最重要的部分：跳河的女人。文章裡沒有討論她的長相和特徵，甚至沒有討論她頭髮的顏色；上面只說她穿著深色的厚重衣物。文章沒有透露警方是否與女子有任何言語交流，僅提到整件事相當混亂。許多民眾在附近聚集，現場一片混亂，導致警方在女子跨過欄杆前暫時失去她的蹤跡。

根據文章所稱，女子無疑就是殺害克拉倫斯勳爵的共犯，警方也確信他們稱之為藥師殺手的這名女子所牽涉的一連串謀殺案已經結束。那天泰晤士河的天氣惡劣，水流湍急，佈滿冰塊。女子跳河後，警方在現場監控了很長一段時間。但她沒有浮出水面。她再也沒有出現。

根據文章的說法，她的身分至今仍是個謎。

當暮光籠罩倫敦、黑夜即將降臨時，詹姆士也開始甦醒。他在病床上翻身面對我，慢慢張開雙眼。「嗨。」他輕聲說著，嘴角揚起微笑。

在候診室哭一場的宣洩效果比我預期有用，今早害怕可能會失去詹姆士後，我的內心也軟化下來。我仍對他非常生氣。但此時此刻，我起碼可以忍受靠近他。我牽起他的手，握在自己的手中，想知道這會不會是我們短期內——也許是這輩子——最後一次牽手。

「嗨。」我低聲回應。

我在詹姆士背後放了幾顆枕頭，讓他可以更舒服地坐起來，接著我遞給他醫院自助餐廳的菜單。我本來堅持我可以外出幫他買一些真正的食物，但醫院的菜單看起來還不錯。

他點完餐後，我祈禱他不要進一步追問有關警方的問題，例如為什麼他們會認為我要下毒殺他。如果詹姆士問起是什麼原因引起警方審訊，他一定會想親自看看筆記本。但現在，這件事我暫時只想讓蓋諾兒知道。

我把那些照片分享給蓋諾兒看後，她同意不會把我告訴她的事透露出去。她意識到光是詹姆士的現況，我的生活就已經夠混亂了，再加上她並沒有直接參與到發現藥鋪的過程，她覺得她沒有立場決定我的下一步。話雖如此，由於我發現的內容具有寶貴的歷史意義，她確實要求我仔細考慮該如何處理這些資訊。我不能怪她；畢竟她在大英圖書館工作。

現在，事實是只有我們兩個人知道全部的真相；只有我和蓋諾兒知道兩百年前那個殺手藥師的藥鋪位置，只有我們知道她在一個老舊地窖的深處埋藏了令人難以置信的資料。一旦眼前的危機過去，我將不得不做出一些艱難決定，像是要曝光哪些東西、曝光的方式和對象——以及這對我最近重新燃起的歷史狂熱能起到什麼作用。

幸好，詹姆士似乎沒興趣重溫幾小時前發生的事。「我準備要回去了。」他說著喝了一口水，我在他的床邊坐下。

我揚起眉毛。「你昨晚才剛到這裡。回國班機還有八天才起飛。」

「我有旅遊保險。」他解釋道。「住院已經是索賠回國費用的充分理由了。出院後，我就會重新預訂班機。」他把玩著床單邊緣，然後看向我。「我該不該也幫你訂個機位？」

我嘆了一口氣。「不用了。」我溫柔地說。「我會搭原本的班機回去。」

他的眼神閃過一絲失望，但很快又振作起來。「也是。你需要空間，我明白。我根本就不應該來這裡。我現在總算明白了。」幾分鐘後，一名醫院工作人員端著托盤出現，把詹姆士的晚餐放到他面前。「至少只有八天。」詹姆士加上一句，狼吞虎嚥地吃著飯菜。

我的呼吸變得急促。*要開始了*，我心想。我盤腿坐在他的床尾，床單一角蓋在我的腿上，感覺彷彿回到了俄亥俄州，回到了我們的正常生活。但我們再也不會擁有我們以前所謂的「正常」

了。

「我要辭掉農場的工作。」我說。

詹姆士停下手邊動作，一口馬鈴薯懸在嘴邊。他放下叉子。「卡洛琳，最近發生了很多事。你確定你不想——」

我從床邊起身，站直身子。我不能再成為這種理性言論的受害者。

「讓我說完。」我柔聲說。我望向窗外，掃視著倫敦的天際線。那是一片新舊交織的全景：時尚的店面櫥窗映照著聖保羅大教堂的珍珠灰圓頂，紅色的旅遊巴士駛過歷史悠久的地標建築。如果說過去幾天教會了我什麼，那就是用全新光芒照亮隱藏在暗處的古老真相是有必要的。這趟倫敦行——及找到藥師的淺藍色小藥瓶——曝光了一切。

我轉身離開窗戶面對詹姆士。「我必須選擇我自己，我必須優先考慮我自己。」我暫時停下來，擰著雙手。「不是你的事業、不是我們的寶寶、不是穩定，也不是其他人心目中的我。」

詹姆士身子一僵。「我沒聽懂。」

我看了一眼自己的包包，有關藥師的兩篇文章就在裡面。「在人生路上的某個時刻，我失去了一部分的自己。十年前，我為自己設想了一條非常不同的道路，但我怕我已經完全放棄了那個願景。」

「可是人是會變的，卡洛琳。你過去十年成長不少。你優先考慮的都是很正確的東西。改變是正常的，你——」

「改變是正常的。」我插嘴說。「但隱藏、埋葬一部分的自己是不正常的。」我覺得我沒必要提醒他，他也隱藏了一些自己的事，但我不願意在這個時刻提起另一個女人。這段對話是關於我的夢想，不是詹姆士的錯誤。

「好吧，所以你想辭掉工作，等待孩子誕生。」詹姆士顫抖著吐出一口氣。「你打算怎麼做？」我察覺到他指的不只是我的工作，也包括我們的婚姻。儘管詹姆士並沒有擺出居高臨下的語氣，卻充滿質疑——就像十年前，他第一次問我打算如何靠歷史學位找工作的時候一樣。

如今的我站在十字路口，不敢回頭看身後的路——那條路上佈滿了單調無趣、洋洋自得和別人的期待。

「我不想再隱瞞事實了，現在的生活不是我想要的。要做到這一點——」我猶豫片刻，因為我知道一旦說出下一句話，就再也無法收回。「要做到這一點，我必須獨處。我的意思不只是在倫敦待上八天，而是在長期的未來裡獨自生活。我打算申請分居。」

詹姆士慢慢推開餐盤，臉垮了下來。

我再次在他旁邊坐下，手放在因為他的體溫而暖和的白色純棉床單上。「我們的婚姻有太多假象。」我低聲說。「你顯然也有很多事情需要弄清楚，我也是。我們不能一起做這些事。我們最終會走上同一條路，犯下當初害我們淪落至此的相同錯誤。」

詹姆士伸手摀住臉，開始前後搖晃他的腦袋。「我不敢相信。」他隔著手說道，手背上還掛著一根透明的點滴管。

我示意著這間了無生氣的昏暗病房。「不管這裡是不是醫院，我都沒有忘記你外遇過，詹姆士。」

他的臉仍埋在手裡，我幾乎聽不見他的回答。「我都躺在病榻上了。」他喃喃地說，接著過了一會兒。「無論我怎麼做——」他突然噤口，剩下的句子難以理解。

我皺起眉頭。「什麼叫『無論你怎麼做——？』」

他總算放開埋著臉的雙手，凝視窗外。「沒事。我只是需要……時間。我有很多事需要消化。」但他似乎猶豫著要不要看我，內心傳來一個安靜的聲音告訴我要進一步追問下去。我感覺到他沒有完全坦白，彷彿他做了一些事情，但沒有達到預期的結果。

我回想起那瓶尤加利精油，外面貼著有毒的警告標籤。一個問題自然而然出現，彷彿病房突然吹來一陣冷風。如果我猜錯了，這種指控可能很不公平，但我強迫自己吐出這句話。

「詹姆士，你是故意喝下那瓶精油的嗎？」

我從來沒有出現過這個念頭，現在我卻錯愕不已。有沒有可能我之所以接受警方審訊，為了丈夫即將死亡而擔心受怕，一切都是因為詹姆士故意喝下了有毒精油？

他轉頭看我，眼神充滿了內疚和失望。我不久前才見過這個表情；我發現他手機裡那些罪證確鑿的外遇訊息時，他臉上也是同樣的表情。「你不知道你放棄了什麼。」他說。「這一切都是可以解決的，但如果你執意把我推開就行不通。讓我回去，卡洛琳。」

「你還沒回答我的問題。」

他兩手一攤，把我嚇了一跳。「到了這個節骨眼，這重要嗎？我做的一切都惹你生氣。多一件錯事又如何？你就再記上一筆吧。」他用手指做了一個打勾勾的動作。他默認了，就記在他外遇和不請自來的惡行之後。

「你真是大言不慚。」我低聲說，語氣掩蓋了我內心的憤怒。然後我問了這幾天來我一直在問的同一個問題。「為什麼？」

但我早已知道答案。這又是另一個陰謀，另一種策略。詹姆士是個善於算計、厭惡風險的人。如果他明知精油有危險，還是選擇一口喝下，那麼他一定認為這是為了贏得我青睞的最後一搏。否則一個外遇的丈夫還有什麼原因會把自己置於危險中呢？他可能以為我對他身體的擔憂會勝過我的心碎程度；以為我對他的憐憫會加快我原諒他的速度。

這招差點就成功了，但事與願違。因為現在，在身體和情感上與這個男人保持距離後，我看穿了他的真本性，而他的本性充滿了欺騙和不忠的味道。

「你想要我同情你。」我輕聲說著，再次起身。

「我最不想要的就是你的同情。」他語氣冷漠地說。「我只是希望你能看清楚，明白你有一天會後悔。」

「不，我不會。」我說話時雙手都在顫抖，但還是直截了當地往下說。「你別想把你的不快樂、你的小三、現在這個『病』全歸咎到我的身上。」我的聲音越來越高，他的臉色也越來越蒼白。「幾天前，我還以為這次結婚紀念日之旅不會有什麼好結果。但事實並非如此。現在我比任何時候都清楚，我不是導致你犯錯和不幸的原因。我不在你身邊的這段期間，我對我們婚姻的了解比我們住在同一屋簷下時還多。」

一陣輕柔的敲門聲傳來打斷了對話。這樣也好，不然我擔心再繼續下去，我可能會昏倒在黏糊糊的瓷磚地板上。

一位年輕的護理師走進病房，毫不知情地對我們微笑。「我們準備要把您移到新的病房了。」她告訴詹姆士。「準備好了嗎？」

詹姆士生硬地點點頭；他突然看起來異常疲倦。腎上腺素開始消退的我，也出現同樣的感覺。就像抵達英國的那天晚上一樣，我發現我渴望睡衣、外帶食物，以及空蕩又昏暗的飯店房間。

護理師幫詹姆士解開監測器的管線時，我和他尷尬地道了別。護理師證實他隔天就能排隊出院，我答應他明早一起床就立刻回來。接著，我直接離開，關上身後沉重的門，完全沒有向詹姆士提及藥師或她的藥鋪。

回到飯店房間後，我依偎在床中央，腿上放著一盒外帶的泰式炒河粉，心情如釋重負，差點哭出來。這裡沒有別人，沒有警察，沒有發出蜂鳴聲的醫院設備……也沒有詹姆士。我甚至連電視都沒開。我只是一邊吃著河粉，一邊閉上眼睛，頭向後仰，享受這片寧靜。

碳水化合物讓我恢復一些體力，但時間還不到八點。吃完飯後，我從地上拿起包包，抓起手機，接著拿出筆記本和蓋諾兒的兩篇報導。我把文章在周圍攤開，接著打開第二個床頭燈，讓我有更好的光線重讀有關藥師的報導，重新仔細查看手機上的照片。

我回到最前面幾張店內的照片。照片顆粒感很重，而且過度曝光。即使我調整了曝光度和亮度，還是看不見前景之外的任何東西。手機的閃光燈看樣子只聚焦在房間裡的懸浮微粒；我猜用手機的內建相機捕捉千載難逢的事件就有這種缺點吧。我真想揍我自己。為什麼當初沒帶個手電筒？

我滑到接下來的幾張照片，是藥師的書——那本登記簿。登記簿的照片總共有八張，是我在匆忙之中隨意亂拍的：包括最前面幾頁、中間幾頁和最後一頁。這些就是給我帶來麻煩的照片；畫質夠清晰，讓我能夠寫下筆記，而也是筆記差點害我入獄。

最後一張照片是層架上另一本書的封面內側照。我只能勉強認出兩個字：藥典。我把這兩個字輸入到瀏覽器的搜尋欄，搜尋結果告訴我，第二本書是藥品目錄。所以就是參考指南了。有趣，但不如藥師手寫的登記簿有趣。

我回到藥師登記簿的最後一張照片。我把照片放大時，注意到熟悉的條目格式，包括了日期和購買藥物的人。我仔細閱讀這些條目，接著突然意識到，這是登記簿的最後一頁，所以這些條目可能是藥師去世前幾天或幾週內完成的。

忽然間，我的目光落在克拉倫斯勳爵這個名字上。我用力倒抽一口氣，連忙讀完整個條目：

博薇爾小姐。克拉倫斯勳爵的表妹，他的情婦。斑蝥蟲。一七九一年二月九日。委託人克拉倫斯勳爵的妻子，克拉倫斯夫人。

我衝到床上，伸手拿起蓋諾兒幫我印出來的第一篇文章——那篇的日期是一七九一年二月十日。我的心跳加速，交叉核對登記簿上的條目和那篇文章的姓名和日期，兩者都講到了同樣的事件，也就是克拉倫斯勳爵的死。雖然我一直相信那家藥鋪是屬於藥師兇手的，但這就是證據。這張來自藥鋪的登記簿照片證明了是她賣出殺死他的毒藥。

但我眉頭一皺，再仔細閱讀條目。條目中的第一個名字，也就是應該吃下毒藥的人，是博薇爾小姐。實際上吃下毒藥的克拉倫斯勳爵只有說到博薇爾小姐的時候提到他；她是他的表妹。最後列出的名字是克拉倫斯夫人，也就是購買毒藥的人。他的妻子。

我重讀第一篇報導的結尾，但裡頭完全沒有提到博薇爾小姐。報導中非常清楚指出克拉倫斯勳爵已經死了，社會大眾懷疑是他的妻子或其他人在他的飲料裡下了毒。然而藥師登記簿的條目顯示他根本不該死。原本預期的受害者是博薇爾小姐。

根據攤在我面前的證據，她們毒錯人了。除了克拉倫斯夫人和藥師外——現在又加上我——還有誰知道這件事嗎？雖然我沒有歷史學系的碩士學位，但我對自己的重大發現感到自豪。

至於動機呢？嗯，條目也清楚說明了動機；上面寫著博薇爾小姐不僅是克拉倫斯勳爵的表妹，還是他的情婦。難怪克拉倫斯夫人要殺了她；博薇爾小姐是第三者。我清楚記得我發現詹姆士外遇時，內心立刻出現想要向另一個女人報仇的衝動。這麼說，我不能怪克拉倫斯夫人，雖說我想知道當她的計畫出了差錯，變成她丈夫死去時她有何感受。事情想必沒有如她預期的發生。

沒有如她預期的發生……

那張醫院紙條。上面不是說過類似的話嗎？我雙手顫抖地滑到來自聖托馬斯醫院那張紙條的數位影像，日期為一八一六年十月二十二日。我重讀我記得的那行文字。

只是，事情沒有如我預期的發生。

難道寫下醫院紙條的人就是克拉倫斯夫人嗎？我雙手摀住嘴巴。「不可能。」我大聲對自己說。

但醫院紙條的最後一句話也符合這種可能性：我怪我丈夫，怪他渴望那些不屬於他的東西。這條線索是否有字面上和比喻上的雙重意義——指的是克拉倫斯勳爵渴望一杯為博薇爾小姐準備的有毒飲料，以及渴望一個不是他妻子的女人？

我想都沒想就傳訊息給蓋諾兒。當初在咖啡廳時，她提到她已經查過教區紀錄，證實克拉倫斯勳爵的死亡日期。或許她也可以查查克拉倫斯夫人的死亡日期，驗證這個女人是否真的寫下了那張醫院紙條。**嗨，又是我！我傳訊息給蓋諾兒。你能再查一下死亡紀錄嗎？同樣的姓氏，克拉**

倫斯，但是一名女性。一八一六年十月左右有任何死亡紀錄嗎？

在蓋諾兒回覆前，為這個想法繼續浪費時間是沒有意義的。我喝了一大口水，雙腿縮到身上，接著放大手機，準備好好閱讀最後一則條目——終場閉幕的條目。

我還沒開始讀，全身就起滿雞皮疙瘩。這則條目是藥師逃離警方、投河自盡前寫下的最後紀錄。

我把條目讀過一遍後，皺起眉頭；最後這則條目的字跡不太穩定，彷彿作者一直抖個不停。也許她病了，或感冒了，甚至是在趕時間。又也許——我想到這裡時不寒而慄——是其他人寫下了這則條目。

我房間的厚重窗簾是拉開的，馬路對面另一棟建築物裡，有人打開了一盞燈。我突然覺得很赤裸，於是爬下床去把窗簾拉上。窗戶底下的倫敦街道人聲鼎沸：朋友們前往酒吧，許多西裝筆挺的男人加完班正在返家路上，一對年輕夫婦推著嬰兒車，緩緩走向泰晤士河。

我再次回到床上。我感覺有件事不太對勁，但又說不上來。我重讀最後那則條目，邊彈舌邊仔細思考一字一句，就在這時，我看見了。

這則條目的日期是一七九一年二月十二日。

我拿起第二篇報導——描述藥師投河自盡的文章——上面說該女子是在二月十一日從橋上跳下去的。

手機從我手中滑落。我在床上往後坐，一種怪異的感覺籠罩著我，就好像一個鬼魂剛剛在房間裡安頓下來，觀察，等待，因為真相大白而與我一樣無比興奮：不管二月十一日是誰從橋上往下跳，有人回到店裡，而且活得好好的。

33

奈拉

一七九一年二月十一日

我把腿跨過欄杆前停了下來。

*我失去的一切。*悲劇性的一生壓在我的心頭，就像把泥土倒進一個開放的墳墓。然而，就在我呼吸的這一刻，吹撫在頸背的微風，遠方河面上水鳥的飢餓叫聲，舌頭上的鹹味——這些都是我還沒失去的東西。

我從欄杆退開，睜開眼睛。

我失去的一切，或是我還沒失去的一切？

伊麗莎代替我跳了下去。這是她給我最後的禮物，努力用她的最後一口氣愚弄警方，暗示她就是下毒的兇手。我怎能把她的禮物丟回水裡，和她一起沉下去呢？

我站在橋上向東眺望泰晤士河時，腦海中浮現另一個人：安維爾夫人，伊麗莎深愛的女主人。幾天後，她會回到自己的莊園，發現伊麗莎……不見了。消失無蹤。無論現階段的安維爾夫人因為失去丈夫而表現出的悲傷有多虛假，一旦她發現伊麗莎失蹤，悲傷就不再是個偽裝的伎倆。如果她以為那孩子拋棄了她，這個念頭可能會困擾她一輩子。

我必須把真相告訴安維爾夫人。我必須告訴她伊麗莎死了。我必須用我所知道的唯一方法來安慰這個女人：黃芩藥水。等她得知小伊麗莎不會再為她寫信時，這會減輕她的心痛。

於是，我轉身離開欄杆，希望想哭的衝動能忍到我獨自一人的時候再釋放──直到我回到那間本來不想再看見的毒藥店。

伊麗莎跳下去至今已經過了二十二個小時──整整一天一夜，這段期間我準備好打算送到安維爾莊園的黃芩藥水──但我的雙手仍能感覺到我伸手去抓她時那冷冽的空氣。我仍能聽見她身體跌落的聲音，以及河水把她吸進去的聲音。

離開橋墩回到後巷三號後，我在儲藏室裡嗅到了警方的痕跡──一個男人在房間裡四處走動、尋找他找不著的東西時所散發的汗臭味。他沒有發現糧桶裡有新信。這肯定是最近才留下的，大概是我去市場、伊麗莎忙著調配藥水的時候。

我現在手裡拿著那封信。信紙沒有飄出薰衣草或玫瑰的香味，字跡也不是特別娟秀。女子並未透露太多細節，只說自己是一個被丈夫背叛的家庭主婦。

這最後的要求，與第一次的要求相去不遠。

準備工作不會太複雜。事實上，一瓶氰化氫就在我伸手可及的地方；我不用一分鐘就能輕鬆把毒藥開出去。也許這最後的毒藥，終於能為我帶來自從肚子裡的嬰兒遭受菲德里克的毒手而流產後，我一直尋求的平靜。

藉由復仇來獲得治癒。

但這種事並不存在；從來都不存在。傷害別人只會進一步傷害到自己。我拿起那封信，手指描繪著文字，然後從椅子上站起來。我往前傾，把一條虛弱的腿伸到另一條腿前面，氣喘吁吁地走向壁爐。微弱的火焰吞噬著一塊木頭。我輕輕把信放入舞動的火光中，看著紙張瞬間被點燃。

不，我不會給予這女人想要的東西。

這個房間不會再有死亡。

隨著這個念頭誕生，我的毒藥店不復存在。壁爐裡唯一的火苗劈啪作響，最後一封信化為灰燼。不再有香脂可以煮，不再有補品可以混合，不再有藥水可以攪拌，不再有植物可以連根拔起。

我彎下腰，開始咳嗽，一個血塊從我的肺部掉到我的舌頭上。從昨天下午開始——從逃離警方追逐、在馬廄後牆上摔下來、直到看見我年輕的朋友摔死開始，我就一直在咳血。我短短幾分鐘內就花上了一年的體力；在警方追捕下，我比想像中更接近死亡。

我把血塊吐到灰燼裡，甚至不想喝水洗掉舌頭上的黏稠殘渣。我不覺得渴，也不覺得餓，而我幾乎一天沒有排尿了。我知道這不是好預兆；當喉嚨不再渴求，當膀胱不再滿盈，一切就快結束了。我之所以會知道，是因為我以前經歷過——我親眼目睹過它發生過一次。

我母親死的那一天。

我知道我必須盡快前往安維爾莊園一趟。我會把信和藥水留給僕人，因為伊麗莎說女主人可能會離開幾個星期，我想她應該不在家。然後我會走到河邊，坐在寂靜的河岸上，等待某種死亡降臨。我想應該不會等太久。

但在永遠離開藥鋪前，我還有一個任務要做。

我舉起羽毛筆，把攤開的登記簿拉向自己，開始認真記錄最後一則條目。雖然我沒有開藥，也不知道裡面有什麼成分，但我不能在否認她的生命、否認失去她的情況下離開。

伊麗莎・芬妮，倫敦人。成分不明。一七九一年二月十二日。

筆尖在紙上劃過的時候，我的手抖得厲害，字寫得亂七八糟，看起來根本就不像我的筆跡。確實，就好像某個未知的靈魂拒絕讓我寫下這些文字——拒絕讓我記錄小伊麗莎的死亡。

34

卡洛琳

現代，星期三

我手摀住嘴，再次讀了最後那則條目。

伊麗莎・芬妮，倫敦人。成分不明。一七九一年二月十二日。

二月十二日？這不合理。藥師在二月十一日從橋上跳下去，報導說河面上「佈滿冰塊」。即使有人沒有因為墜落而身亡，也不太可能在冰冷的水中堅持超過一兩分鐘。

同樣奇怪的是，條目只列出了一個名字：伊麗莎・芬妮，卻沒說「委託人」是誰。那她一定是自己來店裡的。她知道她是最後一個客戶嗎？藥師的死，她扮演了什麼樣的角色嗎？

我拉了一張毯子蓋住雙腿。不可否認，最後這則條目讓我有點害怕。我考慮過時間有出入，可能只是筆誤；也許藥師只是把日期搞混了。難道這看似弔詭之處真的沒什麼嗎？

更奇怪的是，條目上寫著成分不明。這不可能。藥師怎麼可能調配她不知道的東西呢？

也許這根本不是藥師寫的，也許寫下這則條目的另有其人。但那家店藏得那麼隱密，在藥師投河的第二天就有人進入店裡寫下最後一條如此神秘的訊息，似乎很不合理。這則條目唯有是藥師親手寫的才合理。

但如果條目是她寫的，那麼投河的是誰？

過去幾分鐘，比起答案反而浮現更多的問題，我的好奇心也化為挫敗感。所有事情都對不起來：第一篇文章的受害者與克拉倫斯勳爵條目中的受害者不符；最後一則條目寫得很神秘，字跡很奇怪，而且提到不明的成分；最重要的是，最後記錄的日期是藥師理應死去的第二天。

我攤開雙手，一臉茫然。藥師到底把多少秘密帶進了她的墳墓？

我走到迷你冰箱前，拿出飯店儲備的一瓶香檳。我沒想到把冰涼的酒倒進玻璃杯裡；反之，我一打開軟木塞，就把瓶口湊到唇邊，直接就著瓶子喝了一大口。

香檳不但沒有讓我精神振奮，反而讓我感到疲倦，頭暈目眩。今天我對藥師的好奇心已經消磨殆盡了，沒興趣繼續研究下去。

明天再說吧。

我決定寫下我今天想到的所有問題，等明早或詹姆士離開後重新審視。我抓起一支筆和筆記本，翻到一頁白紙上。我對那些讀到的內容有十幾個問題，甚至更多。我準備把它們全部列出來。

但我握著筆考慮應該先寫下什麼時，我發現有一個問題是我最想知道的。那是所有問題當中讓我一再想起的、也是最困擾我的。我感覺這個問題的答案可能會解答其他一些問題，例如為什麼條目是在二月十二日寫下的。

我把筆按在紙上寫道：

誰是伊麗莎・芬妮？

第二天早上，詹姆士出院後，我們坐在飯店房門附近的小桌子前。我緊緊捧著一杯淡茶，他拿著手機湊在眼前，在航空公司網站上搜尋回國班機。客房服務還沒來房間打掃，所以一瓶喝了一半的香檳放在咖啡壺旁邊，我因為喝得太多頭痛不已。

他把手伸進口袋，掏出錢包。「找到一班下午四點從蓋威克機場起飛的班機，」他說。「我有充裕的時間打包行李再搭火車過去，我需要在一點前離開。」

我們中間擺著一瓶淡藍色繡球花；大多都枯萎了，現在從花瓶邊緣掉落下來。我把花瓶滑到一邊，仔細看著他。「你覺得你可以嗎？沒有頭暈之類的感覺？」

他放下錢包。「完全沒有，我準備好回家了。」

過了一會兒，詹姆士站在窗邊，身邊放著收拾好的行李——彷彿我們把旅行倒帶，而他才剛剛抵達。我仍坐在桌邊，漫不經心地翻閱藥師登記簿的照片，清楚知道時間正在流逝。如果我打算向詹姆士透露我最近幾天的真實活動，最好趕快。

「我準備好了。」詹姆士說著，拍拍牛仔褲確保護照沒忘了帶。我們中間隔著一張凌亂的床，過去幾晚我都獨自睡在上面。如今這張又大又軟的白色床鋪成為我們之間的一股力量，提醒我們在這趟旅程本想分享但未能分享的一切。就在幾天前，我還迫切希望我們的孩子能在這張床上受孕。但現在，我再也無法想像與房間對面這個男人做愛。

我對這次「結婚紀念日之旅」的想像與現實相去甚遠，但我覺得這個恐怖故事是必要的教訓。畢竟，萬一我沒有發現詹姆士外遇，我又真的懷孕了，等孩子出生後才真相大白怎麼辦？萬一我們對工作、例行公事或對彼此越來越厭惡，積累到最後的結果是撕破臉離婚，拆散可能的三口之家？因為這不僅僅是詹姆士的事。我和他一樣對生活不滿意，而我把這些感覺埋藏在自己的內心深處。萬一我才是那個出事的人呢？萬一是我犯下了不可挽回的錯誤呢？

我查看時間；現在是十二點五十五分。「等等。」我說著，放下手機，從椅子上站起來。詹姆士皺起眉頭，緊抓著行李箱的把手。我湊到我自己的行李箱上，把河泥尋寶時穿的運動鞋推到一邊，伸手去拿藏在底下的東西。那東西實在好小，我拿出來時，可以輕易放在手掌心上。

我拿著那個冰冷的堅硬物品：給詹姆士的復古名片盒。這是我送他的十週年紀念禮物，從得知外遇噩耗的那天下午起，我就一直藏在臥房衣櫥裡。

我走過房間。「這不是原諒你。」我輕聲說。「也不是為了既往不咎。但這個是屬於你的，而且比起當初我買下的理由，現在想想更合適。」說完，我把盒子遞給他，他伸出顫抖的手接下。「這是錫做的。」我解釋道。「這是十週年紀念日的傳統禮物，代表著力量和——」我深吸一口氣，但願自己能預見未來。再過五年、十年，我們的生活會是什麼樣子？「力量和承受一定程度傷害的能力。我當初買下這個名片盒是為了象徵我們無堅不摧的婚姻，但如今已經不再重要了。重要的是我們自己的力量。我們還有很多辛苦的任務在等著我們。」

詹姆士緊緊擁抱我；我們就這樣站了好久，我相信時間已經超過一點，然後又過了一些。等他總算放開我時，他的聲音顫抖。「再見了。」他低聲說著，仍緊緊抓著我的禮物。

「再見。」我回答，話中帶著意想不到的顫抖。我送詹姆士走到門口，我們最後看了對方一眼，然後他就關上身後的門離開了。

又一次，獨自一人。然而，這種自由是如此深刻和真實，我幾乎驚呆了，動也不動地站了好一會兒。我凝視地面，害怕地等待不可避免的孤獨感如浪濤般朝我襲來。我等待詹姆士跑回來，求我再給他一次留下來的機會。我等待電話響起，等待醫院或警方打電話告訴我壞消息，更多的壞消息。

我也在等待懊悔的感覺湧上；我沒有告訴詹姆士關於藥師的事。我沒有告訴他我闖入了一個隱密的地下室。我沒有跟他提起蓋諾兒或光棍阿爾弗或秘密仍被我堅守的連環殺手。

我什麼都沒說。

我在門前站了很長一段時間，等待內疚或悔恨的情緒湧上心頭。但並沒有出現這些感覺。一切相安無事，也沒有什麼宿怨需要清算。

我轉身離開房門時，手機響了——蓋諾兒傳來一條訊息。**抱歉晚回了！**她說。**教區紀錄顯示克拉倫斯夫人於一八一六年十月二十三日在聖托馬斯醫院因為水腫去世。生前沒有孩子。**

我呆看著手機，然後在床上坐下。醫院那張紙條確實是臨終的懺悔，是克拉倫斯勳爵死後二十五年，由他的遺孀寫下的——也許是出於良心的愧疚。

我拿起電話打給蓋諾兒，把我了解到的情況告訴她。

我解釋我得知有情婦博薇爾小姐的存在，不是從蓋諾兒影印給我的文章裡、而是從藥師登記簿的條目上發現的之後，蓋諾兒沉默了一會兒。

只有一件事我沒有告訴她，那就是藥師理應去世的第二天，登記簿卻出現一則新條目，名字是伊麗莎・芬妮。

我沒有把這件事說出來。

「這真是太驚人了。」蓋諾兒最後在電話裡說。我一邊思考整件事是多麼難以置信、多麼令人驚嘆，一邊想像蓋諾兒對我解開的所有謎題敬畏地搖頭。「全是因為在河裡找到的一個小藥瓶。我不敢相信你把這一切拼湊起來，破案破得真出色，卡洛琳。我相信你會成為任何偵查隊的王牌。」

我謝過她，然後提醒她最近幾天我和警方的關係有點太親近了。

「好吧，如果不是偵查隊。」她回答道。「那麼或許你可以加入圖書館的研究團隊。」我確信她在開玩笑，但她觸動了我的敏感神經。「我看到了你眼中的火花。」她加上一句。

要是我幾天後不必飛回俄亥俄州就好了。「我真希望我能加入。」我說。「但我家還有很多亂七八糟的事情需要處理……首先是我丈夫。」

蓋諾兒吸了一口氣。「聽著，我們是剛認識的新朋友，所以我不會為你的婚姻提供建議。但如果我們去喝一杯的話，我絕對會從那裡開始講起。」她笑了笑。「不過要說我知道什麼，那就是追逐夢想的重要性。相信我，如果你想要一些不同的東西，唯一阻礙你的人就只有你自己。你喜歡做什麼？」

我毫不猶豫地脫口而出。「挖掘過去——挖掘真實人們的生活。他們的秘密、他們的經歷。事實上，我畢業後差點申請去劍橋學習歷史……」

「劍橋？」蓋諾兒驚呼道。「你是說，離這裡一小時車程的那所大學？」

「就是。」

「你差點去申請了卻沒去，為什麼？」她的語氣很溫柔，充滿好奇。

我咬牙，硬是把話擠了出來。「因為我結婚了，我先生在俄亥俄州有一份工作。」

蓋諾兒發出不認同的嘖嘖聲。「好吧，你可能看不到，但我看得到——你有才華，你很聰明，你有能力。你在倫敦還有新朋友。」她暫時停下來，我想像她交叉雙臂，臉上露出堅定的表情。「你有潛力能做得更多。我想你知道這一點。」

35

奈拉

一七九一年二月十二日

我走近安維爾莊園時，視線開始扭曲，各種顏色鮮豔得像孩子的玩具，倫敦城在周圍搖搖晃晃。我把一塊沾滿血的抹布塞進裙子口袋裡，看著一張張擦身而過的臉孔——有些人憂心我嘴唇上乾涸的血跡，另一些人則朦朧、模糊，對我視而不見，彷彿我根本不存在。我懷疑自己是不是進入鬼魂的領域。是否有所謂的半途世界，一個生者和死者混雜在一起的中間地帶？

放在裙子另一個口袋裡的是包裹：黃芩藥水和一封短信。我在信中向安維爾夫人解釋說伊麗莎不會回來了——不是因為她不喜歡她，而是因為她無私而勇敢的英雄行為。我也告知女主人黃芩藥水的建議用量，就像很久以前，她來我店裡為她雙手顫抖的症狀尋求治療方法時一樣。我本來可以寫得更多——喔，我本來可以寫得更多的！但時間不允許，只見信紙邊緣沾了我的一抹血跡就知道了。我甚至沒有時間在登記簿中記下黃芩藥水，我最後開出的藥物。

莊園緩緩出現在眼前：由斑駁的血紅色磚塊砌成的三層樓房。上推的框格窗，每扇有十二個窗格，也許是十六個；在這最後的時刻，我無法確定。一切是如此朦朧。我催促雙腳繼續向前走。我只要走到前廊，也就是那扇黑色的門，然後放下包裹即可。

我抬頭看著在雲層底下傾斜彎曲的山形屋頂。煙囪沒有冒出煙來。果不其然，女主人不在家。這讓我鬆了口氣；我已經沒有力氣跟她說話。我會放下包裹就走。向南爬行，前往最近的河床階梯。如果我能撐到那麼遠的話。

一個孩子笑著跑過，差點絆到我的裙子。她繞著我轉了一圈、兩圈，玩弄我的理智，讓我想起肚子裡流產的嬰兒。她來得快，離開得也快。淚水朦朧我的視線，她的臉彷彿融化一般，模糊不清，像個幻影。我開始覺得自己很蠢，質疑伊麗莎說有鬼魂出現在她周圍。我告訴她這些靈魂只是記憶的餘跡，是想像力過於豐富的產物時，也許是我說錯了。他們看起來是如此生動有形。

包裹。我必須把包裹送過去。

我再次抬頭，往僕人們住的頂樓窗戶看了最後一眼。希望有人能看到我把包裹放在門廊前面幾步的地方，然後把它撿起來妥善保管，直到安維爾夫人回來為止。

確實，太好了，有個僕人發現了我！我清楚看見她就站在窗後，一頭濃密的黑髮，下巴抬得高高的——

我在人行道上赫然停下腳步，鬆開包裹；包裹掉落在地，發出一聲輕響。窗後的不是僕人，是一個幻影。*我的小伊麗莎。*

我無法動彈，我無法呼吸。

但隨後一道閃光，一個動靜，影子從窗戶上消失了。我跪倒在地，再次湧上咳嗽的衝動，倫敦變成了黑色，一切都變成了黑色。我的最後一口氣，只剩下幾秒鐘了……

就在這時，在我最後清醒的時刻，周圍的顏色又回來了：小伊麗莎帶著我熟悉的那雙明亮、年輕的眼睛，飄出房子朝我而來。一道玫瑰色的玻璃閃光。我皺眉，企圖集中視線。她手裡握著一個小藥瓶，大小和形狀都與她在橋上遞給我的瓶子非常相似。只是當初的小藥瓶是藍色的，而這個是淡粉紅色的。她跑向我，一邊打開瓶塞。

我伸手去觸碰她明亮的影子，發現這一切是如此不可思議：她那紅潤的臉頰，好奇的微笑，彷彿根本不是鬼魂。

她的一切，是那麼栩栩如生。

她的一切，正如她生前我記憶中的那樣。

36

卡洛琳

現代，星期五

隔天早上，我第三次走進大英圖書館。我沿著熟悉的路徑，經過櫃檯，登上樓梯，來到三樓。

地圖諮詢室現在對我來說就像地鐵站一樣熟悉和舒適。我看見蓋諾兒在諮詢室中央的書堆旁，正在重新整理腳邊的一疊書。

「嘿。」我低聲說著，偷偷走到她後面。

她嚇了一跳，連忙回頭。「嗨！你不能久留，對不對？」

我咧嘴一笑。「結果我有新消息。」

「又有新消息？」她壓低音量說。「別告訴我你又闖空門了。」見到我的臉上仍掛著笑容，她鬆了一口氣。「喔，謝天謝地。是什麼消息？你又找到藥師的其他線索了？」她從地板上拿起一本書，放到書架上。

「事實上，是關於我的消息。」

她停下手邊動作，把另一本書拿在半空中看著我。「說吧。」

我深吸一口氣，仍不敢相信我真的做到了。我做到了。這禮拜我在倫敦做過那麼多瘋狂的事情之後，最令我驚訝的是這件事。「我昨晚申請劍橋大學的研究所了。」

蓋諾兒的眼睛頓時充滿淚水，反射出頭頂的燈光。她放下書本，一隻手放到我的肩膀上。「卡洛琳，我太為你驕傲了。」

我咳了一聲，喉嚨哽咽。不久前我也剛打電話給蘿絲，把消息告訴她。她喜極而泣，說我是她所認識的女人當中最勇敢的。

勇敢。這不是我在俄亥俄州時會給自己貼上的標籤，但現在我明白她是對的。我所做的事確實很勇敢，甚至有點瘋狂，但是真實的，也忠於真實的我。儘管現在我與蘿絲的生活有如天壤之別，但她的支持提醒我，朋友們可以嘗試不同的道路。

我看著蓋諾兒，也感謝這份不可思議的友誼。我想起我第一次來到諮詢室的情景：全身被大雨淋濕，悲痛欲絕，毫無方向。我慢慢走向蓋諾兒——一個完完全全的陌生人——口袋裡除了一只玻璃瓶外，什麼也沒有。一只玻璃瓶和一個問題。如今，我再次站在她面前，與當初那個人幾乎沒有任何相似之處。當然，我仍然很傷心，但我發現了很多關於自己的事，多得足夠把我完全推到另一個方向，一個我很久以前就該追求的方向。

「我不是申請歷史學位，而是一個英語研究的碩士課程。」我解釋道。「十八世紀與浪漫主義研究。課程包括各種古老文本和文學作品，以及研究方法。」我覺得英語研究學位可以把我對歷史、文學和研究的興趣相互結合。「我會在學程結束時交出我的論文。」我補充道。儘管說到論文這個詞時，我的聲音有些顫抖。見蓋諾兒揚起眉毛，我解釋：「失蹤的藥師——她的商店，她的登記簿，她使用的那些艱澀成分——我希望以這些作為研究主題。以學術、保護主義的方式分享我的發現。」

「天啊，你聽起來已經像個學者了。」她咧嘴一笑，接著補充說：「我認為這棒極了。而且你根本沒有離得太遠！我們應該計畫一些週末小旅行。也許坐火車去巴黎？」

一想到這裡，我的胃就翻騰起來。「當然。學程在今年年初後開始，所以我們有足夠的時間來計畫一些想法。」

雖然我迫不及待想要開學，但事實上，這個計畫最好再過六個月再開始。我有些艱難的對話等著我——首先是我的父母和詹姆士——而且我需要幫家裡公司培養接替我工作的人；想辦法申請到劍橋大學的學生住宿；填好我昨晚在網路上申請的分居文件……

蓋諾兒彷彿看出我的心思，雙手擰在一起，遲疑地問：「雖然這不關我的事，但你丈夫知道了嗎？」

「他知道我們需要分開一段時間，但他不知道我打算在我們釐清生活問題的期間飛回英國。我今晚會打電話給他，告訴他我已經申請完成。」

我也打算打電話給我爸媽告訴他們，以及把詹姆士幹的好事向他們吐實。幾天前，我還想保護他們，不讓他們得知消息，現在我意識到這有多不合理。蓋諾兒和蘿絲讓我明白，讓身邊圍繞著願意支持自己、鼓勵自己追夢的人非常重要。這種鼓勵已經消失太久了，而我已經準備好將它失而復得。

蓋諾兒繼續把書放回書架上，一邊回頭看我。「那個碩士課程，要多久？」她問。

「九個月。」

九個月，跟我迫切希望懷胎的時間一樣。我微微一笑，清楚意識到當中的諷刺意味。在我不久的將來可能不會出現一個孩子，但另一個東西——久違的夢想——已經取而代之。

與蓋諾兒道別後，我前往二樓。希望她不會發現我走進人文閱覽室。不可否認，此時此刻，我是想避開她的；因為這項任務，我想遠離所有人的視線，一個人待著，即使他們是善意的也不例外。

我走到閱覽室後方的一台圖書館電腦前。幾天前，我和蓋諾兒就一起坐在樓上另一台相同的電腦前，我還沒忘記使用圖書館搜尋工具的基本知識。我打開大英圖書館的主頁，點擊**搜尋主選單**。然後，我把游標移到報紙數位資料庫，我和蓋諾兒試過在裡面親自搜尋有關藥師殺手的訊息，卻沒有結果。

我接下來一整天都沒事，預計會在這裡待上好一陣子。我坐到椅子上，抬起一條腿，打開筆記本。*誰是伊麗莎・芬妮？*

這是我兩天前記下的問題，也是唯一的問題。

我在英國報紙檔案館的搜尋欄中，輸入了五個字：伊麗莎．芬妮。接著按下輸入鍵。頁面立刻出現一些搜尋結果。我快速瀏覽一遍，但看樣子只有頁面最上方的第一條搜尋結果是吻合的。我點開文章，由於已經數位化了，所以全文立刻就顯示出來。

文章於一八〇二年夏季刊登在一份叫布萊頓報的報紙上。我將瀏覽器打開另一個網頁搜尋布萊頓，得知那是英格蘭南岸的一個海濱城市，距離倫敦以南幾個小時的車程。

標題寫著「伊麗莎．佩珀，娘家姓芬妮，丈夫為魔法書店的唯一繼承人。」

文章接著說，二十二歲的伊麗莎．佩珀出生於斯溫頓，但自一七九一年以來一直居住在布萊頓郊區，她繼承了丈夫湯姆．佩珀的全部財產，包括他在城鎮北邊一家非常成功的書店。書店專售各種各樣的魔法書和神秘學書籍，顧客定期從各地前來尋求治療罕見疾病的藥物和治療方法。

不幸的是，根據文章報導，湯姆．佩珀先生本人似乎無法為自己的疾病找到解方；他最近生病了，診斷結果是胸膜炎。他的妻子伊麗莎在他英年早逝前，是在病榻邊唯一照顧他的人。為了致敬佩珀先生的一生和成就，書店舉辦了一場慶祝活動；數百人出席悼念。

活動結束後，一小群記者採訪了佩珀太太，想了解她對書店未來的發展有何打算。她向記者們保證，書店會繼續營業。

「我和湯姆的生命都要歸功於魔法。」她告訴記者，接著解釋很久以前，在倫敦，她就是靠自己調配的魔法藥水救了自己一命。「當時我還只是個孩子。那是我的第一瓶藥水，但我為一個朋友冒上生命危險，她至今仍經常給我許多鼓勵和建議。」佩珀太太接著補充說：「也許是還年輕的關係，當初死亡來臨的那一刻，我沒有絲毫恐懼。事實上，我發現那藍色的魔法小藥瓶在我的皮膚上發燙，喝下藥水後，藥效發揮的熱度非常強大，連寒冷的深處都成了舒適的休息場所。」

文章裡說，記者就最後那句話進一步向她發問。「『寒冷的深處？』麻煩請你解釋一下，佩珀太太。」其中一名記者問道。但伊麗莎只是謝過在場記者抽空來訪，接著就堅持她必須回到店裡了。

接著，她把雙手左右伸開，牽起她兩個孩子的手——四歲的龍鳳胎——和他們一起消失在她已故丈夫的店裡——黑衣修士魔法書店。

我抵達大英圖書館後不到一小時就離開了。溫暖的午後陽光明亮地照著我的頭頂。我從街頭小販那裡買了一瓶水，坐在榆樹蔭下的長椅上，考慮該如何充實地度過這一天剩餘的時光。我本來打算在圖書館待上整個下午，但我很快就找到了我要找的東西。

我現在明白了，投河的人並不是藥師。是她的年輕朋友，伊麗莎・芬妮。這解釋了二月十二日那天藥師能在登記簿裡記下一則條目的原因。因為與警方認知相反的是，藥師並沒有死。然而伊麗莎也沒有死。不管是因為她的藥水還是純粹的運氣，總之女孩從墜落中倖存下來。

但伊麗莎的這篇文章沒有解釋一切。文章沒有解釋為什麼藥師不知道藥水的成分，也沒有解釋警方是否知道伊麗莎的存在。文章沒有說明藥師是否跟伊麗莎一樣相信魔法的功效，也沒有詳述伊麗莎與藥師是什麼關係。

而且，我仍然不知道藥師的名字。

年輕伊麗莎的參與也多了一份酸楚。藥師是生是死，她在其中扮演了神秘的角色；她只向報紙透露她為一個特別的朋友冒上生命危險，而那朋友至今仍給她許多建議。這是不是表示藥師又多活了十年，並且離開倫敦與伊麗莎一起在布萊頓定居了？或者伊麗莎指的是別的東西——也許是藥師的鬼魂？

我永遠不會知道了。

也許有一天，等我開始進行研究工作，帶著適當的燈光和一群歷史學家或其他學者回到那間藥鋪時，我會蒐集到更多線索填補這些缺失的細節。那個小房間無疑蘊藏了豐富的可能性等待我們探索。但有些類型的問題——尤其是關於兩個女人之間微妙、神秘的互動——在舊報紙或文件中可能沒辦法找到。歷史不會記錄女性之間錯綜複雜的關係；她們不會被人發現。

我坐在榆樹下，頭頂傳來百靈鳥輕柔的鳴叫聲時，我心想，我得知伊麗莎的真相後，並沒有回到樓上告訴蓋諾兒。我沒有告訴她一七九一年二月十一日真正投河的人叫什麼名字，也沒告訴她她活了下來。對蓋諾兒來說，是藥師投河自盡了。

我不是覺得有必要對蓋諾兒隱瞞事實，而是我對伊麗莎的故事有一種保護欲。而且即便我打算進一步探索藥師的店和她這一生的工作成果，但我仍打算保守伊麗莎的秘密——我唯一的秘密。

分享真相——也就是從橋上跳下去的是伊麗莎，而不是藥師——很可能會讓我的論文登上學術期刊的頭版，但我不想出名。伊麗莎當時只是個孩子，但和我一樣，她發現自己正處於人生的轉捩點。她也和我一樣，手裡緊握淺藍色的小藥瓶，懸在恐怖的寒冷深處上方……然後，她跳了下去。

趁著坐在圖書館外的長椅上，我從包包裡拿出筆記本。我往回翻，越過藥師的相關筆記，來到第一頁。我重看我跟詹姆士原本計畫的旅遊行程。幾週前，我的筆跡花裡胡哨的，還點綴著迷你的心形圖案。不過幾天前，這份旅遊行程還讓我覺得噁心，我一點也不想前往我和詹姆士打算一起去的觀光景點。現在，我發現我對所有期待已久的地方感到好奇：倫敦塔、維多利亞和艾伯特博物館、西敏寺。想到要獨自前往這些地方觀光，感覺已經沒有像前幾天那麼難受，我發現自己等不及去探索了。此外，我相信蓋諾兒會很樂意和我一起出門逛逛。

但參觀博物館可以等到明天。今天我還有其他事情要做。

我從圖書館搭地鐵來到黑衣修士站。下車後，我漫步在狹窄的河濱步道上，走向東邊的千禧橋。右手邊的河水在老舊的河道裡平靜地流動著。

我沿著高至膝蓋的石牆走了一段時間，赫然看見通往河邊的水泥階梯。這跟我幾天前參加河泥尋寶團所走的是同樣的階梯。我走下去後，小心翼翼踩過河邊光滑的圓石。這裡的寧靜令我震驚，就像初次來到此地的時候一樣。我很慶幸沒看到任何人在石頭上閒逛——沒有觀光客，沒有孩子，沒有尋寶團。

我打開包包，拿出淺藍色的小藥瓶；我現在知道了，當初裡面裝的是伊麗莎的魔法藥水。小藥瓶拯救了她，而且也以某種神奇的方式，拯救了我。根據藥師的登記簿，兩百年前這只小藥瓶裡的東西成分不明。不明曾經對我來說是一個不討喜的概念，但我現在意識到其中蘊藏著機會，蘊藏著興奮的事物。對伊麗莎來說顯然也是如此。

對我們兩人來說，小藥瓶代表一個任務的結束和另一個任務的開始；它象徵一個十字路口，象徵放棄秘密和痛苦，轉而擁抱真相——轉而擁抱魔法。魔法擁有令人著迷、難以抗拒的吸引力，就像童話故事。

小藥瓶看起來就像我當初發現時一模一樣，只是乾淨了些，瓶身沾滿我的指紋。我用指甲描繪熊圖案的輪廓，想著小藥瓶教我的一切：最殘酷的事實永遠不會停留在表面。我們必須把它們挖出來，拿到陽光底下，並且沖洗乾淨。

餘光出現動靜，吸引了我的注意：是兩個女人，在上游很遠的地方，朝我的方向走來。她們大概是從另一邊的石階走下來的。我準備著最後的任務，沒有理會她們。

我把小藥瓶抓在胸前。當初伊麗莎站在離這裡不遠的黑衣修士橋上時，想必也做了同樣的事。我把瓶子舉過頭頂，用盡手臂的力氣使勁往前丟向水中。我看著瓶子往上劃出一道弧線，越過水面，然後輕輕濺入泰晤士河的深處。一道漣漪向外擴散，隨後被淺浪覆蓋。

伊麗莎的小藥瓶。我的小藥瓶。我們的小藥瓶。這件事的真相將永遠是我不會透露的秘密。

我想起光棍阿爾弗在河泥尋寶時說過的話，說在河上找到東西肯定是命運。當時我還不相信，但現在我知道，偶然發現那個藍色小藥瓶就是命運——是我人生方向的轉捩點。

我走上水泥階梯、離開河床邊時，再次朝上游看了一眼，看向那兩個女人。這條河又長又直；她們現在應該離我更近了。但我皺起眉頭，仔細觀察四周，忍不住對自己天馬行空的想像力笑了笑。

一定是我的眼睛看錯了，因為到處都不見那兩個女人的蹤影。

奈拉・克拉文格藥師的毒藥

摘錄自十八世紀與浪漫主義研究碩士候選人卡洛琳・帕斯韋爾的論文

註解和各種藥物取材自英國倫敦市法靈登街熊巷，郵遞區號EC4A 4HH的日誌。

鐵杉雞尾酒

適合特別聰明、能言善道的男士。

藥效會持續到最後一刻，這在需要逼問出告解或事情經過時可能有用。

致命劑量：六片大葉子，但特別高大的男性可能需要八片。最初的症狀是眩暈和非常寒冷的感覺。推薦的準備方式是摻在煎茶或雞尾酒裡，類似曼羅陀的作法。從新鮮葉子中萃取汁液，壓碎並瀝乾。

雌黃砒霜

此藥方帶有麵粉或糖粉的稠度，適合特別貪吃的男士，像是會喜歡甜檸檬或香蕉布丁的人。

一種極其怪異的礦物。注意：極易溶於熱水。煙聞起來像大蒜；因此，不要熱食。用來殺死各種家鼠、人類或動物。致命劑量為三格令。

斑蝥蟲

適合需要在喪失行為能力前引發性慾的時候使用，例如在妓院或臥房。

這些昆蟲可能會於天氣涼爽時出現在低窪田地、靠近塊根作物的地方；最佳採集時機是新月期間。為了不與外觀相似的無毒甲蟲混淆，採集前建議先壓碎一隻雄性甲蟲（會分泌牛奶狀液體），測試皮膚上的灼燒情形。準備時，先烘烤，然後在寬盆中磨成細粉。摻入深色黏稠液體中，例如酒、蜂蜜、糖漿。

黑毛茛，藜蘆

適合容易發酒瘋或有幻覺的男士，可能因為飲酒過量或吸食鴉片的關係。他會相信藜蘆中毒症狀是他自己的惡習所造成的。

種子、汁液、根——全都有毒。尋找黑色的花朵和根，這樣可以防止與毛茛屬的其他植物搞混。最初的症狀是頭昏、暈眩、口渴和窒息感。

破狼草，又稱烏頭

適合特別虔誠的教徒，可能會在死前以神的忿怒之名、行肢體暴力之實的男士。破狼草作用於四肢神經，使四肢癱瘓；被害人將不可能出現太戲劇化的反應。

栽種注意事項：開花植物很容易生長，土壤必須排水良好。植物底部的根長至半英寸粗的時候採收。處理時戴手套。將拔下的根乾燥三天。用兩把鋒利的刀切碎根部纖維；摻入山葵之類的芥末醬中。非常適合餐點個別供應的時候（避免自助餐）。

馬錢子，毒堅果

最可靠的藥物，藥效極快，必死無疑。不論年齡、身材或智力，適合所有男士服用。萃取時，把棕色豆子（又稱烏鴉無花果）磨細。在非常低的劑量下，可用於治療發燒、瘟疫、歇斯底里症。警告：非常苦澀！熬煮時會出現淡黃色。受害者的第一個症狀是嚴重口渴。建議摻入蛋黃中。

魔鬼網，或曼陀羅

服用後立即出現意識錯亂的症狀，即使是最精明的謀略家也會措手不及。律師和遺產執行人的理想之選。

注意：蛋形種子不會因為乾燥或加熱而失去毒性。比起其他的茄屬植物，曼陀羅導致的意識錯亂更強烈。動物比人類聰明，會因為此植物的味道和難聞的氣味避而遠之。容易在人跡罕至的地區找到。

墓園紫杉

據說紫杉樹貪戀屍體；對於已經生病或年老的男士來說，是一種加速死亡的理想療法。毒素存在於種子、針葉和樹皮中（針葉最不受歡迎，纖維含量很高）。常見於中世紀村莊的墓園——樹齡超過四百至六百年。尋找樹齡較輕的樹木以得到最理想的種子。建議製成樹皮藥丸或栓劑。小心別開給殯儀館承辦人或墓園管理員；他們對紫杉的氣味熟悉，可能會拒絕服用。

鬼筆屬

死亡時間可能拖至五天或更久。最佳使用時機是被害人需要一名證人或家庭成員在場修改遺囑，但必須花上一段時間等待他們抵達病榻前的時候。

鬼筆屬當中最致命的菇類，出現在下半年的某些樹木根部。經過烹煮也不會失去毒性。一種可靠的毒素，不過難以取得。也是一種拖延法，因為被害人會以為他快康復了。但這意味著死亡即將來臨。

歷史註釋

死於毒藥就本質上而言是一件親密的事：被害人和加害人之間通常存在信任關係。這種親密關係很容易被濫用，事實證明，十八和十九世紀整個英格蘭遭到指控的投毒者之中，最大群體是年齡在二十歲到二十九歲的母親、妻子和女僕。動機十分多元：對雇主懷恨在心、剷除帶來不便的配偶或情人、死亡撫卹金或無力撫養孩子。

直到十九世紀中葉，早期毒理學家才能夠可靠地偵測到人體細胞組織的毒物。因此，我把《藥師謀殺案》的背景設定在十八世紀末的倫敦；即使五十年後，奈拉的偽裝療法也可能很容易在驗屍時被發現。

喬治亞時代的倫敦，中毒死亡的人數（所有社會階層）不計其數。當時法醫毒理學還不存在，無論是意外或他殺，中毒身亡往往只不過是十八世紀死亡率的一個註腳。當然，缺乏檢測方法也是造成這種情況的原因。考慮到這些藥物很容易偽裝和使用，我敢說中毒死亡人數明顯高於這些紀錄中報告的人數。

根據一七五〇年至一九一四年蒐集的數據顯示，刑事案件中最常使用的毒藥是砒霜、鴉片和馬錢子。因為植物生物鹼（如烏頭鹼——存在烏頭植物中，也稱為破狼草）和動物性有機毒物

（如某些甲蟲中的壯陽斑螫素）導致的死亡亦十分常見。

有些毒藥，例如家用老鼠藥，相當容易取得。有些毒藥則不然，其來源——可能購買這些毒藥的商店——亦難以商榷。

食譜

湯姆．佩珀的熱飲

舒緩喉嚨或放鬆一天的辛勞。

1.4打蘭（1茶匙）當地生蜂蜜

16打蘭（1盎司）蘇格蘭威士忌或波本威士忌

一杯（½品脫）熱水

3根新鮮百里香

在杯底拌入蜂蜜和波本威士忌。加入熱水和百里香小枝。泡五分鐘。趁熱飲用。

治療蟲咬和膿瘡的黑衣修士藥膏

抑制蚊蟲叮咬引起的皮膚紅腫、搔癢。

1打蘭（0.75茶匙）蓖麻油

1打蘭（0.75茶匙）杏仁油

10滴茶樹精油

5滴薰衣草精油

在2.7打蘭（10毫升）玻璃滾珠瓶中加入4種油。加水至頂部並蓋緊蓋子。每次使用前請搖勻。塗抹於發癢、不適的皮膚上。

迷迭香奶油餅乾

一種傳統的酥餅。滋味鹹中帶甜，一點都不危險。

一根新鮮的迷迭香

½杯有鹽奶油

⅔杯白糖

¾杯通用麵粉

去除迷迭香的葉子，切碎（約一湯匙或適量）

軟化奶油；與白糖充分混合。加入迷迭香和麵粉；充分攪拌成麵團。在兩個烤盤上鋪上烘焙紙。將麵團搓成1.25吋的球狀；輕輕按入平底鍋，壓扁至0.5吋厚。冷藏至少一小時。

烤箱預熱至攝氏180度（華氏356度）。烘烤十至十二分鐘，直到底部邊緣呈金黃色。不要烘烤過度。冷卻至少十分鐘。切成四十五塊餅乾。

Storytella **211**

藥師謀殺案

The Lost Apothecary

藥師謀殺案/莎拉.佩納作；周倩如譯. -- 初版. --
臺北市：春天出版國際文化有限公司, 2024.08
面； 公分. -- (Storytella ; 211)
譯自：The Lost Apothecary
ISBN 978-957-741-906-4(平裝)

874.57 113009256

ISBN 978-957-741-906-4
Printed in Taiwan

作　者　莎拉・佩納
譯　者　周倩如
總編輯　莊宜勳
主　編　鍾靈

出版者　春天出版國際文化有限公司
地　址　台北市大安區忠孝東路四段303號4樓之1
電　話　02-7733-4070
傳　眞　02-7733-4069
E－mail　bookspring@bookspring.com.tw
網　址　http://www.bookspring.com.tw
部落格　http://blog.pixnet.net/bookspring
郵政帳號　19705538
戶　名　春天出版國際文化有限公司
法律顧問　蕭顯忠律師事務所
出版日期　二〇二四年八月初版

定　價　390元

總經銷　楨德圖書事業有限公司
地　址　新北市新店區中興路二段196號8樓
電　話　02-8919-3186
傳　眞　02-8914-5524
香港總代理　一代匯集
地　址　九龍旺角塘尾道64號 龍駒企業大廈10 B&D室
電　話　852-2783-8102
傳　眞　852-2396-0050